아르센 뤼팽 전집 4
813
上

Arsène Lupin

아르센 뤼팽 전집 4

813 上 | 모리스 르블랑

김남주 옮김

황금가지

차례

上
아르센 뤼팽의 이중생활

팔라스 호텔의 살인 사건 · 9

르노르망 국장, 수사를 시작하다 · 67

세르닌 공, 준비에 착수하다 · 90

르노르망 국장, 준비에 착수하다 · 138

르노르망 국장, 쓰러지다 · 166

파버리, 리베이라, 알텐하임 · 197

올리브 색 프록 코트 · 285

上
아르센 뤼팽의 이중생활

팔라스 호텔의 살인 사건

　거실 문턱에서 문득 걸음을 멈춘 케셀바흐는 비서의 팔을 붙잡고 불안한 목소리로 나직이 말했다.
　「채프먼, 누군가 또 이곳에 들어왔네」
　「자, 보세요, 선생님. 선생님께서 조금 전 직접 부속실 문을 여셨습니다. 우리가 점심을 먹는 동안 열쇠는 줄곧 선생님 주머니 속에 들어 있었고요」
　비서가 그의 말을 반박했다.
　「채프먼, 누군가 또 이곳에 들어왔단 말일세」
　케셀바흐는 조금 전에 했던 말을 되풀이했다.
　그는 벽난로 위에 놓여 있는 여행 가방을 보여 주었다.
　「자, 여기 증거가 있네. 이 가방은 잠겨 있었네. 그런데 지금은 열려 있지 않은가」
　채프먼이 반박했다.

「분명히 잠가 놓으셨습니까, 선생님? 게다가 이 가방 안에 있는 건 그리 값나가지 않는 물건들과 세면도구뿐인데······」

「지금은 그렇지. 왜냐하면 혹시 하는 생각에 내가 방을 나가기 전에 지갑을 꺼내 놓았으니······. 그러지 않았다면······ 맞네, 단언하는데, 채프먼, 우리가 점심 식사를 하고 있는 동안 누군가 여기 들어온걸세」

벽에는 전화기가 걸려 있었다. 그는 수화기를 집어 들었다.

「여보세요······. 내 이름은 케셀바흐······ 415호요······. 그렇소······. 아가씨, 경찰청 좀 대 주시오······. 치안국······ 전화번호는 알고 있소? 좋소······ 고맙소······. 끊지 않고 기다리겠소」

잠시 후 그는 다시 입을 열었다.

「여보세요? 여보세요? 르노르망 치안국장님과 통화하고 싶소. 난 케셀바흐라고 하오······. 여보세요? 물론이오, 치안국장님은 무슨 일인지 아실 거요. 그분이 전화하라고 해서 하는 거요······. 아! 지금 자리에 안 계시다고······. 그럼 지금 전화 받는 분은 누구시오? 구렐 경감······ 구렐 경감, 어제 나와 르노르망 국장님이 이야기 나눌 때 당신도 본 것 같은데······. 그러니까, 경감, 같은 일이 오늘 또 일어났소. 내가 묵고 있는 숙소에 누군가 들어왔소. 지금 이곳에 온다면 단서 같은 것들을 찾아낼 수 있을 거요······. 한두 시간 후에? 좋소, 415호를 찾아왔다고만 하시오. 다시 한번 고맙소!」

다이아몬드의 왕(천문학적인 액수로 추정되는 재산의 소유자인 그의 또 다른 별명은 희망봉의 주인이었다)으로 불리는 억만장자 루돌프 케셀바흐는 파리에 잠시 들러 1주일 전부터 팔라스 호텔 5층(프랑스에선 건물을 2층부터 헤아리기 때문에, 이 책에선 4층이라 부르지만 실제로는 5층이다──옮긴이) 415호에 묵고 있었다. 415호는 방 세 개로 이루어져 있었다. 오른쪽에 보다 큰 거실과 주인의 방이 대로를 면하고 있었고, 반대쪽인 왼쪽은 비서 채프먼이 쓰는 방으로 쥐데가를 면하고 있었다. 그 방과 옆에 있는 방 다섯 개는 케셀바흐 부인을 위해 예약되어 있었다. 현재 몬테카를로에 머물고 있는 케셀바흐 부인은 남편에게서 소식을 받는 대로 그곳을 출발해 남편과 합류하기로 되어 있었다.

 루돌프 케셀바흐는 몇 분 동안 초조한 태도로 방 안을 서성거렸다. 그는 키가 크고 얼굴 혈색이 좋은 아직 젊은 사내였다. 금테 안경 너머로 보이는 몽상적인 연푸른빛 두 눈에는 부드럽고 수줍은 표정이 떠올라 있었는데, 그 표정은 각진 이마와 뼈가 두드러진 턱이 주는 정력적인 인상과는 대조적이었다.

 그는 창가로 다가갔다. 창문은 잠겨 있었다. 게다가 어떻게 그곳으로 침입할 수 있겠는가? 그 방을 둘러싸고 있는 독립된 발코니는 오른쪽이 끊겨 있었고 왼쪽은 발코니의 석조 내력벽에 의해 쥐데가와 분리되어 있었다.

 그는 자기 방으로 돌아왔다. 그의 방에는 이웃한 방들과 연결된 통로가 전혀 없었다. 그는 비서의 방으로 들어갔다. 케셀바흐 부인을 위해 예약된 방 다섯 개로 통하는 문은 빗장까지 질러서 잠근 상태였다.

 「도저히 이해할 수가 없군, 채프먼. 나는 벌써 여러 차례 이곳 상황을 짐검해 보았네……. 정말 이상한 일이라고 할 수밖에 없네. 어제는 누군가 내 지팡이를 건드렸네……. 그제는 분명 내 서류를 만졌어……. 어떻게 그랬을까?」

 「그건 불가능합니다, 선생님」

채프먼이 외쳤다. 그 정직한 사내의 평온한 얼굴에는 그 어떤 불안감도 없었다.
「선생님도 아시다시피 느낌일 뿐…… 아무 증거도 없습니다……. 그저 그런 것 같은 것뿐이죠……. 무슨 말씀이십니까? 이 방은 앞 방을 통해서만 들어올 수 있습니다. 선생님께서는 도착하신 날 특수 열쇠를 만들게 하셨고 여벌 열쇠를 가지고 있는 사람은 하인 에드워즈뿐입니다. 선생님께서는 그를 믿으시죠?」
「물론…… 물론이지……. 그는 10년 전부터 나를 위해 일해 왔네. 그런데 에드워즈는 우리와 같은 시간에 점심 식사를 했지. 그건 실수였어. 앞으로는 우리가 돌아온 후에 그를 내려가게 해야겠어」
채프먼은 가볍게 어깨를 으쓱해 보였다.
희망봉의 주인은 뭔가 설명할 수 없는 걱정 때문에 좀 정신이 이상해지고 있는 것이 분명했다. 값나가는 것 하나 없고 큰돈을 가지고 있는 것도 아닌데 호텔 안에서 무슨 위험을 느낀단 말인가?
현관 문 여는 소리가 들려왔다. 에드워즈였다.
케셀바흐가 그를 불렀다.
「자네 제복을 입었군, 에드워즈? 아! 좋아. 오늘은 찾아오는 사람이 없을걸세……. 아니, 한 사람 있군. 구렐 씨가 올 거야. 그때까지 현관을 떠나지 말고 문을 지키게. 채프먼 씨와 나는 긴히 할 일이 있다네……」
긴히 할 일을 하느라 시간이 어느 정도 흘렀다. 케셀바흐는 우편물을 점검하고 서너 통의 편지를 훑어보고 답장 보낼 편지를 가려냈다. 펜을 들고 그의 구술을 기다리던 채프먼은 케셀바흐가 편지의 내용 아닌 다른 것을 생각하고 있음을 깨달았다.

케셀바흐는 낚시 바늘 모양으로 구부러진 검은 핀 하나를 집어 들고 주의 깊게 살펴보고 있었다.

「채프먼, 내가 탁자 위에서 발견한 이걸 좀 보게. 여기엔 뭔가 의미가 있네. 이 구부러진 핀 말일세. 이건 하나의 증거, 하나의 단서일세. 그러니 자네는 이제 더 이상 이 방 안에 아무도 들어오지 않았다고 할 수 없을걸세. 요컨대 이 핀이 저절로 여기 들어와 있을 수는 없으니 말일세」

그가 말했다.

「물론 그렇습니다. 그 핀은 제가 여기에 둔 겁니다」

비서가 대답했다.

「뭐라고?」

「맞습니다. 그건 제가 넥타이를 깃에 고정시키는 데 쓰는 핀입니다. 어제 저녁 선생님께서 책을 읽으시는 동안 저는 그걸 뽑아서 무심결에 구부려 놓았지요」

흥분한 케셀바흐는 자리에서 일어나 몇 걸음 걷다가 멈춰 서서 말했다.

「자네가 웃는 게 당연하군, 채프먼…… 자네 말이 맞네……. 나로서는 반박할 수가 없군……. 내가 좀 이상해졌지. 최근 희망봉에 다녀온 후로 말이야……. 그건…… 그러니까…… 내 인생에 또다시…… 기막힌 계획이…… 어마어마한 무엇인가가…… 있다는 걸 자네는 이해하지 못할걸세. 아직은 미래의 안개 속에서 있지만 점점 모습을 나타내고 있고…… 앞으로는 엄청나게 커질걸세……. 아! 채프먼, 자네는 상상도 할 수 없을걸세. 돈 같은 건 아무래도 좋네. 내게 충분히 있네……. 너무 많아……. 하지만 이건 그 이상이라네. 이건 권력이자 힘이자 권위야. 만약 상황이 내 예상과 맞아떨어진다면, 나는 희망봉의 주인일 뿐 아니라 다른 왕국들의 주인도 될 수 있을걸세……. 아우구스부르크 대장장이의 아들, 루돌프 케셀바흐가 이제까지 그를 내려다보던 자들과 어깨를 나란히할걸세……. 아니 나아가 그들을 발 아래 둘걸세, 채프먼. 그들 위에 군림할 거라고. 내 말을 믿게……. 하지만 만약……」

그는 지나치게 말이 많았던 것을 후회하는지 말을 끊고 채프먼을 바라보았다. 하지만 충동에 이끌린 듯 곧 이렇게 결론지었다.

「알다시피 채프먼, 내가 불안한 이유는…… 내 머릿속에 너무나도 귀중한 아이디어가 들어 있는데…… 누군가 이 아이디어를 눈치 채고…… 나를 엿보고 있는 것 같기 때문이네……. 틀림없이 그런 것 같아……」

벨소리가 울려 퍼졌다.

「전화 왔는데요……」

채프먼이 말했다.

「그렇다면 혹시……」

케셀바흐가 중얼거렸다.

그는 수화기를 집어들었다.

「여보세요……? 누구시오? 대령이오……? 아! 그렇소. 맞소. 나요……. 새로운 일이라도 있소? 좋소……. 그렇다면 이리로 오시오……. 부하들과 함께 올 거요? 좋소. 여보세요? 아니오, 아무도 우리를 방해하지 않을 거요……. 내가 필요한 조치를 취해 놓겠소……. 그런데 그렇게 심각한 거요……? 거듭 말하지만, 엄중한 지시를 내려 놓겠소……. 내 비서와 하인이 문을 지킬 테니 아무도 들어오지 못할 거요. 길은 아시오? 그러면 즉시 출발하시오」

그는 수화기를 내려놓자마자 이렇게 말했다.

「채프먼. 신사 두 분이 오실 거네……. 그렇다네. 신사 두 분이네……. 에드워드가 그분들을 안내할 거야……」

「하지만…… 구렐 씨는…… 형사반장 말입니다……」

「그는 그 후에 올걸세……. 한 시간 후에 말일세……. 어쨌든 서로 만날 수도 있겠군. 에드워즈에게 지금 당장 프론트로 가서 얘기를 전해 놓으라고 하게. 내가 아무도 만나지 않겠다고……. 대령과 그의 친구, 그리고 구렐 씨만 빼고 말일세. 방문객의 이름을 적어 두라고 하게」

채프먼은 지시를 수행했다. 다시 주인의 방으로 돌아온 그는 케셀바흐가 손에 봉투, 아니 검은 가죽으로 된 얇은 주머니 같은 것을 들고 있는 것을 보았다. 겉모습으로 보아 그 주머니엔 아무것도 들어 있지 않은 것 같았다. 케셀바흐는 그것을 어떻게 해야 좋을지 모르겠다는 듯 망설이는 기색이었다. 그것을 호주머니에 넣을 것인가, 아니면 다른 곳에 둘 것인가?

이윽고 그는 벽난로 근처로 다가가 그 가죽 주머니를 여행 가방 속에 던져 넣었다.

「쓰던 편지를 끝내세, 채프먼. 이제 10분밖에 남지 않았네. 아! 아내의 편지가 있군. 어떻게 자네는 아내의 편지가 왔다는 사실을 내게 알리지 않을 수가 있나, 채프먼? 아내의 필적을 모른단 말인가?」

그는 아내가 손가락으로 잡았을 그 편지, 아내가 자신의 은밀한 생각의 일단을 털어놓았을 그 편지를 만지고 바라보면서 솟아나는 감정을 숨기려 하지 않았다. 그는 편지에서 풍겨 나오는 아내의 향기를 들이마신 다음 편지를 개봉해 나지막한 소리로 천천히 띄엄띄엄 소리 내어 읽었다. 채프먼은 그 내용을 토막토막 들었다.

약간 지쳤어요……. 나는 줄곧 방에만 틀어박혀 있어요……. 좀 지루하고…… 언제쯤 당신을 볼 수 있나요? 당신의 전보를 손꼽아 기다리고 있어요…….

「오늘 아침 전보를 보냈지, 채프먼? 그렇다면 아내는 내일 수요일이면 이곳에 도착하겠군」

 일이 주는 중압감이 갑자기 가벼워지기라도 한 것처럼 케셀바흐는 아주 즐거워 보였다. 그는 모든 불안에서 해방된 것 같았다. 그는 두 손을 문지른 다음 성공하리라는 확신에 찬 강한 사내답게, 행복을 소유하고 있고 스스로를 지켜 낼 역량이 있는 행복한 사내답게 느긋하게 숨을 내쉬었다.

「누가 왔나 보군, 채프먼. 현관 벨이 울려. 나가 보게」

 에드워즈가 들어와 이렇게 말했다.

「두 신사 분이 주인님을 뵙기를 청하는데요. 성함이……」

「알고 있네. 지금 앞 방에 계신가?」

「그렇습니다. 주인님」

「앞 방 방문을 닫고 우리를 방해하지 말게……. 다만 치안국의 구렐 형사반장이 오면 알려 주게. 이 보게, 채프먼, 가서 그 신사 분들에게 내가 우선 대령과 따로 이야기를 나누고 싶어한다고 말해 주게」

 에드워즈와 채프먼이 방을 나가 거실 문을 닫았다. 루돌프 케셀바흐는 창가로 가서 유리창에 이마를 갖다 댔다.

 창밖에서는 그의 발 바로 아래에서 마차들과 자동차들이 이중선으로 구획을 나눈 길 위를 나란히 달려가고 있었다. 맑은 봄 햇살에 구리와 에나멜이 번쩍거리고 있었다. 나무들에는 연록의 기운이 감돌고 있었고, 밤나무 새순에서는 작은 잎들이 자라나기 시작했다.
「채프먼은 도대체 뭘 하고 있는 거지……? 얼마나 장황하게 이야기를 늘어놓고 있는 거야……!」
케셀바흐가 중얼거렸다.
그는 탁자 위에서 담배를 한 대 집어 들어 불을 붙이고 몇 모금 빨았다. 다음 순간 자그마한 비명이 그의 입에서 터져 나왔다. 그의 옆에 한번도 본 적 없는 한 사내가 서 있었던 것이다.

그는 한 걸음 물러났다.
「당신은 누구요?」
검은 머리에 콧수염을 기르고 강인한 눈빛을 지닌, 옷을 잘 차려입고 품위 있어 보이는 사내가 냉소하듯 대답했다.
「내가 누구냐고요? 물론 대령이지……」
「아니, 그렇지 않소, 내가 그렇게 부르는 사람, 그런 호칭으로 나와…… 계약한 사람은…… 당신이 아니오」
「맞아요, 맞습니다……. 그 사람은 그저…… 그런데 친애하는 선생, 이런 게 뭐 그리 중요합니까? 중요한 건 내가…… 나라는 겁니다……. 단언하는데, 내가 바로 그 사람입니다」
「그런데 선생, 당신의 이름은?」
「대령입니다……. 새로운 지시가 있을 때까지는 말입니다」
점점 커져 가는 공포가 케셀바흐를 엄습했다. 이 사내는 도대체 누굴까? 자신에게서 무엇을 원하고 있는 것일까?
그는 소리쳐 비서를 불렀다.
「채프먼!」

「그렇게 사람을 소리쳐 부르다니 정말 우습군요! 저와 함께 있는 것만으로 충분하지 않습니까?」

「채프먼! 채프먼! 에드워즈!」

케셀바흐가 거듭 소리쳤다.

「채프먼! 에드워즈!」

이번에는 그 미지의 사내가 외쳤다.

「도대체 뭘 하고 있는 건가, 이 친구들아? 주인님이 자네들을 부르고 계시잖은가?」

「선생, 부탁인데 날 좀 지나가게 해 주시오」

「친애하는 선생님, 누가 그걸 막겠답니까?」

사내는 정중하게 물러섰다.

케셀바흐는 출입구 쪽으로 다가가 문을 열었다. 다음 순간 그는 펄쩍 뛰며 뒤로 물러났다. 문 앞에 손에 권총을 든 또 다른 사내가 서 있었던 것이다.

케셀바흐는 말을 더듬었다.

「에드워즈…… 채프……」

그는 말을 마칠 수 없었다. 자신의 비서와 하인이 결박당하고 재갈이 물려진 채 앞 방 한구석에 나란히 널브러져 있는 것을 보았던 것이다.

케셀바흐는 불안정하고 감성적인 성격의 소유자였지만 용감한 사람이었다. 자신이 위험에 처했음을 분명히 인식한 그는 낙담하는 대신 모든 힘과 에너지가 솟구쳐 오르는 것을 느꼈다.

그는 겉으로는 겁에 질리고 정신을 못 차리는 체하면서 침착하게 벽난로 쪽으로 뒷걸음쳐 벽에 등을 기대고는 손가락으로 비상벨을 더듬었다. 그리고 마침내 스위치를 찾아 눌렀다.

「그 다음엔?」

낯선 사내가 물었다.

그 말에는 대답하지 않고 케셀바흐는 계속해서 벨을 눌렀다.

「그 다음엔 어떻게 하실 겁니까? 누군가 와 주기를, 선생이 비상벨을 눌렀으니 호텔에 비상이 걸리기를 바라시겠죠. 하지만 딱한 양반 같으니라고. 뒤를 돌아보십시오. 전선이 끊어져 있는 게 보일 겁니다」

케셀바흐는 사실을 확인하려는 것처럼 재빨리 몸을 돌렸다. 하지만 다음 순간 그는 빠른 동작으로 여행 가방을 집어 들고 그 안에 손을 넣었다. 그리고 권총을 꺼내 사내를 겨눈 다음 방아쇠를 당겼다.

「와우! 선생은 권총에 탄환이 아니라 공기나 적막을 장전해 두시는 겁니까?」

두 번째, 이어 세 번째로 방아쇠를 당겼다. 하지만 총알은 발사되지 않았다.

「다시 세 발을 쏘십시오. 희망봉의 주인님. 나는 여섯 발은 맞아야 성에 찰 것 같습니다. 이런! 그만두십니까? 서운하군요……. 조준은 정확했는데!」

사내는 의자 등받이를 잡아 방향을 돌려서 등받이가 앞에 오게 했다. 그리고 그 의자에 걸터앉은 다음 케셀바흐에게는 안락의자를 가리켰다.

「그럼 수고스럽겠지만 앉으시지요, 친애하는 선생. 그리고 마음을 편하게 가지십시오. 담배 한 대 피우시겠습니까? 나는 괜찮습니다. 시가가 더 좋으니까요」

탁자 위에 담배 상자가 놓여 있었다. 사내는 잘 다듬어진 순한

맛의 금빛 우프만 시가를 골라 불을 붙인 다음 케셀바흐에게 목례를 보냈다.

「고맙습니다. 이 시가는 정말 맛있군요. 자, 이제 얘기를 합시다, 어떻습니까?」

루돌프 케셀바흐는 어안이 벙벙해진 채 사내의 이야기를 듣고 있었다. 이 기묘한 인물은 도대체 누구란 말인가? 하지만 너무나도 편안하고 여유롭게 이야기를 하고 있는 사내를 보자 그는 이 상황이 폭력이나 가혹 행위 없이 마무리될 수 있으리라는 믿음을 갖기 시작했다. 그는 주머니에서 지갑을 꺼내 펼친 다음 두툼한 지폐 더미를 보여 주며 물었다.

「얼마면 되겠소?」

상대는 무슨 말인지 못 알아들은 듯 얼떨떨한 표정으로 그를 바라보았다. 잠시 후 그가 소리쳤다.

「마르코!」

권총을 든 사내가 다가왔다.

「마르코, 선생께서 친절하시게도 자네의 멋진 여자 친구를 위해 자네에게 지폐 몇 장 주시겠다는군. 받게, 마르코」

오른손으로 권총을 쥔 채 마르코는 왼손을 내밀어 지폐 뭉치를 받아들고 자리를 떴다.

낯선 사내는 말을 이었다.

「이 문제가 선생님의 소망대로 처리됐으니 제가 이곳을 방문한 목적으로 들어갑시다. 간단명료하게 말하지요. 내가 원하는 건 두 가지입니다. 첫 번째 것은 선생님이 늘 가지고 다니는 검은 가죽으로 된 서류 주머니이고, 두 번째는 어제까지도 여행 가방 안에 들어 있던 흑단 상자입니다. 차례대로 이야기합시다. 서류 주머니는 어디 있습니까?」

「태워 버렸소」

낯선 사내는 미간을 찌푸렸다. 그는, 잡아떼는 이들의 입을 열게 하는 강제 집행 수단이 있었던 좋은 시절을 떠올렸음이 분명했다.

「좋습니다. 나중에 확인해 봅시다. 그럼 그 흑단 상자는?」

「태워 버렸소」

「아! 당신은 나를 놀리고 있군요. 겁 없는 사람 같으니라고!」

사내가 이를 갈며 말했다.

그는 상대의 팔을 사정 없이 비틀었다.

「루돌프 케셀바흐, 어제 당신은 외투 아래 작은 꾸러미를 끼고 이탈리앙 대로에 있는 크레디 리요네 은행에 들어갔소. 그곳에서 당신은 비밀 금고를 하나 빌렸소……. 정확히 말하자면 9열 16호 금고요. 서명을 하고 돈을 지불한 다음 당신은 지하실로 내려갔소. 지상으로 올라왔을 때 당신은 그 꾸러미를 갖고 있지 않았소. 맞소?」

「그렇소」

「그렇다면 상자와 주머니는 크레디 리요네 은행에 있겠군」

「그렇지 않소」

「내게 당신이 빌린 금고의 열쇠를 주시오」

「싫소」

「마르코!」

마르코가 달려왔다.

「실시하게, 마르코. 사중으로 묶어」

반항할 틈도 없이 루돌프 케셀바흐는 몸이 밧줄로 묶여 옴짝달

싹할 수 없게 되고 말았다. 빠져나오려고 조금이라도 몸을 움직였다가는 상처를 입을 터였다. 그의 두 팔은 등 뒤로 결박당했고 윗몸은 안락의자에 묶여졌으며 두 다리는 미라처럼 끈으로 동여매어져 있었다.
「수색하게. 마르코」
마르코는 방 안을 수색했다. 2분 후 그는 자기 두목 앞에 〈16-9〉라는 숫자가 쒸어 있는 니켈 도금의 얇은 열쇠를 내려놓았다.
「잘했네. 가죽 주머니는 못 찾았나?」
「없는데요, 두목」
「그건 금고 안에 있을걸세. 케셀바흐 씨. 비밀 번호를 말해 주시오」
「싫소」
「거부하는 거요?」
「그렇소」
「마르코!」
「어떻게 할까요, 두목?」
「권총 총구를 이자의 관자놀이에 갖다 대게」
「알겠습니다」
「손가락을 방아쇠 위에 올려놓게」
「그렇게 했습니다」
「친애하는 케셀바흐, 이제 말할 준비가 됐소?」
「싫소」
「10초만 세게. 1초도 더 세면 안 되네. 알겠나, 마르코?」
「그 다음에는요, 두목?」
「다 센 다음 이자의 머리를 날려 버리게」

「알겠습니다」
「케셀바흐, 이제 세기 시작하겠소. 하나, 둘, 셋, 넷, 다섯, 여섯……」
루돌프 케셀바흐가 신호를 보냈다.
「얘기할 거요?」
「그렇소」
「하마터면 큰일 날 뻔했군. 자, 번호…… 암호는……?」
「돌로르」
「돌로르…… 고통이란 말이군……. 당신 부인의 이름이 돌로레스 아니오? 이 보게. 출발하게…… 마르코. 자네는 예정대로 일을 진행하게……. 실수 없이, 알겠나? 반복하겠네……. 자네가 아는 그 사무실로 가서 제롬과 합류하게. 그에게 열쇠를 주고 암호를 알려 주게. 〈돌로르〉라고 말일세. 둘이 함께 크레디 리요네 은행으로 가게. 제롬 혼자 들어가 신원 확인 기록에 서명을 하고 지하실로 내려가 금고 안에 든 것들을 모두 가져오는 걸세. 알겠나?」
「알겠습니다. 두목. 그런데 만약 금고가 열리지 않는다면, 그러니까 그 〈돌로르〉라는 암호가……」
「가만, 마르코. 크레디 리요네 은행을 나온 다음 제롬과 헤어져 자네 집으로 돌아가 내게 결과를 전화로 알려 주게. 만약 〈돌로르〉라는 암호가 틀린다면 우리, 그러니까 내 친구 케셀바흐와 내가 짤막한 회담을 가져야겠지. 케셀바흐, 암호가 틀림없소?」
「그렇소」
「그 말은 비밀 금고를 열어 봤자 소용없을 거라는 뜻이겠군. 두고 봅시다. 서두르게, 마르코」
「하지만 두목은요?」

「나는 여기 있을 걸세. 오! 전혀 걱정할 것 없네. 위험한 일 같은 것은 없을 테니까. 안 그렇소, 케셀바흐? 우리를 방해하지 말도록 엄한 지시를 해 놓지 않았소?」

「그렇소」

「맙소사. 아주 서둘러 그렇다고 대답하는군. 시간을 벌어 보겠다는 거요? 그러면 내가 바보처럼 덫에 걸릴 줄 알고……?」

사내는 잠시 생각에 잠겼다가 자신의 포로를 바라보고는 이렇게 결론을 내렸다.

「아니…… 그건 불가능해……. 아무도 우리를 방해하지 않을 거야……」

그는 그 말을 채 마치지 못했다. 현관 벨이 울렸던 것이다. 그는 거친 동작으로 루돌프 케셀바흐의 입을 손으로 막았다.

「이런! 노회한 인간 같으니라고. 누군가를 기다리고 있었군」

포로의 두 눈에 희망의 빛이 번득였다.

입을 막는 사내의 손 아래로 케셀바흐의 비웃음 소리가 잦아들고 있었다. 낯선 사내는 분노로 몸을 떨었다.

「입 다물어……. 그렇지 않으면 당신 목을 졸라 버릴 거야. 자, 마르코. 이자에게 재갈을 물리게. 얼른 하게……. 잘했네」

또다시 벨 소리가 들려왔다. 사내는 자신이 루돌프 케셀바흐고 에드워즈가 아직도 그곳에 있는 것처럼 이렇게 말했다.

「문을 열게. 에드워즈」

그런 다음 사내는 침착하게 현관으로 가서는 비서와 하인을 가리키며 낮은 목소리로 말했다.

「마르코, 나와 함께 저들을 방 안으로 밀어 넣으세……. 저쪽으로…… 눈에 띄지 않도록 말일세」

그는 비서를 번쩍 들었고, 마르코는 하인을 들었다.
「좋아, 이제 거실로 돌아가게」
그는 마르코를 따라갔다가는, 이내 다시 현관으로 와서 약간 놀란 듯한 어조로 소리 높여 말했다.
「하인이 여기 없는데요. 케셀바흐 씨…… 아니, 하던 일 계속하십시오……. 쓰시던 편지를 끝내세요……. 제가 나가 보겠습니다」
그런 다음 사내는 차분히 현관 문을 열었다.
「케셀바흐 씨 계십니까?」
방문객이 사내에게 물었다.
넓적하고 정력적인 얼굴에 기민한 눈빛, 큼직한 체구를 한 남자가 문 앞에 서 있었다. 그는 한쪽 발을 좌우로 건들대면서 모자의 귀퉁이를 손으로 비틀어 대고 있었다. 문을 열어 준 사내가 대답했다.
「맞게 찾으셨습니다. 그런데 누구신가요?」
「케셀바흐 씨께서 전화를 하셨더군요……. 저를 기다리고 계실 겁니다……」
「아! 당신이군요……. 오셨다고 말씀드리죠……. 잠시만 기다려 주시겠습니까……? 케셀바흐 씨께서 곧 나오실 겁니다」
그는 대담하게도 방문객을 앞 방 문간에 세워 두었다. 그곳에서는 열린 문을 통해 거실의 일부가 들여다보였다. 뒤를 돌아보시 않은 채 천천히 거실로 돌아온 사내는 케셀바흐 씨 곁에 있는 공범에게 이렇게 말했다.
「큰일 났네. 저자는 치안국의 구렐이야」
마르코가 단도를 꺼내들었다. 사내가 그의 팔을 잡았다.
「어리석은 짓 하지 말게. 알겠나! 내게 생각이 하나 있네. 하지만 내 말을 제대로 이해해야 하네, 마르코. 이번에는 자네가 말하게……. 자네가 케셀바흐 씨인 것처럼 말일세……. 알겠나, 마르코, 자네가 케셀바흐일세」

사내가 어찌나 힘주어서 엄숙하고 권위 있게 이야기했던지 더 이상의 설명 없이도 마르코는 자신이 케셀바흐 역을 해야 한다는 것을 이해하고 그럴듯하게 말했다.

「이 보게, 내가 실수를 했군. 구렐 씨에게 미안하지만 내가 급히 해야 할 일이 있다고 말씀드려 주게……. 내일 아침 9시, 그렇지, 9시 정각에 다시 와 달라고 말일세」

「잘했네, 이제 움직이지 말게」

사내가 속삭였다.

사내는 앞 방으로 돌아왔다. 구렐이 기다리고 있었다. 사내가 구렐에게 말했다.

「케셀바흐 씨가 죄송하단 말씀을 전하라고 하시더군요. 그분은 중요한 일을 마무리하고 계십니다. 내일 아침 9시에 와 주실 수 있으십니까?」

침묵이 흘렀다. 구렐은 좀 놀란 듯했고 왠지 불안한 모양이었다. 사내는 주머니 속에서 주먹을 쥐었다. 상대가 수상한 행동을 하면 즉각 주먹을 안길 생각이었다.

이윽고 구렐이 대답했다.

「좋습니다……. 내일 아침 9시에……. 하지만 어쨌든……. 아니, 알겠습니다……. 9시에 오지요……」

그는 모자를 쓰고 복도로 걸어 나갔다.

거실에서 마르코는 웃음을 터뜨렸다.

「정말 잘하셨습니다, 두목! 이런! 정말 멋지게 속여 넘겼군요!」

「서두르게. 마르코. 그의 뒤를 좇게. 만약 호텔에서 나가면 그를 내버려 두고 예정대로 제롬에게 가서…… 전화하게」

마르코는 즉시 자리를 떴다. 사내는 벽난로 위에서 물병을 집어 들어 큰 잔에 물을 따른 다음 한 모금 마시고 손수건을 적셨다. 그는 땀이 잔뜩 배인 이마를 닦은 다음 자신의 포로 곁에 앉아 부드럽고 예의 바르게 말했다.

「어쨌든 케셀바흐 씨, 선생에게 내 소개를 해야 할 것 같소」

그는 주머니에서 명함 한 장을 꺼내며 말했다.

「괴도 신사 아르센 뤼팽이오」

뤼팽이라는 유명한 모험가의 이름은 케셀바흐 씨에게 커다란 감명을 불러일으킨 모양이었다. 그 사실을 놓치지 않고 뤼팽이 큰 소리로 말했다.

「아! 이런! 친애하는 선생, 안도의 한숨을 내쉬는군! 아르센 뤼팽은 양심적인 도둑이고, 피를 싫어하며, 다른 사람의 행복을 위해서만 나쁜 짓을 한다……. 중죄는 저지르지 않는다, 그런 걸 거요! 그래서 선생은 지금 내가 불필요한 살인을 저질러 양심의 짐을 지려 들 리가 없다고 생각하고 있을 거요. 좋소…… 하지만 선생을 제거하는 게 과연 불필요한 일일까? 모든 게 여기 달려 있소. 지금 나는 농담을 하고 있는 게 아니오. 이것 보시오, 친애하는 선생」

뤼팽은 자기 의자를 안락의자 곁으로 가져가 포로의 재갈을 늦

줘 준 다음 단호한 어조로 말했다.

「케셀바흐 씨, 파리에 도착한 바로 그날, 당신은 바르바뢰크스라는 사설 탐정소의 소장과 접촉했소. 그것은 비서인 채프먼도 모르는 일이었으므로 그 바르바뢰크스라는 사람은 〈대령〉이라는 칭호로 편지나 전화로 당신과 연락을 취했소. 미리 말해 두는데 그 바르바뢰크스는 사람은 이 세상에 둘도 없는 정직한 사람이오. 다만 행운 덕택으로 내 절친한 친구 하나가 그의 직원 중 하나였을 뿐이오. 그렇게 해서 나는 선생이 왜 바르바뢰크스와 접촉했는지를 알게 되어 그 일에 관여하게 되고, 가짜 열쇠를 만들어 이곳을 몇 차례 방문하게 된 거요······. 하지만 안타깝게도 그 방문에서 내가 원하는 것을 찾지 못했소」

그는 목소리를 낮추고 포로의 눈을 똑바로 쏘아보며 그의 마음속 생각을 알아내고자 애쓰며 말을 이었다.

「케셀바흐 씨, 선생은 파리의 뒷골목을 뒤져 현재 피에르 르뒤크라는 이름을 가지고 있거나 과거에 그런 이름을 가진 적이 있는 사내를 찾아 달라고 바르바뢰크스에게 부탁했소. 그 사내의 간략한 인상착의는 이러하오. 1미터 75센티미터의 키에 금발이고 콧수염을 길렀소. 특징이라면 왼손 새끼손가락 끝이 칼에 잘려 나갔고, 오른쪽 뺨에 희미한 흉터가 있다는 거요. 선생은 이 사내를 찾는 일을 굉장히 중요하게 여기고 있는 것 같소. 마치 그 일이 선생에게 상당한 이익을 가져다 주기라도 하는 것처럼 말이오. 이 사내가 누구요?」

「모르오」

케셀바흐의 대답은 단호하고 확고했다. 아는 데도 거짓말을 하는 것일까, 아니면 정말 모르는 것일까? 아무래도 상관없었다.

중요한 것은 케셀바흐 자신이 아무 말도 하지 않기로 결심했다는 것이다.

「좋소. 하지만 선생은 바르바뢰크스에게 준 정보 이상의 걸 알고 있을 거요, 그렇지 않소?」

「그 이상은 전혀 모르오」

「선생은 거짓말을 하고 있소, 케셀바흐 씨. 바르바뢰크스 앞에서 선생은 두 차례에 걸쳐 가죽 서류 주머니 속에 든 서류들을 살펴보지 않았소」

「그렇소」

「그렇다면 그 서류 주머니는 어디 있소?」

「태워 버렸소」

뤼팽은 분노로 몸을 떨었다. 고문과 그것을 통한 손쉬운 해결에 대한 생각이 또다시 그의 뇌리를 스쳤다.

「태워 버렸다고? 하지만 그 상자는…… 바른 대로 말하시오……. 크레디 리요네 은행에 있는 거요?」

「그렇소」

「그렇다면 그 안에 무엇이 들어 있소?」

「나의 특별 소장품인 최상급 다이아몬드 200개요」

이 말이 우리 모험가의 마음에 든 모양이었다.

「아! 이런! 최상급 다이아몬드 200개라! 하지만, 사실대로 말하시오, 그건 큰 재산이오……. 그렇소, 그건 당신을 흐뭇하게 할 거요……. 하지만 당신한테 그것은 푼돈에 지나지 않소. 당신의 비밀은 그보다 훨씬 높은 가치가 있지……. 당신한테는 그렇소, 하지만 내게는……?」

그는 시가를 하나 집어 들고 성냥을 그어 불을 붙였다. 그는 성냥이 저절로 꺼지게 내버려 두고 잠시 꼼짝도 하지 않은 채 생각에 잠겼다.
몇 분이 흘렀다.
그가 웃기 시작했다.
「선생은 우리의 원정이 실패하기를, 금고를 열지 못하기를 바라고 있소? 그런 일이 일어날 수도 있소, 친애하는 케셀바흐. 하지만 그럴 경우 당신은 내 일을 방해한 것에 대해 대가를 치러야 할 거요. 내가 여기에 온 것은, 당신이 지금 안락의자에 앉아 짓고 있는 그런 불퉁한 표정을 보기 위해서가 아니오……. 다이아몬드가 있다니 다이아몬드를 가질 것인가…… 아니면 가죽으로 된 서류 주머니를 가질 것인가……. 그것이 문제로군……」
그는 손목시계를 바라보았다.
「30분이라……. 이런……! 운명의 여신이 좀처럼 미소를 짓지 않는군……. 하지만 그렇다고 비웃지 마시오, 케셀바흐 씨. 단언하건대 나는 빈손으로 돌아가지 않을 거요……. 결단코!」
순간 전화벨이 울렸다. 뤼팽은 재빨리 수화기를 집어 들어서는 케셀바흐의 탁한 억양을 흉내 내 음색을 바꾸었다.
「그렇소. 나요, 루돌프 케셀바흐……. 아! 그렇소, 아가씨. 연결해 주시오……. 자넨가, 마르코……? 잘했네……. 일은 잘됐나……? 생각보다 빠르군……. 어려운 일은 없었나……? 잘했네, 이 친구야……. 그런데 거기 뭐가 있던가? 흑단 상자…… 그밖에 다른 것은? 서류 같은 건 없던가……? 아, 그랬군……! 그런데 그 상자 안에는……? 훌륭하던가, 그 다이아몬드들은……? 잘했네…… 잘했어……. 잠깐만 마르코, 생각 좀 해야겠네……. 이 모든 것에 대해, 알겠나…… 내 생각을 말하자면……. 아니, 가만히 있게……. 전화 끊지 말게……」

그는 고개를 돌렸다.

「케셀바흐 씨, 당신의 다이아몬드에 미련 있소?」

「있소」

「내게서 되사지 않겠소?」

「그럴 수도 있소」

「얼마에 사겠소? 50만?」

「50만이라……. 좋소……」

「그런데 문제가 있군……. 돈과 다이아몬드를 어떻게 교환한다? 수표? 곤란하지, 당신이 나를 속일 수도 있으니까……. 반대의 경우에는 내가 당신을 속일 수 있고……. 자, 모레 아침 크레디 리요네 은행으로 가서 50만 프랑을 찾아 오퇴유 근처의 숲으로 오시오……. 나는 다이아몬드를 가지고 가겠소……. 자루에 넣어서 말이오. 그게 더 편할 테니까……. 상자는 너무 눈에 띌 거요……」

「아니오…… 그러지 마시오……. 그 상자는…… 나는 전부를 원하오……」

뤼팽은 웃음을 터뜨렸다.

「아! 당신은 함정에 빠졌소……. 당신은 다이아몬드에 관심이 있는 게 아니군……. 그건 다른 것으로 대체할 수 있으니까……. 하지만 당신은 그 상자에는 목숨을 걸고 집착하고 있소……. 그렇다면 당신 상자를 받게 될 거요……. 뤼팽의 명예를 걸고 말하건대…… 당신은 그걸 갖게 될 거요. 내일 아침 소포로 말이오!」

그는 전화를 다시 집어 들었다.

「마르코, 지금 그 상자를 갖고 있나……? 특별한 점은? 흑단으로 되어 있고, 상아로 상감되어 있고……. 그래, 알고 있네……. 포브르 생앙투안에서 파는 일본 스타일의…… 상표는 없나? 아! 작고 둥근 라벨이 붙어 있다고? 가장자리가 푸른색이고 번호가 적혀 있고……. 그렇지, 물품 번호겠지……. 중요한 건 아니네. 그런데 상자 밑바닥이 두꺼운가……? 그래! 이중 바닥은 아니겠군, 그렇다면…… 그러면, 마르코. 위쪽 상아 상감을 살펴보게……. 아니, 그게 아니라 뚜껑 말일세」

그는 기쁨의 함성을 내질렀다.

「뚜껑이군! 바로 그거네, 마르코! 케셀바흐가 눈을 깜박거렸네……. 이제 거의 찾은 것 같네……! 아! 친애하는 케셀바흐, 당신은 내가 당신 표정을 엿보고 있다는 것을 모르고 있었군. 무딘 사람 같으니라고!」

그런 다음 그는 다시 마르코에게 말했다.

「자, 어디까지 했지? 뚜껑 안쪽에 거울이 있다고……? 그 거울이 미닫이식으로 움직이지 않나……? 가는 홈 같은 게 없나? 없다고……? 그렇다면 그 거울을 깨뜨리게……. 그렇다네, 다시 말하지만 그 거울을 깨뜨려 보게……. 그 거울이 거기 있을 이유가 없네……. 덧붙여진 걸세!」

뤼팽은 조바심을 쳤다.

「이 어리석은 친구야, 자네와 상관없는 일에 자네 생각을 개입시키지 말게……. 내 말대로 하게……」

전화선을 통해 마르코가 거울을 깨뜨리는 소리가 들린 모양이었다. 왜냐하면 뤼팽이 의기양양하게 이렇게 소리쳤기 때문이다.

「케셀바흐 씨? 이 사냥에서 소득이 있을 거라고 하지 않았소……? 여보세요? 됐나? 그래서……? 편지? 이겼군! 희망봉의 다이아몬드와 이 신사의 비밀을 모두 갖게 되다니!」

그는 보조 수화기를 들고 둥근 면 두 개를 양쪽 귀에 조심스럽게 갖다 댄 다음 말을 이었다.

「읽어 보게, 마르코. 천천히 읽게……. 우선 봉투에 쓰인 것을……. 좋아…… 이제 반복하게」

그는 자신이 들은 내용을 반복했다.

「검은 가죽 주머니 속에 든 편지의 복사본이라. 그 다음에는 어떻게 하느냐고? 봉투를 찢어 열게, 마르코. 허락해 주시겠소, 케셀바흐 씨? 이건 그리 잘하는 일이라고 할 순 없지만, 어쨌든…… 열게, 마르코. 케셀바흐 씨가 허락했네. 열었나? 그러면 내용을 읽어 보게」

귀를 기울이던 그는 냉소적으로 말했다.

「저런! 상당히 애매한걸. 자, 내가 요약하겠네. 접힌 부분이 전혀 닳지 않은 네 겹으로 접은 평범한 종이에…… 좋아……. 오른쪽 상단에, 1미터 75센티미터, 왼쪽 새끼손가락 한 마디가 잘려 나가고 없음 등등의 말이 쓰여 있다고, 그래, 그건 피에르 르 뒤크라는 인물의 신체적 특징일세. 케셀바흐 씨의 필적인가……? 좋아……. 그리고 그 한가운데에 인쇄체 대문자로 〈APOON〉이라고 쓰여 있다는 거지.

마르코, 자네 그 종이를 잘 갖고 있게. 상자에도 다이아몬드에도 손을 대지 말게. 나는 10분 내로 이 신사 분과 이야기를 끝낼 걸세. 20분 내로 자네에게 가겠네……. 아! 그건 그렇고, 차는 보냈나? 잘했군. 조금 후에 보세」

뤼팽은 수화기를 내려놓고 현관으로 갔다. 그런 다음 방으로 들어가 케셀바흐의 비서와 하인이 그동안 결박을 풀지 않았는지, 물려진 재갈 때문에 숨이 막힐 위험은 없는지를 확인한 다음 자신의 포로에게로 돌아왔다.

뤼팽은 단호하고 냉정한 표정을 지었다.

「이제 농담은 끝이오, 케셀바흐. 만약 당신이 털어놓지 않는다면 할 수 없소. 이제 결심이 섰소?」

「무슨 결심 말이오?」

「어리석은 짓 하지 마시오. 알고 있는 걸 말하시오」

「나는 아무것도 모르오」

「그건 거짓말이오. 이 〈APOON〉이란 건 무슨 뜻이오?」

「만약 내가 그걸 알고 있었다면 거기 적어 놓지 않았을 거요」

「좋소. 하지만 그건 누구와, 무엇과 관계 있는 거요? 어디서 그것을 보았소? 어디서 베낀 거요?」

케셀바흐 씨는 대답하지 않았다.

좀 더 신경이 날카로워진 뤼팽은 훨씬 딱딱거리는 어조로 말했다.

「내 말 잘 들으시오, 케셀바흐. 선생께 한 가지 제안을 하겠소. 선생이 아무리 부자고 거물이라 해도 당신과 나는 똑같은 사람이오. 아우구스부르크의 대장장이 아들과 괴도의 왕자 아르센 뤼팽이 어울린다 해도 문제 될 건 아무것도 없소. 내가 하는 도둑질은 아파트에서 하는 거지만 당신이 하는 도둑질은 증권 거래소에서 하는 것이니 말이오. 마찬가지요. 그러니 이것 보시오, 케셀바흐. 이 사건에서 우리 힘을 합칩시다. 나는 이 내용을 모르기 때문에 당신이 필요하오. 그리고 당신은 혼자라면 결코 이 일을 성공할 수 없기 때문에 내가 필요하오. 바르바뢰크스는 영리한 인물이 아니오. 하지만 나는 뤼팽이오. 어떻소?」

침묵이 흘렀다. 뤼팽은 떨리는 목소리로 몰아붙였다.

「대답하시오, 케셀바흐. 어떻소? 만약 당신이 좋다면 48시간 내로 당신이 찾는 피에르 르뒤크라는 인물을 찾아 주겠소. 이건 그 사람과 관련된 일이니까, 그렇지 않소? 이 사건 말이오. 하지만 대답하시오! 이자는 누구요? 어째서 그를 찾는 거요? 그에 대해 무엇을 알고 있소? 나는 알고 싶소」

뤼팽은 갑자기 말을 끊고 독일인의 어깨에 한 손을 올려놓더니 건조한 어조로 말했다.

「한마디면 충분하오. 하겠소…… 안 하겠소?」

「안 하겠소」

뤼팽은 케셀바흐의 양복 주머니 속에서 금으로 된 멋진 시계를 꺼내 포로의 무릎 위에 올려놓았다.

그런 다음 케셀바흐가 입고 있는 조끼 단추를 풀고 셔츠를 벌려 가슴이 드러나게 했다. 그리고 옆 탁자 위에 있던 금으로 상감한 칼자루의 강철 단검을 들어 고동에 따라 오르내리는 심장 위치에 칼끝을 갖다 댔다.

「마지막으로 묻겠소. 어떻소?」

「안 하겠소」

「케셀바흐 씨, 지금 2시 52분 전이오. 8분 동안 대답하지 않는다면 당신은 죽은 목숨이오」

다음날 아침, 약속 시각에 딱 맞춰 구렐 반장은 팔라스 호텔에 모습을 나타냈다. 그는 걸음을 멈추지 않은 채 엘리베이터는 거들떠보지도 않고 층계를 올랐다. 5층에서 그는 오른쪽으로 몸을 돌려 복도를 따라 걸어와 415호의 벨을 눌렀다.

아무 응답이 없었다. 그는 다시 벨을 울렸다. 짜증스러운 대여섯 차례의 시도 끝에 그는 1층으로 내려가 지배인이 있는 프론트로 갔다.

「케셀바흐 씨를 뵐 수 있겠소? 열 차례나 벨을 눌렀는 데도 응답이 없소」

「케셀바흐 씨는 여기 안 계십니다. 어제 오후 이후에는 뵙지 못했습니다」

「그의 하인이나 비서는 어떻소?」

「그들 역시 보지 못했습니다」

「그렇다면 그들 역시 어젯밤 여기서 자지 않았다는 거요?」

「그럴 겁니다」

「그럴 거라! 그럴 거라니! 그런 일이라면 당신이 확실히 알고 있어야 할 거 같은데」

「왜 그러냐고요? 케셀바흐 씨는 이곳 호텔에 묵고 계신 게 아니라 특별한 개인 공간인 자신의 거처에 계시는 겁니다. 그분의 시중은 우리가 아니라 그분의 하인이 들고 있습니다. 따라서 우리는 그의 집에서 무슨 일이 일어나는지 전혀 알 수 없지요」

「그렇겠군…… 그렇겠군……」

구렐은 몹시 당황한 기색이었다. 그가 이곳에 온 것은 공식적인 지시에 따라 분명한 임무를 받고서였다. 그는 그 한계 안에서만 융통성을 발휘할 수 있었다. 그 한계를 넘으면 어떻게 행동해야 할지 알 수 없었다.

「국장님이 계셨다면…… 국장님이 여기 계셨다면……」

그가 중얼거렸다.

그는 신분증을 보여 주고 자신의 신분을 밝혔다. 그런 다음 무턱대고 이렇게 물었다.

「그렇다면 당신은 그들이 돌아오는 걸 보지 못했소?」

「그렇습니다」

「나가는 건 보았소?」

「역시 보지 못했습니다」

「그렇다면 어떻게 그들이 나간 것을 안다는 거요?」

「어제 오후 415호에 왔던 신사 분이 말해 주셨기 때문입니다」

「갈색 콧수염을 한 신사 말이오?」

「그렇습니다. 저는 그분이 3시경에 호텔을 나가실 때 만났습니다. 그분이 말씀하시더군요. 〈415호 사람들이 막 외출했습니다. 케셀바흐 씨는 오늘 밤 베르사이유에 있는 레제르부아르에서 주무실 겁니다. 그곳으로 그의 우편물을 보내십시오.〉라고 말입니다」

「그런데 그 신사는 누구요? 무슨 자격으로 그런 말을 하는 거요?」

「저는 모릅니다」

구렐은 불안했다. 이 모든 것이 그에게는 몹시 이상하게 여겨졌다.

「그곳의 열쇠 갖고 계시오?」

「없습니다. 케셀바흐 씨는 따로 특수 열쇠를 제작하셨습니다」

「가 봅시다」

구렐은 화를 내며 다시 벨을 눌렀다. 아무 대답이 없었다. 막 돌아서려던 그는 갑자기 몸을 굽혀 열쇠 구멍에 재빨리 귀를 갖다 댔다.

「들어 보시오…… 이건 마치…… 맞아…… 분명해……. 신음소리…… 끙끙거리는 소리……」

그는 문을 주먹으로 두드렸다.

「하지만 반장님, 반장님껜 이럴 권리가 없는데……」

「내게 이럴 권리가 없다는 거 알고 있소!」

그는 더욱 세게 문을 두드렸다. 하지만 아무 반응이 없었으므로 이내 포기했다.

「어서, 빨리! 열쇠공을 불러 오시오」

호텔 종업원 하나가 열쇠공을 부르러 달려갔다. 구렐은 수선스럽고 불안한 표정으로 좌우를 왔다갔다 했다. 다른 층의 종업원들이 모여들었다. 프론트 직원들, 관리부 사람들이 다가왔다. 구렐이 소리쳤다.

「인접한 방들을 통해 이곳으로 들어가는 게 어떻겠소? 저 방들은 이곳과 통해 있지 않소?」

「그렇습니다만 사잇문들에는 항상 양쪽으로 빗장이 질러져 있습니다」

「그렇다면 내가 치안국에 전화를 걸겠소」

구렐이 말했다. 그로서는 자신의 상관만이 유일한 구원책이었다.

「그리고 경찰서에도 연락하십시오」

누군가 말했다.

「알겠소. 정 그러고 싶다면」

그는 그런 공식적인 절차에는 관심 없는 사람처럼 대답했다.

그가 전화를 걸고 돌아오자, 열쇠공은 갖고 있는 열쇠들을 거의 다 동원해 문에 맞는지 시험해 보고 있었다. 마지막 열쇠가 들어맞았다. 구렐은 서둘러 방 안으로 들어갔다.

그는 즉시 신음소리가 나는 곳으로 달려갔다. 비서 채프먼과 하인 에드워즈가 그의 발에 걸렸다. 채프먼은 끈질긴 노력 끝에 입에 물려진 재갈을 조금 밀어내는 데 성공해서 희미한 신음소리를 내고 있었다. 에드워즈는 잠이 든 것 같았다.

사람들이 그들을 풀어 주었다. 구렐은 불안했다.

「그런데 케셀바흐 씨는?」

그는 거실로 갔다. 케셀바흐는 탁자 옆의 안락의자 등받이에 몸이 묶인 채 앉아 있었다. 그의 머리는 가슴 쪽으로 기울어져 있었다.

「기절했군. 결박을 풀려고 애쓰다가 지쳐 버린 게 틀림없어」

구렐은 그에게 다가가면서 중얼거렸다.

그는 재빨리 케셀바흐의 어깨를 묶고 있는 끈을 잘랐다. 그러자 케셀바흐의 상반신이 나무토막처럼 앞으로 쓰러졌다. 그를 받아 안은 구렐은 공포에 찬 비명을 지르며 뒤로 물러섰다.

「이 사람은 죽었어! 만져 봐, 두 손이 차갑잖아. 그리고 두 눈을 봐!」

누군가 말했다.

「분명 뇌출혈을 일으킨 걸 거야……. 아니면 동맥이 터져 동맥류를 일으켰거나」

「과연 그렇군. 상처 입은 흔적이 없어……. 이건 자연사야」

사람들은 긴 의자 위에 죽은 사람을 눕히고 옷을 벗겼다. 옷을 벗기자마자 하얀 셔츠 위로 붉은 얼룩이 나타났다. 셔츠를 젖히자 심장 부근에 작은 상처가 나 있고 그곳으로부터 피가 흘러나오고 있었다.

셔츠에는 명함 하나가 핀으로 꽂혀 있었다.

구렐은 몸을 앞으로 기울였다. 아르센 뤼팽의 명함이 피에 흠뻑 젖어 있었다.

구렐은 위엄 있고 단호하게 몸을 일으켰다.

「이건 살인 사건이오……! 아르센 뤼팽이오……! 나가시오……. 나가시오, 모두……. 이 거실에도 방 안에도 아무도 남아 있어서는 안 되오……. 이 두 사람은 다른 방으로 옮겨서 치료하도록 하시오……! 모두 나가시오……. 아무것도 만지지 마시오……. 국장님이 오실 거요!」

아르센 뤼팽!

구렐은 완전히 겁에 질린 태도로 숙명적인 두 마디를 거듭 되뇌었다. 그 이름이 그의 내부에서 조종(弔鐘)처럼 울려 퍼졌다. 아르센 뤼팽! 도적의 왕! 최고의 모험가! 이런 일이 있을 수 있단 말인가?

「천만에, 천만에, 있을 수 없는 일이야. 왜냐하면 그는 죽었으니까!」

그가 중얼거렸다.

그런데 보라……. 그는 정말로 죽은 것일까?

아르센 뤼팽!

구렐은 무엇에 얻어맞기라도 한 듯이 멍하니 시신 곁에 서서 마치 유령의 도전이라도 받은 것처럼 불안이 역력한 얼굴로 뤼팽의 명함을 뒤집고 또 뒤집었다. 아르센 뤼팽! 이제 무엇을 해야 하는가? 행동을 개시해야 하는가? 자신의 판단에 따라 싸움에 뛰어들어야 하는가……? 아니, 아니야……. 움직이지 않는 편이 나아……. 그런 상대의 도전을 받고 실수를 저지르지 않을 순 없어. 게다가 국장님이 오실 게 아닌가?

국장님이 오실 것이다! 구렐의 심리 상태는 이 한마디로 요약할 수 있었다. 그는 노련미와 인내력과 용기와 경험과 헤라클레스 같은 힘을 겸비한 인물이었지만, 지시를 받고서야 앞으로 나아가고 명령을 받아야만 임무를 완수하는 그런 종류의 사람이었다.

파리 경찰청 치안국에 뒤두이 국장에 이어 르노르망 국장이 취임한 이후 그의 이런 자발성 결핍 증세는 얼마나 더 심해졌던가! 르노르망 국장은 진짜 대장다운 대장이었다! 그와 함께라면 지금 하고 있는 일이 잘하고 있는 것임을 확신할 수 있었다! 그런 확신이 너무도 강한 나머지 구렐은 상관의 추진력 없이는 그 어떤 행동도 할 수 없게 되고 말았다.

국장님이 오실 터였다! 구렐은 시계를 보며 국장이 나타날 정확한 시각을 가늠해 보았다. 이미 연락을 받았을 경찰서장과 예심판사와 법의학자가 앞서 도착해, 국장님이 머릿속에서 이 사건의 핵심적인 사항들을 정리할 여유를 갖기 전에 부적절한 초동수사를 하는 일이 없어야 할 텐데!

「그런데, 구렐, 자네는 꿈이라도 꾸고 있는 건가?」

「국장님!」

얼굴 표정과 안경 너머로 빛나는 눈빛을 보면 르노르망 국장은 아직 젊어 보였다. 하지만 구부정한 등과 밀랍처럼 누레진 메마른 피부, 희끗희끗한 머리카락과 턱수염, 쇠약하고 기운 없고 약해 보이는 전체 모습을 놓고 보면 거의 노인에 가까웠다.

그는 식민지에서 본국 정부의 경찰로서 위험하기 짝이 없는 직무를 수행하며 고단한 세월을 보냈다. 그는 그곳에서 열병에 몇 번이나 걸려 육체적으로 쇠약해졌지만 반면 꺾이지 않는 에너지, 혼자 살고 적게 말하고 침묵 속에서 행동하는 습관, 사람들과의 교제를 싫어하는 성격을 얻었다. 그러다가 그의 나이 쉰다섯 살에 악명 높은 대형 사건이 터졌다. 알제리 비스크르의 세 스페인 인 사건이었다. 이 사건을 해결함으로써 그는 그동안 감내하던 부당한 대우에 대한 보상으로 즉각 보르도로 전보 발령을 받았고, 파리 경찰청 치안국 부국장이 된 데 이어 국장이었던 뒤두이 씨가 죽자 국장으로 승진했다. 이런 각각의 자리에서 그는 유난히 독창적이고 특이한 방식과 지략, 새롭고 창의적인 자질을 발휘함으로써 여론을 흥분시켰다. 특히 최근 네다섯 사건에서 빼어난 활약으로 성공적인 결과에 얻어 냄으로써 이제 그의 이름은 최고 탐정 중 하나로 거론되기에 이르렀다. 그리고 이 점에 있어서 구렐은 주저함이 없었다. 한편 국장은 구렐의 수동적인 복종 성향과 순진함을 좋아했다. 구렐은 르노르망이 아끼는 부하였고, 르노르망은 구렐에게 있어서 탐정 중의 탐정이었다. 국장은 그의 우상이었고 오류 없는 신이었다.

그날 르노르망 국장은 특히 피곤해 보였다. 그는 지친 기색으로 자리에 앉아 유행 지난 디자인과 올리브 색으로 유명한 낡은 프록코트 자락을 벌리고 역시 유명한 밤색 머플러를 풀고는 이렇게 나지막히 말했다.

「말해 보게」

구렐은 자신이 본 것과 알아낸 것을 모두 이야기했다. 평소에

국장이 갖게 해 준 습관대로 그는 간략하게 이야기했다.
 그가 뤼팽의 명함을 보여 주자, 르노르망 국장은 부르르 몸을 떨었다.
「뤼팽!」
그가 외쳤다.
「그렇습니다. 뤼팽입니다. 놈이 다시 나타났습니다」
「차라리 잘됐어. 잘된 일이야」
르노르망 국장은 잠시 생각에 잠겼다가 말했다.
「물론 잘된 일이죠」
 구렐은 그의 말을 반복했다. 상관이 드물게 한 말에 토를 달 수 있게 된 것이 그로서는 흡족했다. 상관에게 흠 잡을 점이 있다면 말수가 너무 적다는 점이었다.
「잘됐지요. 왜냐하면 마침내 국장님께서 걸맞는 상대와 겨루게 되셨으니 말입니다……. 뤼팽이 스승을 만나게 되는 거죠……. 이제 뤼팽이란 이름은 없어지겠지요……. 뤼팽이란 이름은……」
「수색을 시작하게」
 르노르망 국장이 그의 말허리를 잘랐다.
 마치 사냥꾼이 자기 개에게 명령하는 것 같은 어조였다. 그리고 실제로 구렐은 스승이 지켜보고 있는 가운데 훌륭한 사냥개처럼 기민하고 영리하고 날카롭게 수색을 시작했다. 마치 치밀한 의도를 갖고 수풀이나 덤불을 가리키는 것처럼 르노르망 국장은 지팡이 끝으로 이 구석, 저 안락의자를 가리키곤 했다.
「아무것도 없습니다」
 형사 반장이 이윽고 말했다.
「자네에겐 그렇겠지」

르노르망 국장이 불퉁스럽게 응수했다.

「제 말이 바로 그 말입니다……. 국장님 눈에는 마치 사람처럼, 진짜 증인처럼 이 사태를 설명해 주는 것들이 보이시겠지요. 어쨌거나 이 사건은 뤼팽이란 자에게 책임이 있는 것이 분명한 살인 사건입니다」

「사건의 시작은 그랬겠지」

르노르망 국장이 말했다.

「시작은 그랬다고요, 과연……. 하지만 이런 결과는 불가피합니다. 누구든 계속 그렇게 일을 할 수는 없습니다. 언젠가는 상황에 의해 살인을 저지르게 마련이죠. 케셀바흐 씨는 스스로를 방어하기 위해 저항했습니다」

「아닐세. 그는 묶여 있었다네」

「그렇군요. 정말 이상하군요……. 어째서 더 이상 움직일 수 없는 상대를 죽인 걸까요……? 하지만 무슨 상관이 있겠습니까. 어제 나와 현관 문턱에 나란히 서 있었을 때 만약 제가 그자의 덜미를 붙잡기만 했더라도……」

구렐이 당황하며 말했다.

르노르망 국장은 발코니로 갔다. 그런 다음 그는 오른쪽에 있는 케셀바흐 씨의 방으로 가서 창문과 문들이 잠긴 상태를 확인했다.

「이 두 방의 창문은 제가 들어왔을 때엔 닫혀 있었습니다」

구렐이 말했다.

「잠겨 있었나, 아니면 닫혀 있었나」

「그 후 아무도 거기에 손을 대지 않았으니 지금 확인하지요. 이런, 잠겨 있군요, 국장님……」

사람의 목소리가 들려와 그들은 거실로 돌아왔다. 그곳에는 법의학자가 시신을 점검하고 있었고 예심판사 포르므리도 와 있었다. 포르므리가 큰 소리로 외쳤다.

「아르센 뤼팽이라니! 마침내 호의적인 운명이 나를 그 도적과 대면하게 해 주다니 정말 기쁘군요! 그자는 혼이 날 겁니다……! 게다가 이번에는 살인 사건입니다……! 이건 너와 나의 대결이다, 뤼팽!」

포르므리는 몇 년 전 랑발 공작 부인 왕관 사건에서 뤼팽이 자신을 멋지게 속여넘긴 일을 잊지 않고 있었다. 그 사건은 프랑스 사법 역사에서 유명한 것으로 남아 있었다. 사람들은 그 얘기를 하면서 아직도 웃어 댔으므로, 포르므리가 그에 대한 원한과 눈부시게 설욕하고 싶다는 소망을 갖게 된 것은 당연했다.

「이 살인 사건은 명백합니다. 동기는 쉽게 찾을 수 있을 겁니다. 자, 모든 것이 순조롭습니다……. 르노르망 국장님, 안녕하십니까……. 만나서 반갑습니다」

그는 확신에 찬 태도로 말했다.

하지만 실제로 포르므리는 결코 반가운 기색이 아니었다. 오히려 그는 르노르망 국장이 그다지 편안치 않았다. 치안국장은 그에 대한 경멸감을 애써 감추려 하지 않았던 것이다. 예심판사는 몸을 일으켜 여전히 엄숙한 목소리로 말했다.

「그런데 의사 선생님, 살해당한 시각이 약 열두 시간 이전으로, 어쩌면 그 이상으로 거슬러 올라간다는 겁니까……? 제 생각도 그러니까…… 우리는 완벽하게 의견 일치를 본 셈이지요……. 그러면 범행 도구는?」

「아주 날이 날카로운 칼입니다, 예심판사님. 자, 죽은 사람의 손수건으로 칼날을 닦았군요……」

의사가 대답했다.

「과연…… 과연…… 흔적이 뚜렷하군요……. 그러면 이제 케셀바흐 씨의 비서와 하인을 심문하러 갑시다. 그들을 심문한 결과가 우리에게 분명히 어떤 성과를 가져다 줄 겁니다」

거실 왼편에 있는 자신의 방으로 에드워즈와 함께 옮겨 간 채프먼은 이미 심문을 받고 있었다. 그는 전날 있었던 사건과 케셀바흐 씨의 불안, 소위 대령이라고 불리는 자의 예정된 방문에 대해 자세히 밝힌 다음 자신에게 가해진 폭력에 대해 이야기했다.

「아! 이런! 공범이 있군요! 그리고 당신은 그의 이름을 들었고…… 마르코라…… 알겠습니까……? 이건 아주 중요합니다. 우리가 이 공범을 잡으면 수사에 진전이 있을 겁니다……」

포르므리가 말했다.

「그럴 거요. 하지만 현재 우리는 그를 잡지 못하고 있소」

르노르망 국장이 응수했다.

「두고 보지요……. 모든 것에는 다 때가 있는 법이니까. 그렇다면 채프먼 씨, 이 마르코란 자는 구렐 씨가 와서 벨을 누른 후 곧 떠났습니까?」

「그렇습니다. 우리는 그가 떠나는 소리를 들었습니다」

「그가 떠난 다음에는 아무 소리도 들리지 않았습니까?」

「들었습니다……. 이따금, 하지만 아주 희미했죠……. 문이 닫혀 있었거든요」

「무슨 소리였습니까?」

「목소리였습니다. 그 신사는……」

「아르센 뤼팽이라는 이름으로 부르십시오」

「아르센 뤼팽은 전화를 한 것 같습니다」
「좋아요! 이 호텔에서 시내 전화 연결 업무를 맡고 있는 사람을 심문해 봐야겠군요. 그런 다음 그 역시 나가는 소리를 들었습니까?」
「우리가 여전히 잘 있는지 확인한 그는 15분 후 이곳을 나가 현관 문을 잠궜습니다」
「그렇군요. 일을 마치자마자 말입니다. 좋아요! 좋아! 모든 것이 맞아떨어지는군요……. 그 다음에는?」
「그 뒤로는 아무 소리도 들리지 않았습니다……. 어둠이 내렸지요……. 피로가 몰려왔습니다……. 에드워즈 역시 그랬을 겁니다……. 그래서 오늘 아침에서야……」
「그래…… 알겠습니다……. 자, 나쁘지 않군요……. 모든 게 맞아떨어집니다……」

그런 다음 포르므리는 심문으로 알아낸 내용을 짚어 보면서 미지의 사내에 대한 승리감을 드러내는 어조로 생각에 잠긴 채 중얼거렸다.

「공범…… 전화…… 범행 시각…… 희미하게 들려온 소리…… 좋아…… 아주 좋아……. 이제 남은 건 범행 동기야. 이 경우 뤼팽이 관련되었으니 만큼 동기는 명확해. 르노르망 국장님, 혹시 뭔가 없어진 흔적을 발견하지 못하셨습니까?」
「전혀 발견하지 못했소」
「그러면 희생자 본인이 털렸을 겁니다. 그의 지갑을 발견하셨습니까?」
「그의 재킷 주머니 속에 그대로 두었습니다」
구렐이 말했다.

그들은 모두 거실로 왔다. 포르므리 판사는 그 지갑 속에 명함과 신분증만이 들어 있음을 확인했다.

「이상하군요. 채프먼 씨. 케셀바흐 씨가 상당한 돈을 가지고 다닌다고 우리에게 말씀하시지 않았나요?」

「그렇습니다. 그 전날, 다시 말해서, 그제 월요일 우리는 크레디 리요네 은행에 갔고 그곳에서 케셀바흐 씨는 금고를 하나 빌리고……」

「금고를? 크레디 리요네 은행에서? 좋습니다……. 이 점은 조사를 해 봐야겠군요」

「그리고 계좌에서 5, 6000프랑을 찾은 다음 은행을 나왔습니다」

「좋습니다……. 도움이 됐습니다」

채프먼이 다시 말했다.

「한 가지 말씀드릴 게 있습니다. 예심판사님. 케셀바흐 씨는 며칠 전부터 무척 불안해하셨습니다. 제가 말씀드린 대로…… 어떤 계획 때문이었는데, 그 계획을 그분은 굉장히 중요하게 생각하고 계셨습니다. 케셀바흐 씨는 특히 두 가지 물건을 소중히 여기시는 것 같았습니다. 먼저 흑단 상자입니다. 이 흑단 상자를 그분은 크레디 리요네 은행에 안전하게 맡기셨고, 그 다음은 검은 가죽으로 된 서류 주머니로 그분은 그 안에 서류 몇 장을 넣어 두셨습니다」

「그러면 그 서류 주머니는?」

「뤼팽이 오기 전에 그분은 그 서류 주머니를 제가 보는 앞에서 이 여행 가방 안에 넣으셨습니다」

포르므리 판사는 여행 가방을 집어 들고 그 내용물을 살폈다. 서류 주머니는 그곳에 없었다. 그는 두 손을 문질렀다.

「자, 모든 것이 들어맞는군요. 우리는 범인과 정황과 범죄 동기를 알고 있습니다. 이 사건은 오래 끌지 않을 겁니다. 그 점에 전적으로 동의하시죠, 르노르망 국장님?」
「전혀 동의할 수 없소」

한순간 분위기가 얼어붙었다. 경찰서장이 도착해 그의 뒤로 경찰들이 문을 지키고 있었는 데도, 기자들과 호텔 종업원들이 출입문을 밀어젖히고 앞 방에 들어와 진을 치고 있었다. 무례함에 가까워 이미 고위층의 견책을 받은 바 있는 국장의 거친 태도가 아무리 악명 높다 하더라도, 지금 같은 불퉁스러운 대답은 사람들을 당황하게 하기에 충분했다. 포르므리 판사는 어찌 해야 좋을지 모르는 것 같았다.
「하지만 저로서는 이 사건이 아주 단순해 보입니다만. 뤼팽은 도둑질을 했고……」
그가 말했다.
「그가 무엇 때문에 사람을 죽인단 말이오?」
르노르망 국장이 그에게 내뱉듯 말했다.
「훔치기 위해서지요. 도둑질을 하기 위해서 말입니다」
「미안하지만 증인들의 증언에 따르면 도둑질은 살인 이전에 행해졌소. 케셀바흐 씨는 결박당하고 재갈이 물려진 다음 돈을 털렸소. 이제까지 살인 범죄를 저지르지 않은 뤼팽이 이미 돈이 뺏기고 힘을 쓸 수 없는 상황에 놓인 사람을 왜 죽였겠소?」
예심판사는 자신의 긴 금발 수염을 쓰다듬었다. 어떤 문제가 도저히 풀릴 수 없는 것처럼 보일 때 그가 하는 동작이었다. 그는 생각에 잠긴 어조로 대답했다.

「거기에는 몇 가지 대답이 있을 수 있겠지요……」
「어떤?」
「상황에 따라 다릅니다……. 아직 밝혀지지 않은 여러 가지 사항에 달린 문제입니다……. 게다가 그런 반박은 동기의 본질에 관한 겁니다. 나머지 사항에 대해서는 우리 모두 같은 생각입니다」
「그렇지 않소」
이번 대답 역시 또렷하고 단호하고 무례하기까지 한 것이었으므로 완전히 당황한 예심판사는 반박할 생각조차 하지 못하고 이 기묘한 협력자 앞에서 허둥대고 있었다. 이윽고 그는 힘겹게 입을 열었다.
「각자 자기 방식이 있는 법입니다. 국장님의 방식이 어떤 건지 알고 싶군요」
「난 그런 거 없소」
치안국장은 자리에서 일어나 지팡이를 짚고 거실을 가로질러 몇 걸음 걸었다. 주위의 사람들은 침묵했다……. 이 허약하고 노쇠한 노인이 인정하지 않더라도 복종하게 되는 권위에 찬 힘으로 다른 사람들을 제압하는 광경은 참으로 인상적이었다.

오랜 침묵 끝에 그가 입을 열었다.
「이곳으로 통하는 다른 방들을 보여 주시오」
총지배인이 그에게 호텔 배치도를 보여 주었다. 오른쪽 방은 케셀바흐 씨의 방으로 현관 이외에는 다른 출구가 없었다. 하지만 왼쪽에 위치한 비서의 방은 다른 방들과 통해 있었다.
국장이 말했다.
「그 방으로 가 봅시다」

포르므리 판사는 어깨를 으쓱해 보인 뒤 이렇게 투덜거리고 말았다.

「하지만 연결 문에는 빗장이 질러져 있고 창문도 잠겨 있었는데……」

「그 방에 가 봅시다」

르노르망 국장이 거듭 말했다.

그는 케셀바흐 부인을 위해 예약되어 있는 다섯 개 방들 중 첫 번째 방으로 안내받았다. 이어 그의 청에 따라 사람들은 연결된 다른 방들로 그를 안내했다. 모든 연결 문에는 양쪽에서 빗장이 질러져 있었다.

그가 물었다.

「이 방들은 모두 비어 있소?」

「모두 비어 있습니다」

「열쇠는?」

「열쇠는 늘 프론트에 있습니다」

「그렇다면 아무도 안으로 들어올 수 없습니까?」

「아무도 들어올 수 없습니다. 다만 환기를 하고 먼지 터는 일을 맡은 담당 종업원만 들어오지요」

「그를 불러오시오」

귀스타브 뵈도라는 종업원은 전날 밤 늘 하던 대로 다섯 개의 창문들을 잠갔노라고 대답했다.

「그게 몇 시였나?」

「저녁 6시였습니다」

「이상한 점을 아무것도 발견하지 못했나?」

「전혀 없었습니다」

「그러면 오늘 아침에는?」

「오늘 아침, 저는 8시를 알리는 소리를 들으며 창문을 열었습니다」

「역시 아무것도 발견하지 못했나?」

「예, 아무것도……. 아! 그런데……」

종업원은 뭔가 주저하고 있었다. 사람들이 질문을 퍼붓자 그는 마침내 이렇게 털어놓았다.

「그러니까 420호 벽난로 옆에서 담뱃갑 하나를 주웠습니다. 오늘 저녁 프론트에 보고할 생각이었지요」

「지금 가지고 있나?」

「아닙니다. 제 방에 있습니다. 광택 나는 강철로 된 담뱃갑입니다. 한쪽에는 담배와 담배 말이용 종이를 넣을 수 있게 되어 있고 다른 쪽에는 성냥을 넣을 수 있게 되어 있더군요. 거기에는 금으로 L과 M이라는 머리글자가 새겨져 있었습니다」

「자네 도대체 무슨 얘기를 하고 있나?」

앞으로 나선 사람은 채프먼이었다. 그는 몹시 놀란 듯 다급하게 종업원에게 물었다.

「자네가 말하는 게 광택 나는 강철 담뱃갑인가?」

「그렇습니다」

「담배와 종이와 성냥을 넣는 칸이 셋 있는 담뱃갑 말인가……? 부드러운 러시아 산 황금색 담배……?」

「맞습니다」

「가서 가져와 보게……. 내가 좀 보고 싶네. 확인해야겠어……」

치안국장이 손짓을 하자 귀스타브 뵈도는 자리를 떴다. 르노르망 국장은 자리에 앉아 날카로운 눈길로 양탄자와 가구와 커튼을 살펴보았다. 그가 물었다.
「여기가 420호 맞소?」
「그렇습니다」
예심판사가 비웃듯이 말했다.
「이 일과 이 사건 사이에 무슨 관계가 있는 건지 정말이지 궁금하군요. 케셀바흐 씨가 살해된 방과 이 방 사이에는 잠겨진 문들이 다섯 개나 있단 말입니다」
르노르망 국장은 그 말에 대답조차 하지 않았다. 시간이 흘렀다.
「그의 방이 어딥니까, 총지배인 선생?」
치안국장이 물었다.
「쥐데가에 면한 7층 방입니다. 그러니까 바로 이 위지요. 아직도 오지 않다니 이상하군요」
「누군가 보내 주시겠소?」
총지배인 자신이 자리를 떴고 채프먼이 그의 뒤를 따랐다. 몇 분 후 총지배인은 깜짝 놀란 얼굴로 혼자 돌아왔다.
「무슨 일이오?」
「죽었습니다……」
「살해됐단 말이오?」
「그렇습니다」
「이런! 빌어먹을. 놈들이 빨랐군. 그 빌어먹을 놈들이! 어서 움직이게. 구렐. 호텔의 문들을 닫아걸게 하게……. 출구를 지켜……. 그리고 총지배인 선생, 당신은 우리를 귀스타브 뵈도의 방으로 안내해 주시오」
르노르망 국장이 소리쳤다.
총지배인이 방을 나섰다. 그를 따라 방을 나가기 직전 르노르망 국장은 몸을 굽혀 눈여겨보아 두었던 둥글게 말린 작은 종이 조각을 집어 들었다. 푸른 테두리가 둘러진 상표 위에 813이라는 숫자가 쒸어 있었다. 그는 별 생각 없이 그것을 자신의 지갑에 넣고 다른 사람들을 따라갔다.

청년의 등에는 견갑골 사이로 가느다란 상처가 나 있었다. 의사가 말했다.
「케셀바흐 씨의 상처와 똑같습니다」
「그렇군. 같은 사람이 찔렀고 같은 무기를 사용했군」
르노르망 국장이 말했다.
위치로 보아 죽은 사람은 침대 앞에 주저앉아 매트리스 아래에 숨겨 둔 담뱃갑을 찾다가 습격당한 것 같았다. 그의 한쪽 팔이 아직도 매트리스와 침대 사이에 놓여 있었다. 하지만 담뱃갑은 없었다.
「정말로 중요한 물건인 모양이군요」
더 이상 분명한 견해를 밝힐 수 없게 된 포르므리 판사가 자신 없는 어조로 말했다.
「물론이오!」
치안국장이 말했다.
「하지만 우리는 거기에 L과 M이라는 이니셜이 새겨져 있었다는 사실을 알고 있습니다. 그에 대해 채프먼 씨가 알고 있는 내용을 토대로 그 주인을 알아내는 건 어렵지 않을 겁니다」

그 말에 르노르망 국장은 움찔하고 놀랐다.
「채프먼! 그는 어디 있소?」
사람들은 복도에 모여 있는 한 무리의 사람들에게 시선을 돌렸다. 채프먼은 그곳에 없었다.
「채프먼 씨는 나를 따라왔습니다」
총지배인이 말했다.
「그렇소. 나도 알고 있소. 하지만 그는 당신과 함께 내려오지 않았소」
「그렇습니다. 저는 그를 시체 곁에 두고 왔습니다」
「그를 두고 왔다고……! 혼자?」
「제가 그에게, 〈여기 계시오. 꼼짝 말고.〉라고 일러두었지요」
「거기엔 아무도 없었소? 아무도 보지 못했소?」
「복도에는 없었습니다」
「하지만 옆방들…… 아니면, 그러니까, 모퉁이 너머에 아무도 숨어 있지 않았단 말이오?」
르노르망 국장은 무척 흥분한 것 같았다. 그는 이리저리 왔다 갔다 하면서 방마다 문을 열어 보았다. 그러다가 갑자기 그는 믿어지지 않을 만큼 민첩한 동작으로 달리기 시작했다.
그는 여섯 층을 급히 내려갔다. 한참 사이를 두고 총지배인과 예심판사가 그 뒤를 따랐다. 아래층으로 내려온 국장은 호텔 현관 문 앞에 서 있는 구렐에게 갔다.
「아무도 나가지 않았나?」
「아무도 나가지 않았습니다」
「오르비에토가 쪽에 있는 다른 문으로는?」
「거기에는 디외지를 보초로 세워 두었습니다」

「엄한 지시를 내렸겠지?」
「그렇습니다. 국장님」
호텔의 널찍한 로비에는 여행객들이 불안한 표정으로 모여 이 기묘한 살인 사건에 대해 이런저런 견해를 나누고 있었다. 전화로 연락받은 호텔의 모든 종업원들이 차례로 도착했다. 르노르망 국장은 즉각 그들을 심문하기 시작했다.

그들 중 어느 누구도 쓸 만한 정보를 주지 못했다. 그런데 6층 담당 여종업원이 앞으로 나섰다. 10분쯤 전에 5층과 4층 사이의 하인용 계단에서 아래로 내려가는 두 신사와 부딪혔다는 것이었다.

「한 사람이 다른 사람의 손을 붙든 채 무척 빠른 걸음으로 내려가고 있었어요. 저는 그런 신사 분들이 하인용 계단을 이용하고 있다는 사실에 놀랐지요」

「그들의 얼굴을 알아볼 수 있겠소?」

「한 사람은 모르겠어요. 고개를 돌리고 있었거든요. 금발에 여윈 몸집의 신사였는데 검은색 중절모를 쓰고 있었지요……. 검은 양복을 입고요」

「그리고 또 다른 사람은?」

「아! 또 다른 사람은 영국인으로 말끔하게 면도한 살찐 얼굴에 체크 무늬 양복을 입고 있었어요. 머리에는 아무것도 쓰지 않았고요」

그 외양은 채프먼의 모습과 완벽하게 맞아떨어졌다. 여자가 덧붙였다.

「그의 태도가…… 어찌나 이상했던지……. 마치 정신이 나간 사람 같았어요」

구렐이 아무도 나가지 않았다고 말했지만 르노르망 국장은 안

심할 수 없었다. 국장은 문 두 곳을 지키고 있던 종업원들을 차례로 심문했다.

「자네는 채프먼 씨를 알고 있나?」

「그렇습니다, 선생님. 저희는 그와 자주 이야기를 나누곤 했습니다」

「그가 나가는 것을 보지 못했나?」

「보지 못했습니다. 오늘 아침에는 나가지 않았습니다」

르노르망 국장은 경찰서장 쪽으로 몸을 돌렸다.

「서장. 데리고 온 경찰이 몇인가?」

「넷입니다」

「그것으로는 모자라네. 비서에게 전화를 걸어 가능한 모든 인력을 보내라고 하게. 그리고 자네는 모든 출구를 엄중히 지킬 수 있도록 계획을 짜게. 비상사태네, 서장……」

「하지만 우리 고객들은……」

총지배인이 항의했다.

「당신 고객은 내 관심 밖이오, 총지배인 선생. 내겐 내 임무가 최우선인데, 그건 범인을 잡는 거요……. 어떻게 해서든지……」

「그럼 당신 생각에는 범인이……?」

예심판사가 용기를 내어 물었다.

「생각이 아니라, 판사…… 확신하오, 두 건의 살인 사건을 저지른 범인이 아직 이 호텔 안에 있다는 걸 말이오」

「하지만 그렇다면 채프먼은……」

「채프먼이 아직 살아 있다고 확신할 수 없소. 어쨌든 이건 촌각을 다투는 문제요. 구렐, 경찰 둘을 데리고 가서 5층의 모든 방들을 수색하게. 총지배인 선생, 저들에게 직원 하나를 딸려 보내 주시오. 다른 층은 지원 인력이 오는 대로 수색을 시작하겠소. 자, 구렐. 출발하게. 눈을 크게 뜨고. 이건 커다란 사냥감일세」
 구렐과 그의 부하들이 서둘러 자리를 떴다. 르노르망 국장은 로비를 떠나지 않고 프론트 옆에 남아 있었다. 그는 평소 습관대로 자리에 앉으려는 생각조차 하지 않았다. 그는 정문에서 오르비에토가로 나가는 출입구까지 걸어갔다가는 출발 지점으로 되돌아왔다. 그러는 중간중간 지시를 내리곤 했다.
「총지배인 선생, 주방을 감시하도록 해 주시오. 그쪽으로도 빠져나갈 수 있소……. 총지배인 선생, 전화 교환원에게 시내와 통화하기를 원하는 호텔 그 누구에게도 전화를 연결시키지 말라고 하시오. 만약 시내에서 전화가 걸려 오면 원하는 사람에게 전화를 연결시켜 주되, 그 사람의 이름을 적어 놓으라고 하시오. 총지배인 선생, L이나 M으로 시작하는 이름을 가진 투숙객의 명단을 작성해 주시오」
 그는 이 모든 지시를 큰 소리로 내렸다. 전투 결과가 좌우될 중요한 명령을 부관들에게 내리는 장군처럼.
 파리의 팔라스 호텔 같은 품위 있는 호텔에서 치안국장이라는 강인한 인물과 미지의 범인 사이에 벌어지고 있는 이 싸움은 정말이지 가차 없고 끔찍한 전쟁이었다. 베일 속의 사내는 쫓기고 추적당해 이미 우리 안에 갇힌 꼴이었지만 놀라운 영리함과 잔혹성을 지닌 자였다.
 공포가 구경꾼들을 짓누르고 있었다. 로비 중앙에 모여 서 있는 사람들은 무시무시한 살인자의 모습을 줄곧 머릿속에 떠올리며 조그마한 소리에도 두려움에 떨었다. 그는 어디 숨어 있을까? 과연 모습을 나타낼 것인가? 우리 가운데 있는 것은 아닐까……?

혹시 이 사람이……? 아니면 저 사람이……?

어찌나 신경이 곤두서 있었던지 만약 그곳에 대가가 없었다면 사람들은 힘으로 문을 밀어젖히고 거리로 나왔을 터였다. 대가의 존재는 사람들을 안심시켜 주고 편안하게 해 주는 그 무엇을 지니고 있었다. 사람들은 훌륭한 선장이 이끄는 배 위에 탄 승객처럼 자신들이 안전하다고 느꼈다.

모든 사람의 시선은 안경을 쓰고 희끗희끗한 머리에 올리브 색 프록코트와 밤색 머플러를 두르고 등을 구부정하게 굽힌 채 후들거리는 다리로 로비를 왔다갔다 하는 그 노인에게 쏠려 있었다.

구렐의 지시를 수행하고 있는 부하들 중 하나가 이따금 달려왔다.

「새로운 소식은?」

르노르망 국장이 물었다.

「전혀 없습니다. 국장님. 아무것도 발견하지 못했습니다」

호텔 총지배인은 지시를 거두어 줄 것을 두 차례나 요청했다. 견디기 어려운 상황이었다. 프론트에는 밖에 볼일이 있거나 이곳을 떠나려는 참이었던 여행객들이 항의를 하고 있었다.

「나는 아무 상관없소」

르노르망 국장이 거듭 말했다.

「하지만 저는 전부 아는 사람들입니다」

「좋겠군」

「국장님은 직권을 남용하고 있습니다」

「알고 있소」

「곤란한 상황을 초래하실 겁니다」

「그것도 잘 알고 있소」

「예심판사님 역시 저와 같은 생각이십니다」

「포르므리 판사가 나를 좀 가만히 내버려 뒀으면 좋겠소! 지금 하고 있는 대로 하인들을 심문하는 것이 그가 할 수 있는 최선이오. 나머지는 예심판사가 할 일이 아니오. 경찰의 일이지. 내 일이란 말이오」

그때 한 무리의 경관들이 호텔로 들어왔다. 치안국장은 그들을 몇 팀으로 나누어 4층으로 올려 보낸 다음 경찰서장에게 말했다.

「친애하는 서장, 자네에게 감시 임무를 맡겨야겠네. 단언하는데 결코 물러서선 안 되네. 무슨 일이 일어나든 책임은 내가 지겠네」

그런 다음 그는 엘리베이터로 가서 3층 버튼을 눌렀다.

그 일은 쉽지 않았다. 작업이 오래 걸렸다. 60개의 방문들을 열어 보고 욕실과 내실과 벽장과 구석을 모두 조사해야 했던 것이다. 그 일은 또한 아무런 결실도 가져다 주지 못했다. 한 시간 후 정오를 알리는 소리가 들려왔을 때 르노르망 국장은 겨우 3층의 조사를 끝냈을 뿐이었고, 다른 경찰들은 그 위층의 조사를 끝내지 못한 상태였다. 아무것도 발견하지 못한 채.

르노르망 국장은 주저했다. 살인자는 다락방에 올라가 있는 것일까?

케셀바흐 부인이 수행 여비서와 함께 도착했다는 소식을 듣고 국장은 아래로 내려가기로 마음을 정했다. 신뢰받는 늙은 하인 에드워즈가 그녀에게 남편 케셀바흐 씨의 죽음을 알리는 임무를 맡았다.

르노르망 국장은 예약된 방들 중 하나에 있는 케셀바흐 부인을 발견했다. 넋 나간 듯한 얼굴을 하고 있던 그녀는 눈물을 흘리지는 않았지만 얼굴이 고통으로 일그러졌고 온몸은 열병에 걸린 것처럼 떨었다.

상당히 키가 큰 그녀는 갈색 머리를 하고 있었다. 검은 두 눈에는 어둠 속에서 빛나는 금속 조각 같은 작은 금빛 광채가 서려 있었다. 케셀바흐는 그녀를 네덜란드에서 만났는데, 돌로레스는 그곳 스페인 계의 전통 있는 가문인 아몽티 가 출신이었다. 만나자마자 그는 그녀를 사랑하게 되었고 애정과 헌신으로 이루어진 두 사람의 결합은 4년 전부터 깨어진 적이 없었다.

르노르망 국장은 자신을 소개했다. 케셀바흐 부인은 대답 없이 그를 바라보았다. 르노르망 국장은 아무 말도 하지 않았다. 얼이 빠진 상태의 그녀가 자신이 하는 말을 이해할 것 같지 않았던 것이다.

갑자기 그녀는 펑펑 울기 시작하면서 자신을 남편 곁으로 데려다 달라고 청했다.

로비로 내려온 르노르망 국장은 자신을 찾고 있던 구렐과 마주쳤다. 구렐은 그에게 손에 들고 있던 모자를 서둘러 내밀었다.

「국장님. 이걸 주웠습니다……. 분명히 범인의 것이겠지요?」

검은 펠트로 된 중절모였다. 안에는 안감도 상표도 없었다.

「어디서 주웠나?」

「3층 하인용 층계참에서입니다」

「다른 층 층계에는 아무것도 없었나?」

「아무것도 없었습니다. 우리는 샅샅이 뒤졌습니다. 이제 남은 건 2층입니다. 이 모자는 놈이 거기까지 내려왔다는 사실을 증명합니다. 거의 잡은 것 같습니다, 국장님」

「그런 것 같군」

층계 아래 참에서 르노르망 국장은 걸음을 멈추었다.

「경찰서장에게 가서 이렇게 전하게. 네 개의 층계 아래에 각각 두 사람씩 배치하라고 하게. 권총을 들고 말일세. 그리고 필요하다면 발포하라고 하게. 내 말 잘 알아들어야 하네, 구렐. 만약 채프먼을 구하지 못했는데 놈이 빠져나간다면 나는 끝장일세. 이제까지 두 시간 동안 엉뚱한 짓을 했으니 말일세」

그는 층계를 올라갔다. 2층의 한 객실에서 호텔 직원을 대동하고 두 명의 경관이 나오고 있었다. 복도는 비어 있었다. 호텔 종업원들은 감히 그 부근을 돌아다니려 하지 않았고, 몇몇 투숙객들은 자기들 방에서 이중으로 문을 잠그고 틀어박혀 있었다. 그래서 문을 열게 하기 위해서는 오랫동안 문을 두드리고 경찰이라는 것을 알려야 했다.

조금 더 가서 르노르망 국장은 호텔 사무실로 들어가는 또 다른 경찰들을 발견했다. 긴 복도를 따라 모퉁이, 다시 말해서 쥐데가에 면한 방들로부터 또 다른 경찰들이 다가오고 있었다.

다음 순간 그들이 비명을 지르는 소리가 들려왔다. 그들은 달음질을 치며 시야에서 사라졌다. 국장은 걸음을 서둘렀다.

경찰들이 복도 한가운데에 서 있었다. 그들의 발치에는 누군가 얼굴을 바닥에 대고 엎어져 있었다. 르노르망 국장은 몸을 숙이고 두 손으로 축 늘어진 머리를 들어올렸다.

「채프먼……. 죽었군」

그가 중얼거렸다.

그는 시신을 검사했다. 하얀 편물 머플러가 목에 매어져 있었다. 그는 머플러를 풀었다. 붉은 핏자국이 나타났다. 그 머플러는 피에 젖은 두꺼운 솜뭉치를 목덜미에 고정시키기 위해서 매어 놓았던 것이었다.

이번에도 이전과 똑같이 작고 또렷하고 인정사정없이 찌른 상처였다.
연락을 받은 포르므리 판사와 경찰서장이 바로 달려왔다.
「아무도 밖으로 나가지 않았나? 무슨 특별한 징후라도?」
치안국장이 물었다.
「아무 일도 없습니다. 각 층계 아래에서 두 사람씩 보초를 서고 있습니다」
경찰서장이 대답했다.
「혹시 놈이 위로 올라간 건 아닐까요?」
포르므리 판사가 물었다.
「아니오……! 아니오……! 그랬다면 놈과 부딪쳤어야 하지 않소? 이 일은 한참 전에 일어난 일이오. 시체의 손이 이미 차가워져 있소……. 이 범행은 첫 번째 살인 직후 일어났을 거요……. 두 사람이 하인용 층계를 통해 여기 오자마자 말이오」
「하지만 그랬다면 우리가 시신을 봤을 텐데요? 생각해 보십시오. 두 시간 전부터 50명이 넘는 사람들이 이곳을 지나갔습니다」
「여기서 살해된 게 아니오」
「그렇다면 시체가 어디 있었단 말입니까?」
「이런! 그걸 내가 어떻게 알겠소……? 나처럼 직접 찾으시오……! 말만으로는 아무것도 찾아낼 수 없소」
치안국장이 응수했다.
그는 신경질적인 손길로 지팡이의 손잡이 장식을 두드려 댔다. 말없이 생각에 잠긴 채 시신에 눈길을 고정시키고 움직이지 않았다. 이윽고 그가 말했다.
「서장, 희생자를 빈 방으로 옮기고 의사를 부르게. 총지배인 선생, 이 복도에 있는 모든 객실의 문을 열어 주십시오」

거실 두 개와 방 세 개로 이루어진 왼쪽의 특실은 현재 비어 있었다. 르노르망 국장은 그곳을 살펴보았다. 오른쪽의 네 방들 중 두 방에는 르베르다 씨와 자코미치 남작이라는 이탈리아 인이 묵고 있었는데 그 시각엔 두 사람 다 외출 중이었다. 세 번째 방에는 영국인 늙은 독신 여성이 아직 자고 있었고 네 번째 방에는 한 영국인이 복도의 소음에도 아랑곳하지 않고 책을 읽으며 평화롭게 담배를 피우고 있었다. 그의 이름은 파버리 소령이었다.

수색과 심문은 그 어떤 결실도 가져다 주지 못했다. 늙은 독신 여성은 경찰들의 비명이 들리기 전까지 아무 소리도 듣지 못했다고 했다. 싸우는 소리, 죽음의 비명, 다투는 소리도 듣지 못했다는 것이었다. 파버리 역시 마찬가지였다.

또한 쓸 만한 단서나 핏자국, 가엾은 채프먼이 그 방들 중 하나로 들어갔다는 가정을 뒷받침할 만한 그 무엇도 발견하지 못했다.

「이상한 일이군……. 이 모든 것이 정말이지 이상해……」

예심판사가 중얼거렸다. 그런 다음 그는 순진하게도 이렇게 덧붙였다.

「저로서는 점점 더 이해가 안 가는군요. 이런 일련의 상황을 저로서는 도저히 이해할 수가 없습니다. 어떻게 생각하십니까, 르노르망 국장님?」

르노르망 국장이 평소의 좋지 않은 감정을 드러낼 날카로운 한 마디로 쏘아붙이려는 순간, 구렐이 숨을 헐떡이며 달려왔다.

「국장님…… 이걸 발견했습니다……. 아래…… 프론트…… 의자 위에서……」

검은 서지 천 가방을 끈으로 묶은 자그마한 꾸러미였다.
「열어 봤나?」
국장이 물었다.
「그렇습니다. 하지만 안에 든 것을 확인하고 원래와 똑같이 해 놓았습니다……. 아주 꼭 묶여 있었습니다. 보시지요」
「풀어 보게!」
구렐은 가방을 열고 검은 맬턴(부드러운 플란넬)으로 된 윗옷과 바지를 꺼냈다. 접혀 있는 품새로 보아 서둘러 싸 놓은 것임을 알 수 있었다.
그 한가운데에 피로 흠뻑 젖은 수건이 들어 있었다. 거기에 묻은 손자국을 없애기 위해 물에 담갔던 것이 분명했다.
수건 안에는 손잡이를 금으로 상감한 강철 단도가 들어 있었다. 단도는 피로 붉게 물들어 있었다. 겨우 몇 시간 동안 넓은 호텔을 오가는 300여 명의 인파 속에서 보이지 않는 손에 살해당한 세 사람의 피였다. 하인 에드워즈는 즉각 그 단검이 케셀바흐가 가지고 있던 것임을 알아보았다. 그는 그것이 그 전날 뤼팽이 오기 전까지 탁자에 놓여 있었다고 했다.
「총지배인 선생, 내가 내렸던 지시를 해제합니다. 구렐이 가서 문을 개방하라는 지시를 전달할 겁니다」
치안국장이 말했다.
「그렇다면 국장님은 이 뤼팽이라는 자가 도망쳤다고 보십니까?」
포르므리가 물었다.
「아니오. 우리가 확인한 세 살인 사건의 범인은 이 호텔의 객실이나 로비나 거실에 있는 여행객들 가운데 있소. 내 생각에는 호텔 투숙객 중 하나인 것 같소」

「그럴 리가! 그런데 어디서 옷을 갈아입었을까요? 그리고 지금 어떤 옷을 입고 있을까요?」

「모르겠소. 하지만 그렇다고 단언할 수 있소」

「그런데 그를 가게 내버려 둔단 겁니까? 그는 두 손을 주머니에 찌르고 유유히 사라져 버릴 텐데요」

「짐 없이 그렇게 떠나서 돌아오지 않는 여행객이 있다면 그가 바로 범인이오. 총지배인 선생, 나를 호텔 사무실로 안내해 주시오. 투숙객 명단을 자세히 살펴보고 싶소」

호텔 사무실에는 케셀바흐 앞으로 편지가 몇 통 와 있었다. 국장은 그것을 예심판사에게 넘겨주었다. 또한 파리 우체국에서 온 소포도 있었다. 포장된 종이가 일부 찢어져 있었으므로 르노르망 국장은 그 안에 든 루돌프 케셀바흐라는 이름이 새겨진 흑단 상자를 볼 수 있었다.

그는 상자를 열었다. 뚜껑 안쪽에 아직도 그 잔해가 남아 있는 거울 조각을 빼면 그 상자 속에는 아르센 뤼팽의 명함만 들어 있을 뿐이었다. 하지만 아주 사소한 것에 치안국장은 충격을 받은 듯했다. 상자 바깥쪽 밑에 푸른 테두리가 둘러진 작은 상표가 붙어 있었다. 문제의 담뱃갑이 발견된 5층 객실에서 그가 주운 것과 똑같은 상표였다. 여기에도 역시 813이라는 숫자가 씌어 있었다.

르노르망 국장, 수사를 시작하다

「오귀스트, 르노르망 국장을 들어오시게 하게」
보좌관이 방을 나갔다. 잠시 후 치안국장이 들어왔다.
보보 광장의 널찍한 장관 관저 안에는 세 사람이 와 있었다. 30년 전부터 당을 이끌어 온 급진당의 당수이자 현재 국무총리이며 내무부 장관인 발랑그래, 검찰총장 테스타르, 그리고 경찰총장 들롬이었다.
경찰총장과 검찰총장은 앉아 있던 의자(그들은 국무총리와 긴 회의를 한 참이었다)에 그대로 앉아 있었지만, 총리는 자리에서 일어나 치안국장에게 손을 내밀며 아주 친근한 어조로 말했다.
「친애하는 르노르망, 내가 왜 자네보고 와 달라고 했는지 이유를 알고 있겠지?」
「케셀바흐 사건 때문입니까?」
「그렇다네」

케셀바흐 사건! 내가 막 복잡한 실타래를 풀어내기 시작한 이 비극적인 사건에 대해 그 이름은 물론 세부적인 사항을 기억하지 못하는 사람은 없을 것이다. 이 사건은 전쟁이 일어나기 2년 전, 우리 모두를 열광시키지 않았던가. 또한 이 사건이 프랑스 국내외에 불러일으킨 특별한 충격도 모두 기억하고 있을 것이다. 완전히 베일에 싸인 상황 속에서 벌어진 세 건의 살인 이상으로, 이러한 살육의 끔찍한 잔혹성 이상으로 사람들에게 더 큰 충격을 준 것은 아르센 뤼팽의 복귀였다. 사람들은 이를 두고 아르센 뤼팽의 부활이라고도 했다.

아르센 뤼팽! 믿기 어려운, 어안을 벙벙하게 하는 기암성의 모험 이후, 헐록 숌즈와 이지도르 보트를레가 지켜보는 가운데 사랑하는 여인의 시신을 등에 업고 유모 빅투아르를 따라 어둠 속으로 사라져 버린 4년 전 그날 이후 그에 대한 이야기를 들은 사람은 아무도 없었다.

그날 이후 대부분의 사람들은 그가 죽었다고 여겼다. 그것은 경찰의 해석이기도 했다. 그의 흔적조차 찾을 수 없었던 경찰은 그렇게 간단히 그를 묻어 버렸던 것이다.

하지만 어떤 이들은 그가 살아남아 여유 있는 서민으로 아내와 아이들 곁에서 정원을 가꾸는 평화로운 삶을 누리고 있을 거라고 했다. 또 다른 이들은 그가 슬픔의 무게에 짓눌리고 이 세상의 덧없음에 지쳐 침묵을 계율로 하는 트라피스트 교단의 수도원 안에 칩거해 있을 거라고 했다.

그런데 그가 다시 나타난 것이다! 그가 이 사회에 맞서 격렬한 싸움을 다시 시작한 것이다. 대담무쌍, 난공불락, 상상불허의 천재 아르센 뤼팽이 돌아온 것이다.

하지만 이번에는 공포의 비명이 일었다. 아르센 뤼팽이 사람을 죽인 것이다! 그리고 이 야만적이고 잔인하고 냉혹한 범행 때문에 인정이 넘치고 기사도적인 모험가이며 필요할 때면 감상적이 되는 영웅의 신화는 비인간적이며 피에 굶주리고 잔인한 괴물이라는 새로운 판으로 대체되었다. 사람들은 그의 경쾌한 기품과 호기 넘치는 유쾌함에 찬탄을 보냈던 것만큼이나 맹렬하게 과거의 우상을 증오하고 두려워하게 되었다.

그리고 이런 겁에 질린 군중의 분노는 즉각 경찰로 향했다. 지난날 사람들은 웃어넘길 수 있었다. 사람들은 우스꽝스럽게 우롱당한 경찰을 용서했다. 하지만 농담이 너무 길었다. 반항과 분노의 충동에서 사람들은 경찰이 예측하지 못했던 이 가공할 범행에 대해 당국의 책임을 묻고 있었다.

신문지상에서, 공공 모임에서, 거리에서, 심지어는 국회에서까지 그러한 분노가 터져나오자, 당황한 정부는 모든 방법을 동원하여 대중의 도를 지나친 흥분을 가라앉히려 애쓰고 있었다.

발랑그래 총리는 경찰의 제반 문제에 대해 커다란 관심을 가지고 있었고, 치안국장(총리는 그의 독립적인 성격과 자질을 높이 평가하고 있었다)이 다루는 몇몇 사건들의 경우에는 자세히 보고받는 걸 좋아했다. 그런 그가 경찰총장과 검찰총장을 집무실로 불러 이야기를 나눈 다음 르노르망 국장을 부른 것이었다.

「그렇다네, 친애하는 르노르망. 케셀바흐 사건 때문이네. 하지만 그 얘기를 하기 전에 자네가 이 점에 관심을 가져 줬으면 하네. 경찰총장이 특히 신경을 쓰고 있다는 점일세. 들롬 총장, 르노르망 국장에게 설명 좀 해 주시겠소……?」

「오! 르노르망 국장은 이 문제에 관해 너무나도 잘 알고 있습니다. 저와 그 문제에 대해 이야기를 나눈 적이 있으니까요. 저는 팔라스 호텔에서 있었던 그의 부적절한 행동에 대해 제 생각을 밝혔습니다. 전반적으로 사람들이 분개하고 있습니다」

　총장은 부하에게 자신이 그다지 호의적이지 않음을 역력히 드러내는 어조로 말했다.

　르노르망 국장은 자리에서 일어나 주머니에서 종이 한 장을 꺼내 탁자 위에 올려놓았다.

「이게 뭔가?」

　발랑그래가 물었다.

「제 사직섭니다. 총리 각하」

　발랑그래가 펄쩍 뛰었다.

「뭐라고! 자네 사직서라고? 경찰총장이 자네에게 타당한 지적을 했다고 해서, 게다가 크게 뜻이 있는 것도 아닌 그런 말 때문에…… 그렇지 않소, 들롬. 별달리 뜻을 담아 한 말이 아니잖소? 그런데 자넨 이렇게 화를 내는군……! 솔직히 이야기해 보자고, 친애하는 르노르망. 자네 성격은 정말 고약하다네. 자, 이 종이는 집어넣고 진지하게 이야기를 해 보세나」

　치안국장은 다시 자리에 앉았다. 싫은 기색을 숨기지 않는 경찰총장을 가만히 있으라고 다독이면서 발랑그래가 말했다.

「간단히 말해서 르노르망, 사태는 이렇다네. 뤼팽의 재등장이 우리를 난처하게 하고 있네. 그자는 오랫동안 우리를 골탕먹여 왔네. 고백하건대 그건 재미있었네. 사실 나만큼 그 일에 배꼽을 잡은 사람도 없을걸세. 하지만 지금은 진짜 범죄가 일어나고 있네. 구경꾼들을 즐겁게 하는 한 우리는 아르센 뤼팽을 참아 줄 수 있네. 하지만 그가 사람을 죽인다면 그건 다른 문제라네」

「그렇다면 총리 각하, 제게 뭘 원하십니까?」
「우리가 원하는 게 뭐냐고? 오! 그건 간단하네. 우선 그를 체포하고…… 그런 다음 그의 목을 매다는 걸세」
「그의 체포라면 언젠가 하겠다고 약속드릴 수 있습니다만 그의 목을 매다는 것은 할 수 없습니다」
「무슨 말인가! 그가 체포되면 살인 혐의로 기소될 것이고 판결은 틀림없이…… 교수형일걸세」
「그렇지 않습니다」
「그렇지 않다니?」
「왜냐하면 뤼팽은 사람을 죽이지 않았기 때문입니다」
「뭐라고? 자네 돌았군, 르노르망. 팔라스 호텔의 시체들은 하나의 전설이 되지 않았나! 삼중 살인이 일어났잖은가?」
「그렇습니다. 하지만 그 살인을 저지른 건 뤼팽이 아닙니다」
국장은 놀라운 확신을 보여 주는 침착한 태도로 아주 공손하게 말했다.
경찰총장과 검찰총장이 항의했다. 발랑그래는 다시 말을 이었다.
「내 생각에 르노르망, 자네가 타당한 동기 없이 그런 가정을 했을 것 같지는 않은데?」
「이건 가정이 아닙니다」
「증거는?」
「우선 두 가지를 들 수 있습니다. 두 가지 모두 심증입니다. 이 심증은 현장에서 제가 예심판사에게 제시한 것이고 신문지상에도 대서특필되었지요. 무엇보다도 뤼팽은 사람을 죽이지 않습니다. 자신이 그곳에 온 목적인 도둑질을 마쳤고 상대는 의자에 묶이고 재갈이 물려져 걱정할 것이 아무것도 없는데 어째서 살인을 했겠습니까?」

「좋아. 하지만 물적 증거는?」

「물적 증거라는 건 이성과 논리에 비하면 무가치한 겁니다. 그리고 제겐 물적 증거도 있습니다. 뤼팽이 있었던 방 안에서 문제의 담뱃갑이 발견되었다는 것이 무슨 뜻이겠습니까? 또한 경찰이 발견한 검은 양복은 살인자의 양복이 분명한데 그것은 아르센 뤼팽의 사이즈와 전혀 다릅니다」

「그렇다면 자네는 뤼팽의 사이즈를 안단 말인가?」

「저는 모릅니다. 하지만 에드워즈가 그를 보았고, 구렐도 그를 보았습니다. 그들이 본 사람은 객실 담당 종업원이 하인용 층계에서 본, 채프먼의 손을 잡아끌고 가던 자가 아닙니다」

「그렇다면 자네 생각은 어떤가?」

「〈사실〉은 어떠냐는 말씀이시겠지요, 총리 각하. 사실, 적어도 제가 사실이라고 믿고 있는 것은 이렇습니다. 4월 16일 화요일, 한 사내…… 그러니까 뤼팽이 오후 2시경 케셀바흐 씨의 거처에 침입했습니다……」

웃음소리가 르노르망 국장의 말을 막았다. 경찰총장이었다.

「미안하지만 르노르망 국장, 자네가 좀 지나치게 서두르고 있는 것 같아서 말일세. 그날 3시 케셀바흐 씨는 크레디 리요네 은행에 와서 금고가 있는 방으로 내려갔네. 방명록에 있는 그의 서명이 그 사실을 증명하네」

르노르망 국장은 예의 바르게 상관이 말을 마치기를 기다렸다. 그런 다음 그러한 공격적인 발언에 그 어떤 직접적인 대응도 하지 않고 말을 계속했다.

「오후 2시경 뤼팽은 마르코라고 불리는 공범의 도움을 받아 케셀바흐 씨를 결박하고, 그가 몸에 지니고 있는 현금을 전부 빼앗았으며, 그를 협박해 크레디 리요네 은행 금고의 암호를 알아냈습니다. 암호를 알아내자마자 마르코는 그곳을 떠났습니다. 그는 두 번째 공범과 합류했고, 케셀바흐 씨와 비슷한 외모(그날 그는 케셀바흐 씨가 입었던 것과 똑같은 옷을 입고 금테 안경을 착용함으로써 그런 닮은 점을 더욱 두드러져 보이게 했지요)를 한 그 두 번째 공범은 크레디 리요네 은행으로 들어가 케셀바흐 씨의 서명을 흉내 내 서명하고 금고의 내용물을 가지고 마르코와 함께 돌아왔습니다. 마르코는 즉각 뤼팽에게 전화를 걸었지요. 케셀바흐 씨가 알려 준 암호가 맞다는 것을 확인한 뤼팽은 목적이 달성되자 그곳을 떠났습니다.」

발랑그래는 머뭇거리는 기색이었다.

「그렇군…… 그래……. 그렇다고 하세……. 하지만 나를 놀라게 하는 점은 뤼팽 같은 사내가 과연 얼마 되지 않는 이익 때문에 그런 큰 위험을 감수했는가 하는 걸세……. 얻은 것은 약간의 돈과 (여전히 가설이긴 하지만) 금고 안의 내용물 정도 아닌가?」

「뤼팽은 그 이상을 원했습니다. 그는 여행 가방 속에 들어 있던 가죽으로 된 서류 주머니나 금고 안에 있던 흑단 상자를 원했던 겁니다. 그는 상자를 손에 넣은 셈입니다. 그 안에 있던 것을 비우고 나서 그것을 돌려보냈으니까요. 그러니까 지금 이 순간 그는 케셀바흐 씨가 진행하던, 그가 죽기 몇 분 전 비서에게 조금 밝힌 그 유명한 계획에 대해 이미 알고 있거나 알아 가고 있는 중일 겁니다.」

「그 계획이란 게 뭔가?」

「저는 모릅니다. 케셀바흐 씨가 접촉했던 바르바뢰크스 탐정소의 소장은 그가 피에르 르뒤크라는 부랑자처럼 보이는 한 사내를 찾고 있었노라고 제게 말했습니다. 그가 왜 그 사내를 찾았을까요? 그리고 그 수색이 그의 계획과 무슨 관계가 있었을까요? 저로서는 알 수 없습니다」

발랑그래가 결론을 내리듯 말했다.

「좋아. 이제까지는 아르센 뤼팽의 활약에 관한 것이었네. 이제 그의 역할은 끝났네. 케셀바흐 씨는 결박당하고 재갈이 물려졌으나…… 살아 있었네……! 그때부터 시체가 발견되었을 때까지 무슨 일이 있었을까?」

「몇 시간 동안은 아무 일도 일어나지 않았습니다. 밤이 될 때까지는 말입니다. 밤사이에 누군가가 들어왔습니다」

「어디로 말인가?」

「케셀바흐 씨가 예약해 놓은 방 중 하나인 420호를 통해서입니다. 침입자는 물론 가짜 열쇠를 가지고 있었습니다」

「하지만 그 방과 케셀바흐 씨의 거처 사이에는 빗장 걸린 방이 다섯 개나 있었다네!」

「발코니가 있지요」

「발코니라!」

「그렇습니다. 발코니는 쥐데가로 나 있는 같은 층 방들이 공동으로 쓰게 되어 있습니다」

「그 사이에는 공간이 있지 않은가?」

「날렵한 사람이라면 뛰어넘을 수 있습니다. 이 침입자는 뛰어넘었습니다. 저는 그 흔적을 발견했습니다」

「하지만 그가 묵는 숙소의 모든 창문들은 잠겨 있었고 범행 후에도 역시 잠겨 있었다는 것이 확인되었네」

「비서 채프먼의 창문만은 예외였습니다. 그 창문은 잠기지 않은 채 닫혀만 있었습니다. 제가 직접 시험해 보았습니다」

이번에는 총리도 약간 동요하는 기색이었다. 그 정도로 르노르망 국장의 발언은 논리적이고 빈틈없고 타당한 사실들을 기초하고 있는 듯했다.

그는 점점 구미가 돋는 것을 느끼며 물었다.

「하지만 그 침입자는 무슨 목적으로 그곳에 왔을까?」

「모릅니다」

「아! 자네도 모른다……」

「그렇습니다. 그의 이름도 모릅니다」

「하지만 그가 어떤 이유에서 살인을 했을까?」

「모릅니다. 그저 그가 살인을 할 목적으로 그곳에 온 것이 아니라, 그 역시 가죽으로 된 서류 주머니와 상자의 내용물을 가지러 왔다가 자신의 적이 저항할 수 없는 상황에 놓인 것을 발견하고 그를 죽였다는 가정을 할 수 있을 뿐입니다」

발랑그래가 중얼거렸다.

「그렇겠군…… 그래……. 엄밀히 말하자면…… 그럼 자네 생각에는 그가 그 서류들을 발견한 것 같나?」

「그는 상자를 발견하지 못했습니다. 왜냐하면 그것은 그곳에 없었으니까요. 하지만 그는 여행 가방 속에서 검은 가죽으로 된 서류 주머니는 찾아냈습니다. 그러므로 뤼팽과…… 그 침입자는 둘 다 같은 입상인 셈입니다. 두 사람 모두 케셀바흐 씨의 계획에 대해 같은 내용을 알고 있지요」

「다시 말해서 그들은 서로 싸움을 시작할 거란 뜻이군」

총리가 말했다.

「바로 그렇습니다. 그리고 그 싸움은 이미 시작되었습니다. 아르센 뤼팽의 명함을 발견한 살인자는 그것을 시체 위에 핀으로 꽂아 놓았습니다. 그래서 모든 정황이 아르센 뤼팽에게 불리해졌습니다……. 그러니까 아르센 뤼팽이 살인자가 된 거지요」

「과연…… 과연…… 앞뒤가 꼭 들어맞는군」

발랑그래가 말했다.

「그리고 만약 살인자가 그에게 불리한 우연으로 올 때였든, 갈 때였든 간에 420호에 자신의 담뱃갑을 떨어뜨리지 않았다면, 호텔 종업원 귀스타브 뵈도가 그것을 줍지 않았다면 그 계략은 성공했을 겁니다. 그 일로 자신이 신분이 이미 노출되었거나 곧 노출되리란 것을 알고 살인자는……」

「그가 어떻게 그 사실을 알았을까?」

「어떻게냐고요? 포르므리 예심판사 때문이죠. 판사는 문들을 활짝활짝 열어 놓고 심문을 진행했습니다. 예심판사가 귀스타브 뵈도에게 다락방에 가서 담뱃갑을 가져오라고 말했을 때, 살인자는 구경꾼들이나 호텔 종업원들이나 신문 기자들 사이에 숨어 있었던 게 분명합니다. 뵈도는 자기 방으로 올라갔습니다. 살인자는 그를 따라 올라가 칼을 휘둘렀습니다. 두 번째 살인을 저지른 것입니다」

더 이상 아무도 항변하지 못했다. 국장은 팔라스 호텔의 비극을 현실감과 정확성을 가지고 재구성하고 있었다.

「그럼 세 번째 살인은?」

발랑그래가 물었다.

「세 번째 희생자는 스스로 위험을 자초했습니다. 뵈도가 돌아오지 않자, 자신이 직접 그 담뱃갑을 살펴보고 싶어진 채프먼은 호텔 총지배인과 함께 자리를 떴습니다. 살인자와 부딪힌 그는 객실 중 하나로 끌려가 살해되었습니다」

「하지만 그는 어째서 자신이 케셀바흐 씨와 귀스타브 뵈도를 죽인 살인자라고 알고 있는 그자에게 그렇게 끌려갔을까?」

「저는 모릅니다. 또 그 범행이 어느 방에서 저질러졌는지, 그리고 범인이 어떤 기적적인 방법을 동원해 그곳을 빠져나갔는지도 모릅니다」

「푸른 상표 두 장에 대한 말도 들었네만?」

발랑그래가 물었다.

「그렇습니다. 하나는 뤼팽이 보낸 그 상자에 붙어 있던 것이고 또 다른 것은 제가 주운 것으로 살인자가 훔쳐 간 가죽으로 된 서류 봉투 속에 있었던 게 분명합니다」

「그래서?」

「제게 그것들은 아무 의미도 없습니다. 뭔가 의미가 있다면 그것은 케셀바흐 씨가 각각의 상표에 적어 놓은 813이라는 숫자입니다. 그의 필적을 확인했습니다」

「그 813이라는 숫자는?」

「수수께끼입니다」

「그래서?」

「그래서 저는 다시 한번 저는 그것에 대해서 아무것도 모른다고 말씀드릴 수밖에 없습니다」

「추측 같은 것도 없나?」

「전혀 없습니다. 부하 둘을 팔라스 호텔의 채프먼의 시신이 발견된 층에 방을 잡게 했습니다. 그 두 사람을 통해 저는 호텔의 모든 투숙객들을 감시하고 있습니다. 아직 남아 있는 사람 중에

르노르망 국장, 수사를 시작하다 77

범인이 있을 겁니다」

「살인이 저질러지는 동안 외부에서 전화가 걸려오지는 않았나?」

「걸려왔습니다. 시내에서 누군가 파버리 소령에게 전화를 걸어왔더군요. 2층에 투숙하고 있는 네 사람 중 하나입니다」

「그럼 그 소령은?」

「부하들을 시켜서 그를 감시하고 있습니다. 지금까지는 별다른 혐의 사항이 없습니다」

「그러면 어떤 방향으로 수사할 생각인가?」

「오! 수사 방향은 아주 분명합니다. 제가 보기에 살인자는 케셀바흐 부부가 아는 사람이거나 친척 가운데 한 사람입니다. 놈은 이 부부의 행적을 알고 있었고 그들의 습관과 케셀바흐 씨가 파리에 온 이유를 알고 있었으므로 적어도 그가 하려는 일의 중요성을 눈치 채고 있었을 겁니다」

「그러면 이건 전문가의 범죄가 아니란 말인가?」

「아닙니다! 아니고말고요! 결코 전문가의 범죄가 아닙니다! 이 범죄는 상상을 초월할 정도로 대담하고 노련하게 저질러졌지만 상황에 따른 것일 뿐입니다. 거듭 말하지만 조사해야 할 것은 케셀바흐 부부의 주변 인물들입니다. 그 증거로, 케셀바흐 씨의 살인범이 귀스타브 뵈도를 죽인 것은 그 호텔 종업원이 담뱃갑을 가져갔기 때문이었고, 채프먼을 죽인 것은 그 비서가 자신의 존재를 알고 있었기 때문입니다. 채프먼이 보인 반응을 상기해 보십시오. 담뱃갑에 대한 설명만으로도 채프먼은 이 살인 극의 진원을 직감했습니다. 그가 담뱃갑을 보았다면 우리에게 정보를 줄 수 있었을 겁니다. 범인은 그것을 알고 있었습니다. 그래서 채프먼을 제거한 겁니다. 그래서 우리는 이제 L과 M이라는 그의 머리글자 외에는 아무것도 모르게 된 거지요」

그는 잠시 생각에 잠겼다가 말했다.

「총리 각하의 질문에 대한 답이 될 수 있는 또 다른 증거가 있습니다. 채프먼이 전혀 모르는 사람의 뒤를 따라 호텔의 복도와 계단을 올라갔을 거라고 보십니까?」

사실들이 축적되고 있었다. 사실, 적어도 사실처럼 보이는 것들이 점점 늘어나고 있었다. 가장 흥미진진한 쟁점들은 여전히 베일에 싸여 있다 하더라도. 얼마나 큰 진전인가! 동기는 모르지만 이제 그 비극적인 아침나절에 벌어진 일련의 사건들을 명확하게 알 수 있게 되지 않았는가!

침묵이 흘렀다. 각자 생각에 잠겨 쟁점 사항과 반박할 점을 찾고 있었다. 마침내 발랑그래가 외쳤다.

「친애하는 르노르망. 모든 게 완벽하네······. 자네는 나를 납득시켰네. 자네 말이 맞네······. 하지만 이것만으로는 아무런 진전도 없지 않은가」

「무슨 말씀인지요?」

「그렇고말고. 이 모임의 목적은 이 미스터리(언젠가 자네가 이 수수께끼의 전모를 풀 수 있으리라는 것을 나는 의심치 않네)의 일부를 풀어내는 데 있는 것이 아니라, 대중의 요구를 가능한 한 폭넓게 만족시키자는 데 있네. 이런! 살인자가 뤼팽인지 아닌지, 범인이 둘인지 셋인지 하나인지 히는 논란은 우리에게 범인의 이름을 말해 주는 것도, 놈을 체포해 주는 것도 아닐세. 대중들은 여전히 경찰이 무능하다는 고약한 인상을 버리지 않을 거란 말일세」

「제가 어떻게 해야 합니까?」

「대중이 만족할 만한 것을 주어야 하네」
「그렇지만 제가 보기에 이러한 설명으로 이미 충분히……」
「말뿐이잖나! 그들은 행동을 원하네. 그들을 만족시켜 줄 수 있는 건 범인의 체포뿐일세」
「맙소사! 맙소사! 하지만 아무나 체포할 수는 없습니다」
「아무도 체포하지 않는 것보다는 그게 나을지도 모른다네……」
발랑그래가 웃으며 말했다.
「이 보게. 잘 찾아보게. 자네는 케셀바흐의 하인 에드워즈가 범인이 아니라고 확신하나?」
「절대적으로 확신합니다……. 그리고 안 됩니다. 총리 각하. 이건 위험하고 어이없는 일입니다……. 검찰총장님 역시 이런 일에…… 우리가 체포할 수 있는 사람은 단둘밖에 없습니다. 살인자…… 저는 그가 누군지 모릅니다……. 그리고 아르센 뤼팽입니다」
「그래서?」
「지금 아르센 뤼팽을 체포할 순 없습니다……. 적어도 상당한 시간과 일련의 조치가 필요합니다……. 그리고 뤼팽이 행동을 자제하고 있거나…… 죽은 것 같아서 저로서는 아직 그 계획을 잡지 않았습니다」
발랑그래는 자신의 바람이 즉석에서 이뤄지기를 바라는 사람처럼 조급하게 발을 굴러 댔다.
「하지만…… 하지만…… 친애하는 르노르망, 뭔가 조치가 필요하네……. 자네를 위해서도 역시 그렇다네……. 자네가 고위층에 적들을 갖고 있다는 사실을 알고 있을걸세……. 만약 내가 이 자리에 없었다면 자네는……. 요컨대 르노르망, 이런 식으로는 자네 역시 난관을 헤쳐 나갈 수 없네……. 공범들은 어떤가? 뤼팽만 있는 게 아니잖은가……? 마르코도 있고…… 케셀바흐 씨 역을 맡아 크레디 리요네 은행 지하실에 내려간 인물도 있네」

「그자면 만족하시겠습니까, 총리 각하?」

「충분하고말고! 그 하수인의 이름을 알려 주게」

「제게 일주일만 시간을 주십시오」

「일주일이라니! 친애하는 르노르망, 이건 날짜가 아니라 시간이 달린 문제란 말일세」

「그렇다면 제게 몇 시간을 주실 수 있으십니까. 총리 각하?」

발랑그래는 시계를 꺼낸 다음 냉소하듯 말했다.

「자네에게 10분을 주겠네. 친애하는 르노르망」

자신의 시계를 꺼낸 다음 치안국장은 예의 바른 어조로 또박또박 말했다.

「그중 4분은 필요 없습니다, 총리 각하」

발랑그래가 어리둥절한 표정으로 국장을 바라보았다.

「4분은 필요 없다니? 무슨 말을 하고 있는 건가?」

「제게 주신 10분이 너무 많다는 겁니다, 총리 각하. 딱 6분만 있으면 됩니다」

「아. 그래! 하지만 르노르망…… 지금은 농담할 때가 아닐세」

창가로 다가간 치안국장은 관저 앞뜰에서 한담을 나누며 주위를 왔다갔다 하고 있는 형사 둘에게 신호를 보냈다. 그런 다음 조금 전의 자리로 돌아왔다.

「검찰총장님. 오귀스트막시맹필립 다유롱이라는 자의 체포 영장에 서명해 주십시오. 나이는 47세, 직업란은 비워 두십시오」

국장이 문을 열었다.

「들어오게…… 구렐. 디외지, 자네도 들어오게나」

구렐이 디외지 형사와 함께 들어왔다.

「수갑 가지고 있나, 구렐?」

「예, 국장님」

르노르망 국장은 발랑그래 쪽으로 갔다.

「총리 각하. 준비 완료되었습니다. 하지만 이 체포를 그만두라고 해 주시기를 다시 한번 간절히 청합니다. 이 체포는 제 모든 계획에 차질을 가져옵니다. 이 체포로 인해 저의 모든 계획이 무산될 수도 있습니다. 작은 만족 때문에 계획 전체를 망칠 위험이 있습니다」

「르노르망 국장. 자네에게 이제 80초밖에 남지 않았다는 사실을 환기시켜 줘야겠군」

국장은 짜증스러운 동작을 억제하고 지팡이에 몸을 의지해 방의 오른쪽 끝에서 왼쪽 끝까지 왔다갔다 하더니 마치 침묵하기로 작정한 사람처럼 화가 난 태도로 자리에 앉았다. 이윽고 그는 돌연 마음을 정한 듯 말했다.

「총리 각하, 지금부터 이 사무실로 제일 처음 들어오는 자가 바로 총리 각하께서 체포하고 싶어하시는 사람입니다……. 다만 이건 제가 원하는 것이 아니라는 점을 명확히 해야겠습니다」

「이제 15초 남았네, 르노르망」

「구렐…… 디외지…… 지금부터 처음으로 들어오는 사람일세.

알겠나? 검찰총장님, 서명을 마치셨습니까?」
「이제 10초 남았네, 르노르망」
「총리 각하, 벨을 눌러 주시겠습니까?」
발랑그래는 벨을 눌렀다. 보좌관이 문간에 나타나 지시를 기다렸다.
발랑그래는 국장 쪽으로 몸을 돌렸다.
「자. 르노르망. 자네의 지시를 기다리고 있네. 누구를 들어오라고 해야 하나?」
「더 이상 들어올 사람은 없습니다」
「하지만 자네가 체포하겠다고 한 자는? 6분은 족히 흘렀네」
「그렇습니다. 그자는 여기 있습니다」
「뭐라고? 무슨 말인지 모르겠군. 아무도 들어오지 않았다네」
「들어왔습니다」
「아! 그렇지! 하지만……. 이것 보게. 르노르망, 자네 나를 놀리고 있나? 거듭 말하지만 아무도 들어오지 않았네」
「이 사무실에는 우리 네 사람이 있었습니다. 총리 각하. 이제는 다섯 사람입니다. 그러니 누군가 들어왔지요」
발랑그래가 소스라쳤다.
「뭐라고? 이건 말도 안 되는 소리야! 자네 무슨 말을 하고 싶은 건가……?」
두 형사는 출입문과 보좌관 사이를 가로막았다. 르노르망 국장이 보좌관에게 다가가 그의 어깨에 두 손을 올리고 엄한 어조로 말했다.
「내무부 장관 관저의 수석 보좌관 다유롱 오귀스트막시맹필립, 법의 이름으로 체포한다」

발랑그래는 웃음을 터뜨렸다.

「아! 정말 재미있군…… 정말 재미있어……. 르노르망, 이 짓궂은 친구 같으니라고. 정말 재미있군! 브라보, 르노르망. 정말 오랜만에 이렇게 웃어 보는군……」

르노르망 국장은 검찰총장 쪽으로 몸을 돌렸다.

「검찰총장님. 다유롱이라는 자의 직업란을 채우는 걸 잊지 않으셨겠지요? 내무부 장관 관저의 수석 보좌관이라고……. 좋아…… 좋다고…… 수석 보좌관…… 내무부 장관 관저의……」

그의 옆에 서 있던 발랑그래가 더듬거리며 말했다.

「이런! 탁월한 르노르망이 천재적인 생각을 해냈군……. 대중은 누군가를 체포하기를 요구하고 있어……. 휴우, 그는 첫 번째로 내 수석 보좌관을 고른 거야……. 오귀스트…… 저 모범적인 직원을……! 그래, 사실일세. 르노르망, 난 자네가 어느 정도 엉뚱한 친구라는 것은 알고 있었지만 이 정도인 줄은 몰랐네, 이 친구야! 이렇게 대담할 수가!」

이 장면이 시작되면서부터 오귀스트는 주위에서 벌어지고 있는 일들을 도무지 이해할 수 없다는 듯한 표정으로 꼼짝도 하지 않았다. 충직하고 성실한 아랫사람다운 그의 선한 얼굴에는 완전히 넋 나간 듯한 표정이 떠올라 있었다. 그는 그들의 말이 무슨 뜻인지 파악하려 애쓰는 듯 말하는 사람들을 차례로 바라보았다.

르노르망 국장이 구렐에게 몇 마디 하자 구렐이 밖으로 나갔다. 이윽고 르노르망 국장은 오귀스트 쪽으로 다가가며 단호히 말했다.

「허튼 짓 하지 말게. 자네는 체포되었네. 게임에 진 것을 알았을 때는 패를 던지는 게 가장 좋아. 지난 화요일 자네는 무엇을 했나?」

「저요? 아무 일도 하지 않았습니다. 저는 여기 있었습니다」

「거짓말을 하는군. 그날은 자네의 휴가였어. 자네는 외출했지」

「그렇군요…… 생각납니다. 시골 친구가 와서…… 우리는 함께 숲으로 산책을 나갔습니다」

「마르코라는 친구였지. 그리고 크레디 리요네 은행의 지하실을 산책했을 테고」

「제가요! 그게 무슨 말씀이십니까……! 마르코라니요? 저는 그런 이름 가진 사람은 모릅니다」

「그렇다면 이건 어떤가? 이건 알고 있나?」

국장은 그의 코앞에 금테 안경을 들이대며 소리쳤다.

「전혀…… 전혀 모르겠습니다……. 저는 안경을 끼지 않는데요……」

「그렇겠지. 크레디 리요네 은행에 가서 케셀바흐 씨 역할을 할 때만 끼겠지. 이 안경은 자네가 제롬이라는 이름으로 묵고 있는 콜리제가 5번지의 방에서 가져온 걸세」

「제가 방을요? 저는 이곳 관저에서 살고 있는데요」

「하지만 뤼팽의 패거리에서 맡은 역할을 수행하기 위해 그곳에서 옷을 갈아입지」

상대는 땀으로 뒤덮인 이마를 손으로 닦았다. 그의 안색은 납빛이었다. 그는 더듬거리며 말했다.

「무슨 말씀이신지 저는 도무지…… 국장님께서 하시는 말씀을…… 말씀을……」

「제대로 알아듣기 위해서 한 가지가 더 필요한가? 자. 이건 이 앞 방 자네 책상 아래 있는 쓰레기통에 자네가 버린 종이 뭉치에서 찾아낸 걸세」

르노르망 국장은 상단에 내무부 표시식이 인쇄되어 있는 종이를 펼쳤다. 거기에는 루돌프 케셀바흐의 필적을 흉내 낸 글자들이 여기저기 쓰여져 있었다.

「자, 이것에 대해서는 뭐라고 말할 생각인가, 성실한 보좌관 친구? 이게 케셀바흐 씨의 서명을 연습한 증거가 아니란 말인가?」

다음 순간 르노르망 국장은 가슴에 정통으로 주먹을 맞고 비틀거렸다. 오귀스트는 단숨에 열려 있는 창문 앞으로 내달아 창틀을 넘어 앞뜰로 뛰어내렸다.

「저런 나쁜 놈……! 저런! 무뢰한 같으니라고!」

발랑그래가 소리쳤다.

발랑그래는 벨을 누른 다음 창문가로 달려가 창문 밖으로 소리쳐서 사람을 부르려 했다. 그때 르노르망 국장이 그에게 아주 침착하게 말했다.

「진정하십시오, 총리 각하……」

「하지만 저 나쁜 놈 오귀스트를 잡아야……」

「잠깐만 제 말을 들어 보십시오……. 저는 이런 결말을 예상했습니다……. 오히려 조장했다고 할 수 있지요……. 이만큼 더 확실한 자백은 없으니까요」

그런 침착함에 압도된 발랑그래는 자리에 돌아가 앉았다. 잠시 후 구렐은 다유롱 오귀스트막시맹필립, 곧 내무부 장관 관저의 수석 보좌관 제롬의 멱살을 잡고 들어왔다.

「데려오게, 구렐」

르노르망 국장이 말했다. 마치 입에 날짐승을 물고 돌아온 충실한 사냥개에게 〈가져와!〉라고 말하듯이.

「순순히 끌려오던가?」
「제 손을 물었지만 전 잡은 손의 힘을 늦추지 않았습니다」
형사 반장이 우람하고 울퉁불퉁한 손을 내밀며 말했다.
「잘했네, 구렐. 이제 그 친구를 마차에 태워 유치장으로 데려가게. 또 만나세, 제롬」

발랑그래는 몹시 즐거워했다. 그는 웃으면서 두 손을 문질러 댔다. 자신의 수석 보좌관이 뤼팽의 공범이었다는 사실이 그에게는 이 사건에서 가장 매혹적이고 역설적인 부분으로 여겨지는 모양이었다.

「브라보! 친애하는 르노르망. 이 모든 것이 놀랍군. 그런데 어떻게 일을 이렇게 만든 건가?」

「오. 아주 간단합니다. 저는 케셀바흐 씨가 바르바뢰크스 탐정소에 일을 의뢰했다는 것, 뤼팽이 이른바 그 회사에서 온 것처럼 가장하고 케셀바흐 씨의 집에 나타났다는 것을 알고 있었습니다. 이 점을 조사해 본 결과 저는 케셀바흐 씨와 바르바뢰크스가 경솔하게 흘린 말들이 그 회사 직원의 친구인 제롬이라는 자에게 누출되었다는 사실을 알았습니다. 만약 총리 각하께서 서두르라고 지시하시지 않았다면, 저는 이자를 계속 감시해 마르코, 나아가 뤼팽까지 잡았을 겁니다」

「자네는 그럴 수 있을걸세. 르노르망. 그리고 우리는 이 세상에서 가장 흥미진진한 구경거리를 관람하게 되겠지. 뤼팽과 자네와의 싸움이라. 나는 자네에게 걸겠네」

다음날 아침, 여러 신문에 다음과 같은 편지가 게재되었다.

치안국 르노르망 국장님께 보내는 공개 편지

친애하는 나의 친구 국장님, 내무부 장관 관저 수석 보좌관 제롬을 체포한 일에 대해 찬사를 보냅니다. 그건 국장님께 어울리는 쾌거였습니다. 또한 제가 케셀바흐 씨의 살인범이 아니라는 사실을 놀라운 솜씨로 총리 각하께 증명해 준 데 대해서도 찬사를 보내는 바입니다. 당신의 발표는 명료하고 논리적이고 완전무결하고 무엇보다도 사실이었습니다. 당신이 아시다시피 저는 살인을 하지 않습니다. 이 경우 그 사실을 분명히해 주신 데 대해 감사드립니다. 나의 친구 국장님, 대중과 당신이 저를 제대로 평가해 주는 일이 제게는 꼭 필요합니다.

그건 그렇고 제가 당신을 도와 그 가공할 살인범을 추적하고 케셀바흐 사건 해결에 일익을 담당하는 것을 허락해 주십시오. 이 사건에 어찌나 흥미와 관심이 끌렸던지 저는 충실한 저의 애견 셜록, 그리고 독서와 더불어 보낸 4년 동안의 은둔 생활로부터 빠져나와, 모든 친구들을 동원해 이 아수라장에 다시 뛰어들었답니다.

삶이란 얼마나 알 수 없는 것인지요! 제가 당신의 협력자가 되다니요. 친애하는 나의 친구 국장님, 제가 이 일을 기뻐하고 이러한 운명의 호의에 응당 드려야 할 감사를 드리고 있음을 믿어 주시기 바랍니다.

—아르센 뤼팽

추신: 한마디 빠뜨렸군요. 당신은 이해해 주시라 믿습니다. 제 휘하에서 싸우는 영광스러운 특권을 누리는 신사가 감옥의 축축한 짚자리 위에서 썩는 것은 부당한 일입니다. 그러므로 저는 5주 후인 5월 31일 금요일, 제가 내무부 장관 관저의 수석 보좌관으로

심어 놓았던 제롬이라는 신사를 탈출시킬 것이라는 사실을 당신에게 미리 알려 드리는 것이 의무라고 생각합니다. 날짜를 잊지 마십시오. 5월 31일 금요일입니다.

—A. L.

세르닌 공, 준비에 착수하다

 쿠르셀가와 오스만 대로 모퉁이 건물의 1층…… 파리에 사는 러시아 이주민 중에서 가장 유명한, 신문의 〈동정〉란에 늘 이름이 언급되는 세르닌 공작이 살고 있는 곳이다.
 오전 11시, 세르닌 공은 서재에 들어섰다. 그는 군데군데 은발이 섞인 밤색 머리카락을 지닌 35세에서 38세가량 된 사내였다. 안색은 건강하고 콧수염은 기운차 보였으며 구레나룻은 짧게 면도해 탱탱한 뺨 위에 흔적만 볼 수 있었다.
 그는 몸에 꼭 맞는 회색 프록코트에 하얀 면으로 가두리 장식을 한 조끼를 차려입고 있었다.
 「이런, 오늘은 힘든 하루가 되겠군」
 그가 나지막하게 말했다. 그는 큰방으로 통하는 문을 열었다. 그곳에는 사람들 몇이 기다리고 있었다. 그가 말했다.
 「바르니에 있나? 들어오게, 바르니에」

소시민처럼 보이는, 작지만 다부진 체격을 한 사내가 그의 부름에 서재로 들어왔다. 세르닌 공은 그를 들어오게 하고 문을 닫았다.

「자, 어떻게 되고 있나, 바르니에?」

「오늘 저녁 일을 위한 모든 준비가 완료되었습니다, 두목」

「좋아, 간단하게 말해 보게」

「상황은 이렇습니다. 남편이 살해된 후 케셀바흐 부인은 두목이 보내게 한 안내서를 보고 가르슈에 있는 여성용 휴양소를 거처로 선택했습니다. 그곳 정원 구석에는 다른 입소자들과 완전히 분리되어 살고 싶어하는 여성들에게 빌려 주는 빌라가 네 개 있는데, 그녀는 그 마지막 빌라에 살고 있습니다. 황후의 궁이라고 불리는 곳이죠」

「하녀들은?」

「수행 여비서 게르트뤼드가 있습니다. 부인은 사건이 있은 지 몇 시간 후 그 비서와 함께 왔지요. 그녀는 게르트뤼드와 자매 간인 쉬잔을 몬테카를로에서 오게 해 하녀 일을 맡겼습니다. 두 자매는 그녀에게 아주 헌신적입니다」

「하인 에드워즈는?」

「그녀는 그를 해고했습니다. 그는 자기 나라로 돌아갔지요」

「사교계 사람들은 만나는가?」

「아무도 만나지 않습니다. 그녀는 소파에 누워서 시간을 보냅니다. 매우 아파서 약해진 것 같습니다. 눈물을 많이 흘립니다. 어제는 예심판사가 그녀 옆에 두 시간 동안 있었습니다」

「알겠네. 그 젊은 처녀는 지금 어떤가?」

「주느비에브 에르몽 양은 길 반대편에 살고 있습니다……. 넓은 들판으로 통하는 작은 골목인데, 그 골목의 오른쪽 세 번째 집입니다. 그녀는 지진아를 위한 자선 학교에서 일하고 있습니다. 그녀의 할머니 에른몽 부인이 그녀와 함께 살고 있지요」

「그런데 자네가 올린 보고서에 따르면, 주느비에브 에른몽과 케셀바흐 부인은 서로 알고 있다면서?」

「그렇습니다. 그 처녀가 케셀바흐 부인에게 학교를 위한 후원금을 요청했지요. 두 사람은 서로가 마음에 든 모양입니다. 벌써 나흘째 휴양소 건물의 뜰로 통하는 빌뇌브 공원으로 산책을 나오고 있거든요」

「두 사람이 나오는 시간이 언제인가?」

「5시에서 6시까지입니다. 6시 정각에 처녀는 학교로 돌아갑니다」

「일은 제대로 계획했겠지?」

「오늘 6시입니다. 준비 완료했습니다」

「다른 사람들은 없나?」

「그 시각 공원에는 아무도 없습니다」

「잘됐군. 거기로 가겠네. 나가 보게」

그는 현관 문으로 그를 나가게 하고 대기실 쪽으로 돌아와 이름을 불렀다.

「두드빌 형제 들어오게」

두 사람의 청년이 들어왔다. 조금 사치스럽게 차려입은 듯한 품위 있는 차림에 기민한 눈빛, 기분 좋은 느낌을 풍기는 이들이었다.

「잘 있었나, 장. 잘 있었나, 자크. 경찰청에 뭐 새로운 일은 없나?」

「별다른 일은 없습니다, 두목」
「르노르망 국장은 여전히 자네들을 믿고 있나?」
「언제나처럼 그렇습니다. 국장은 우리를 구렐 다음으로 총애하고 있습니다. 그가 우리를 팔라스 호텔에 보내 채프먼이 살해되었을 때 2층에 투숙했던 사람들을 감시하는 임무를 맡긴 것이 그 증거지요. 매일 아침 구렐이 오면, 우리는 두목께 한 것과 똑같은 보고를 그에게 합니다」
「좋아, 난 경찰청에서 일어나는 모든 일들을 알고 있어야 하네. 르노르망 국장이 자네들을 자기 사람으로 믿고 있는 한 이 상황에서 열쇠는 내가 쥐고 있는 셈이지. 호텔에서 별다른 단서가 발견되진 않았나?」
형인 장 두드빌이 대답했다.
「투숙해 있던 영국 여자가 호텔을 떠났습니다」
「그 여자에겐 관심 없네. 이미 다 알고 있다네. 그 옆방에 묵고 있는 파버리 소령은 어떤가?」
형제는 당황한 것 같았다. 이윽고 두 사람 중 하나가 대답했다.
「오늘 아침 파버리 소령은 12시 50분 발 기차에 맞추어 자기 짐을 파리 북역으로 운반하라고 지시했습니다. 그런 다음 자신은 자동차로 출발했지요. 우리는 기차 시간에 맞추어 그곳에 갔습니다만 소령은 오지 않았습니다」
「그럼 짐은?」
「그는 짐을 역에서 다시 찾아오라고 지시했더군요」
「누구를 통해서?」
「심부름꾼을 통해서라고 합니다」
「그러니까 그의 흔적을 놓쳤단 말이지?」

「그렇습니다」
「마침내 일이 풀리는군!」
세르닌 공이 유쾌한 듯 외쳤다.
두 사람은 놀란 눈길로 그를 바라보았다.
「아, 그렇고말고…… 이제 하나의 단서가 생겼잖나!」
그가 말했다.
「그렇게 보십니까?」
「물론이지. 채프먼은 그 복도에 있는 방들 중 하나에서 살해되었네. 케셀바호 씨의 살인범이 그의 비서를 데려온 것도 그 방이고, 놈이 그를 죽인 곳도, 옷을 갈아입은 곳도 바로 그 방이네. 살인자가 떠나고 나서 공범은 시체를 복도에 내놓았네. 그 공범은 어떤 인물일까? 파버리 소령이 사라진 방법을 보면 그가 이런 일에 익숙한 사람임을 알 수 있네. 서두르게, 르노르망 국장이나 구렐에게 이 기쁜 소식을 전화로 알리게. 경찰청 사람들이 가능한 한 빨리 이 정보를 알아야 하네. 그들과 나는 손에 손을 잡고 나란히 나아가고 있다네」

세르닌 공은 자신의 수하인 동시에 경찰청 소속 형사인 그들의 이중 역할에 관해 몇 가지 지시를 한 다음 그들을 내보냈다. 대기실에는 두 명의 방문객이 남아 있었다. 그는 그중 한 사람을 들어오게 했다.

「정말 미안하오, 의사 선생. 이제야 만나게 됐구려. 피에르 르뒤크는 어떻소?」
「죽었습니다」
「오! 이런! 오늘 아침 당신 말을 듣고 예상은 하고 있었소. 어쨌든 그 딱한 친구는 오래 버티질 못했군……」

그가 말했다.

「그는 마지막 힘까지 소진한 상태였습니다. 실신하더니 그것으로 끝이었지요」

「말은 하지 않았소?」

「하지 않았습니다」

「벨빌의 한 카페 탁자 아래에서 우리가 함께 그를 데려온 후로, 그가 바로 경찰이 찾고 있는, 케셀바흐가 어떻게 해서든지 찾고 싶어하던 그 베일에 싸인 피에르 르뒤크라는 것을 선생 병원의 그 누구도 눈치 채지 못한 게 확실하오?」

「아무도 눈치 채지 못했습니다. 그는 외딴 방에서 지냈습니다. 게다가 저는 그의 왼손을 붕대로 싸매 두었습니다. 새끼손가락의 상처가 눈에 띄지 않도록 말입니다. 뺨의 상처는 수염에 가려 보이지 않았습니다」

「그리고 직접 진찰했소?」

「제가 직접 했습니다. 그리고 당신의 지시대로 그의 정신이 좀 돌아올 때마다 질문을 했지요. 하지만 들어도 뜻을 알 수 없는 말들만 들을 수 있었습니다」

공작은 생각에 잠긴 채 중얼거렸다.

「죽었다……. 피에르 르뒤크가…… 케셀바흐 사건의 전모가 그에게 달려 있는데 이렇게 되다니……. 이제 그가 사라져 버렸어……. 아무것도 밝히지 않고, 자신에 관해, 자신의 과거에 관해 한마디 말도 하지 않고……. 내가 전혀 모르는 이런 일에 끼어들 필요가 있을까? 이건 위험해……. 내가 위험해질 수도 있어……」

그는 잠시 생각에 잠겼다가 소리쳤다.

「아! 할 수 없지! 어쨌든 하는 거야. 피에르 르뒤크가 죽었다고 해서 내가 이 게임을 포기할 수는 없어. 오히려 그 반대지! 이 사건은 너무나도 유혹적이야. 피에르 르뒤크는 죽었어. 피에르 르뒤크 만세……! 가 보시오. 의사 선생. 집으로 돌아가시오. 오늘 저녁에 전화하겠소」

의사가 방을 나갔다.

「필립, 이제 자네 차례일세」

세르닌 공작은 마지막 방문자에게 말했다. 마지막 방문자는 희끗희끗한 머리카락을 한 자그마한 사내로 호텔 종업원 복장을 하고 있었는데, 그가 근무하는 곳은 2류 호텔 같았다.

「두목, 지난 주 저에게 베르사유에 있는 되앙페레 호텔의 종업원으로 들어가 어떤 청년을 감시하라고 하신 거 생각나십니까?」

「아, 그럼. 알고 있네……. 제라르 보푸레를 감시하라고 했지. 그는 어떻게 지내나?」

「백척간두의 상황입니다」

「여전히 불길한 생각을 하고 있나?」

「여전히 그렇습니다. 그는 자살하려고 합니다」

「심각한가?」

「아주 심각합니다. 그의 물건 가운데에서 연필로 쓴 이런 메모를 발견했습니다」

「아! 이런! 자기가 죽을 거라고 말하고 있군……. 그리고 때는 오늘 저녁이 될 거야!」

세르닌이 메모를 읽으며 외쳤다.

「그렇습니다, 두목. 밧줄도 구입하고 천장에 갈고리도 박아 놓았더군요. 저는 지시하신 대로 그와 사귀었습니다. 그가 저에게 자신의 비참한 상황을 이야기하기에 두목을 만나 보라고 충고했습니다. 〈세르닌 공작님은 부자인 데다 너그러워서 어쩌면 자네를 도와줄지도 모른다네.〉라고 말했지요」

「모든 게 완벽하군. 그가 올까?」

「이미 와 있습니다」

「자네가 어떻게 아나?」

「그를 미행했지요. 그는 파리 행 열차에서 내려 지금 큰길을 왔다갔다 하고 있습니다. 곧 마음을 정할 겁니다」

그때 하인이 명함을 하나 가져왔다. 세르닌 공은 명함을 살펴본 다음 이렇게 말했다.

「제라르 보푸레 씨를 안내하게」

그런 다음 필립에게 말했다.

「이 방으로 들어가 우리가 나누는 말에 귀를 기울이면서 움직이지 말게」

혼자가 된 공작은 이렇게 중얼거렸다.

「어째서 내가 망설이고 있는 거지? 그를 보낸 건 운명이야……」

몇 분 후, 말라서 뼈가 두드러진 얼굴에 열에 들뜬 듯한 눈빛을 한 여윈 몸매의 금발 청년이 방 안으로 들어왔다. 그는 당황한 듯 머뭇거리며 문간에 서 있었다. 손을 내밀고 싶지만 차마 그러지 못하는 걸인 같은 태도로.

대화는 짧았다.

「당신이 제라르 보푸레 씨요?」

「예…… 예……. 접니다」

「난 당신이 누군지……」

「그러니까…… 공작님……. 그러니까…… 어떤 사람이 제게……」

「어떤 사람이라니 누구 말이오?」

「호텔 종업원인데요……. 그의 말이 선생님 댁에서 일한 적이 있다더군요……」
「그러니까 요컨대?」
「그러니까……」
 청년은 세르닌 공의 오만한 태도에 당황하고 위축된 듯 말을 멈추었다. 공작이 소리쳤다.
「선생, 그러니까 용건이……」
「용건은 이렇습니다, 공작님……. 어떤 사람 말이 당신은 무척 부자고 너그러우시다고요. 그래서 혹시 저를 도와주실 수……」
 그는 굴욕스런 구걸하는 말을 입 밖에 내지 못한 채 또 말을 멈추었다.
 세르닌은 그에게로 다가갔다.
「제라르 보푸레 씨. 혹시 당신은 〈봄의 미소〉라는 시집을 출간한 적이 있지 않소?」
「맞습니다. 맞아요. 그 책을 읽으셨습니까?」
 청년의 얼굴이 밝아졌다.
「그렇소…… 아주 아름답더군. 당신의 시들은…… 아주 아름다웠소. 그런데 그 시들로 생활을 할 수 있는 거요?」
「그렇게 되겠죠……. 조만간……」
「조만간…… 조만간이라……. 가까운 장래는 아닌 것 같군, 안 그렇소? 그때가 올 때까지 생활하는 데 도움을 얻기 위해 여기 온 거요?」
「먹을 것을 사기 위해섭니다, 공작님」
 세르닌은 청년의 어깨에 한 손을 얹고 차갑게 말했다.
「시인들은 밥을 먹고 살지 않소, 선생. 그들의 양식은 시와 꿈이라오. 그렇게 하시오. 그 편이 구걸을 하는 것보단 나을 거요」
청년은 모욕으로 몸을 떨었다. 그는 한마디 말도 없이 서둘러 문을 향해 걸어갔다.
세르닌이 그를 불러 세웠다.
「한마디만 더 합시다, 선생. 당신에겐 지금 돈이 없소?」
「한 푼도 없습니다」
「그러면 믿을 게 아무것도 없는 거요?」
「아직 희망이 하나 있긴 합니다……. 제 부모님 중 한 분에게 뭘 좀 보내 달라고 청하는 편지를 썼습니다. 오늘 답장이 올 겁니다. 그게 마지막 희망입니다」
「만약 답장을 받지 못한다면 당신은 분명 오늘 밤 마음의 결정을……」
「그렇습니다. 선생님」
그의 대답은 간단하고 또렷했다.
세르닌이 웃음을 터뜨렸다.
「맙소사! 정말 우스운 말도 하는군, 고지식한 친구 같으니! 순진하게 내 말을 액면대로 받아들이다니! 내년에 다시 나에게 와 주겠소……? 그때는 오늘 일을 옛이야기 하듯 할 수 있을 거요……. 호기심과 관심이 동하는걸. 정말 재미있군……. 하! 하! 하!」
웃음으로 몸을 흔들며 공작은 부자연스러운 동작과 인사를 곁들이면서 청년을 문으로 안내했다.
「필립, 들었나?」
공작은 필립에게 문을 열어 주며 말했다.
「예, 두목」

「제라르 보푸레는 오늘 오후에 올 전보를 기다리고 있네. 구원의 약속을……」
「그렇습니다. 그것이 그의 마지막 보루입니다」
「그 전보가 그의 손에 들어가서는 안 되네. 전보가 오면 중간에서 가로채 찢어 버리게」
「알겠습니다, 두목」
「호텔에는 자네 혼자뿐인가?」
「그렇습니다. 요리사와 저 단둘인데, 요리사는 호텔에서 자지 않습니다. 사장은 자리에 없고요」
「좋아. 그럼 우리가 주인일세. 오늘 밤 11시에 보세. 가 보게」

세르닌 공은 자기 방으로 가서 벨을 눌러 하인을 불렀다.
「모자와 장갑, 그리고 지팡이를 가져오게. 차는 준비됐나?」
「예, 공작님」
그는 몸치장을 하고 밖으로 나와 널찍하고 안락한 리무진에 올라탔다. 그를 태운 리무진은 불로뉴 숲에 있는 가스틴 후작 부부의 저택 앞에 멈추었다. 그는 그곳에 점심 초대를 받았던 것이다.
2시 반, 그는 후작의 집을 나와 클레베 대로에 차를 멈추고 친구 두 사람과 의사를 태웠다. 그들은 2시 55분, 프랭스 공원에 도착했다. 3시, 공작은 스피넬리라는 이름의 이탈리아 인 장교와 펜싱 시합을 벌여 1회전에서 상대의 귀를 잘랐다. 3시 45분, 그는 캉봉가의 클럽에서 돈을 걸었다. 5시 20분, 그는 4만 7,000프랑을 따고 그곳에서 나왔다.

이 모든 일들을 그는 서두르지 않고, 오만한 무심함을 지닌 채 해냈다. 그의 삶을 사건과 행위의 소용돌이 속으로 몰고 가는 그런 열띤 행동들이 그에게는 평온하기 짝이 없는 일상사이기라도 한 것처럼.

「옥타브, 가르슈로 가세」

그가 운전사에게 말했다.

그리하여 5시 50분, 그는 빌뇌브 공원의 오래된 담장 앞에 차를 멈추고 거기서 내렸다.

이제는 부서지고 망가졌지만 빌뇌브의 영지에는 나폴레옹 3세의 아내였던 외제니 황후가 쉬러 오곤 했던 시절의 찬란한 그 무엇이 남아 있었다. 고목들과 연못, 생클루 숲이 펼치는 눈앞을 가득 채운 녹음과 더불어 그 풍경에는 우아함과 서글픔이 깃들어 있었다.

그 영지의 주요 부분은 파스퇴르 연구소에 기증되었다. 공유지에 속한 공간으로 주요 부분과 분리되어 있는 나머지 부분은 그보다는 좁았지만 그래도 상당히 넓은 땅이었다. 그곳에 휴양소를 가운데 두고 멀찍이 떨어진 곳에 빌라 네 채가 있었다.

「여기가 바로 케셀바흐 부인이 머무는 곳이군」

멀리 휴양소와 빌라 네 채의 지붕을 보면서 세르닌 공은 생각했다.

그는 공원을 가로질러 연못 쪽으로 향했다.

문득 그는 모여 선 나무들 뒤에서 걸음을 멈추었다. 연못을 가로지르는 다리 난간에 팔꿈치를 기대고 서 있는 두 여자가 눈에 띄었던 것이다.

「바르니에와 그의 부하들이 이 근처에 있을 텐데. 하지만 할 수 없지, 그들은 꼭꼭 숨어 있을 테니까. 찾으려 해 봤자 소용없을 거야……」

이제 두 여자는 고색창연한 커다란 나무들 아래 잔디밭을 산책하고 있었다. 고요한 미풍이 산들거리는 나뭇가지 사이로 푸른 하늘이 언뜻언뜻 나타났다 사라졌다. 대기에는 봄의 냄새, 신록의 냄새가 떠돌고 있었다.

고요한 물 위까지 비스듬히 경사지며 내려오는 잔디밭 위에는 데이지, 오랑캐꽃, 수선화, 은방울꽃 같은 4월과 5월의 꽃들이 다채로운 별들처럼 여기저기 무리를 이루어 피어 있었다. 해가 지평선을 넘어가고 있었다.

그때였다. 작은 숲에서 갑자기 사내 세 명이 나오더니 산책 중인 여자들 쪽으로 향했다.

그들은 여자들에게 다가갔다.

몇 마디 말이 오갔다. 두 여자는 두려워하는 기색이 역력했다. 사내 하나가 젊은 처녀에게 달려가 그녀가 쥐고 있는 금으로 된 지갑을 빼앗으려 했다.

두 여자는 비명을 내질렀다. 세 사내가 그들에게 달려들었다.

「지금 나타나든가, 아니면 영원히 가만히 있어야겠군」

세르닌 공은 생각했다.

그는 앞으로 내달았다.

10초 만에 그는 연못 가까이에 이르렀다.

그가 다가오는 것을 보고 세 사내는 줄행랑을 놓았다.

「이 불한당들아, 도망쳐라. 걸음아 날 살려라 하고 도망치라고. 여기 구원자가 나타났다」

그는 비웃듯 말했다.

그런 다음 그는 그들을 쫓아가기 시작했다. 하지만 두 여자 중 하나가 그에게 간청했다.

「오! 선생님, 도와주세요…… 제 친구가 아파요」

실제로 둘 가운데 키가 작은 여자가 실신해 잔디에 넘어져 있었다. 걸음을 돌린 그는 불안한 기색으로 물었다.

「다친 건 아닌가요……? 그 나쁜 놈들이 혹시……?」

「아닙니다…… 아니에요……. 그저 놀란 것뿐입니다……. 감정적으로요……. 게다가…… 이해하실 수 있을 거예요……. 이분이 바로 케셀바흐 부인이시거든요……」

「이런!」

그가 말했다.

그가 작은 각성제 병을 꺼냈다. 젊은 처녀는 즉각 그 병을 친구의 코밑에 갖다 댔다. 그가 다시 말했다.

「자수정 마개를 여시면…… 작은 상자가 있을 겁니다. 그 상자 안에 드롭스가 있습니다. 부인께서 그걸 하나 드시게 하십시오……. 하나만, 더는 안 됩니다……. 아주 독하거든요……」

그는 그 젊은 처녀가 친구를 돌보는 것을 바라보고 있었다. 처녀는 금발에 아주 소박한 차림을 하고 있었고 부드럽고 진지한 얼굴에 웃지 않을 때조차도 이목구비를 활기차게 보이게 하는 미소를 지니고 있었다.

「이 여자가 바로 주느비에브군」

그가 생각했다.

그런 다음 그는 감정에 겨워 혼잣말로 되풀이했다.

「주느비에브…… 주느비에브……」

케셀바흐 부인은 차츰 정신을 차렸다. 처음에 그녀는 놀란 듯 무슨 일이 일어났는지 깨닫지 못하는 것 같았다. 이윽고 기억이 되살아나자 그녀는 목례로써 자신을 구해 준 사람에게 감사를 표했다.

그는 고개를 깊이 숙이며 말했다.

「저를 소개하게 해 주십시오……. 세르닌 공작입니다」

그녀가 나지막한 목소리로 말했다.

「어떻게 감사를 표해야 할지 모르겠군요」

「그러실 것 없습니다, 부인. 감사를 받아야 할 것은 우연입니다. 우연이 저를 이쪽으로 산책하게 이끌었으니까요. 제 팔을 좀 빌려 드려도 되겠습니까?」

몇 분 후 케셀바흐 부인은 자신의 빌라 문 앞에 서서 벨을 누르고는, 세르닌 공에게 말했다.

「마지막으로 한 가지 부탁을 더 드려야겠군요, 공작님. 이 습격 사건에 대해서 아무 말도 하지 말아 주세요」

「하지만 부인, 아무 말도 하지 않으면 모르고 지나갈 수도……」

「이 일을 알리면 조사가 있을 것이고 그럼 또 주위가 소란해질 거예요. 심문과 피곤한 일들이 있겠지요. 저는 지금 한계 상황에 와 있어요」

공작은 더 이상 고집을 부리지 않았다. 그녀에게 인사를 하면서 그가 물었다.

「다시 들려 부인의 소식을 알아봐도 되겠습니까?」

「되고말고요……」

그녀는 주느비에브에게 입맞춤을 하고 안으로 들어갔다.

어둠이 내리고 있었다. 세르닌은 주느비에브를 집까지 혼자 가게 하고 싶지 않았다. 그들이 오솔길로 접어들기도 전에 어둠 속에서 그림자 하나가 나와 그들 앞으로 달려 나왔다.

「할머니!」

주느비에브가 소리쳤다. 그녀는 늙은 여인의 품으로 뛰어들었고 그 여인은 그녀에게 입맞춤을 퍼부었다.

「이런! 애야, 애야! 무슨 일이냐? 이렇게 늦다니, 너처럼 시간을 잘 지키는 애가!」

주느비에브가 소개했다.

「제 할머니 에른몽 부인이세요. 이쪽은 세르닌 공작님이시고요」

그런 다음 그녀는 사건을 설명했다. 에른몽 부인이 이렇게 되풀이해서 말했다.

「이런! 애야. 얼마나 놀랐니……! 은혜는 잊지 않겠수다, 신사 양반……. 반드시……. 그런데 정말 얼마나 놀랐니, 가엾은 것 같으니라고!」

「자, 할머니, 진정하세요. 전 이렇게 멀쩡하잖아요……」

「그렇구나. 하지만 놀라는 건 네게 안 좋을 거야……. 그 결과가 어떻게 될지 아무도 몰라……. 오! 끔찍해라……」

그들은 울타리를 따라 걸었다. 울타리 너머로 나무들(그중 몇 개는 아주 우람했다)이 우거진 뜰과 안마당 그리고 하얀 건물이 눈에 들어왔다.

건물 뒤로 돌아가자 아치 모양으로 심은 딱총나무 사이에 작은 문이 있었다. 늙은 여인은 세르닌 공작을 들어오게 하고 응접실 겸 작은 거실로 안내했다.

주느비에브는 학생들을 보러 가기 위해 잠시 자리를 뜨겠다고 공작에게 말했다. 야식 시간이었던 것이다.
 공작과 에른몽 부인 단둘이 남았다.

 늙은 부인은 창백하고 서글픈 얼굴에 백발이었다. 앞가르마를 갈라 양쪽으로 늘어뜨린 머리카락 끝이 나선형으로 말려 있었다. 강인하고 묵직한 품새의 그녀에게는 여성적인 복장과 매무새를 하고 있는 데도 약간 거친 면이 엿보였지만 두 눈은 너무나도 선했다.
 세르닌 공은, 탁자 위를 정리하면서 주느비에브를 걱정하는 그녀에게 다가가더니 양손으로 그녀의 머리를 감싸쥐고 두 볼에 입을 맞추었다.
「그런데 아주머니, 그동안 안녕하셨어요?」
 부인은 눈에 얼빠진 듯한 표정을 띠고 벌린 입을 다물지 못한 채 정신을 차리지 못했다.
 공작은 웃으면서 또다시 그녀에게 입맞춤을 했다.
 그녀가 더듬거리며 말했다.
「도련님이로군요! 도련님이야! 이런! 세상에…… 세상에……. 이럴 수가……! 세상에……!」
「빅투아르 유모!」
 그녀는 몸을 부르르 떨며 소리쳤다.
「나를 그렇게 부르지 마세요. 빅투아르는 죽었어요! 도련님의 늙은 유모는 이 세상에 없어요! 나는 완전히 주느비에브를 위해 살고 있어요……」
 그녀는 나지막한 목소리로 다시 입을 열었다.
「이런! 세상에…… 신문에서 도련님 이름을 읽었지요……. 그런데 그게 사실인가요? 도련님은 그 고약한 생활을 다시 시작한 건가요?」

「아시다시피요」

「하지만 이제 그런 생활은 끝났다고 내게 말하지 않았나요. 영원히 그런 생활을 떠나 정직한 사람이 되겠다고 말이에요」

「노력했어요. 4년 동안이나 노력했는걸요……. 지난 4년 동안 제가 문제를 일으켰다고 하실 수는 없을 테죠?」

「그런데요?」

「그런데 그 생활이 지루해요」

그녀는 한숨을 내쉬었다.

「언제나 똑같군요…… 도련님은 변하지 않았어요…… 아! 이젠 끝장이야. 도련님은 영원히 변하지 않을 거예요…… 그러니까 지금 도련님은 케셀바흐 사건에 개입하고 있는 거죠?」

「물론이죠! 그렇지 않다면 오늘 6시에 케셀바흐 부인을 습격하게 하고, 6시 5분에 부하들의 손에서 그녀를 구해 낼 계획을 꾸밀 필요가 있었겠어요? 내게 구조된 그녀는 이제 나를 만나줄 수밖에 없어요. 나는 지금 이곳에 와서 과부가 된 부인을 보호하면서 주변을 살펴보고 있어요. 이런! 뭘 원하시는 거예요? 내 삶은 한가롭게 빈둥거리거나 세심한 주의를 요하는 식이 요법이나 전채 요리 따위를 먹는, 그런 게 아니에요. 거친 승리를 통해 극적으로 행동해야 하는 삶이죠」

그녀는 겁에 질린 얼굴로 그를 지켜보다가 더듬거리며 말했다.

「이제 알겠어요…… 알겠어……. 이 모든 일이 꾸민 거였군요……. 하지만…… 주느비에브는……」

「그래요! 한 마리로 두 마리 토끼를 잡은 거지요. 어차피 구조

할 거라면 한 사람이나 두 사람이나 마찬가지잖아요. 내가 이 애와 친해지기 위해 기울여야 했을 불필요한 시간과 노력을 생각해 보세요! 이런 일이 없었다면, 내가 그 애에게 어떤 존재였겠어요? 또 어떤 존재가 될 수 있겠어요? 그저 낯선 남자…… 외부인일 뿐이잖아요. 하지만 이제 나는 그 애의 생명을 구해 준 사람이에요. 그리고 한 시간 내로…… 그 애의 친구가 될 거예요」

그녀는 몸을 떨기 시작했다.

「그러니까…… 도련님은…… 주느비에브를 구해 준 게 아니군요……. 그런 식으로 도련님은 우리를 자기 일에 끌어들이려는 거군요……」

그러다가 그녀는 갑자기 극도의 반감이 치밀어 오르는 듯 그의 어깨를 움켜쥐었다.

「하지만 안 돼요, 이젠 신물이 나요, 알겠어요? 어느 날 도련님은 저 어린 것을 데리고 와서는 이렇게 말했지. 〈자, 이 애를 유모에게 맡깁니다. 이 애의 부모들은 죽었어요. 이 앨 돌봐 주세요.〉라고. 그래요, 이제 그 애는 내 보호 아래 있어요. 난 그 애를 도련님으로부터, 도련님의 모든 수상한 음모로부터 지켜낼 거예요」

두 주먹을 쥔 채 단호한 얼굴로 버티고 선 에른몽 부인은 어떤 사태에도 대비가 되어 있는 듯했다.

서두르지 않고 예의 바르게 세르닌 공은 자신의 어깨를 움켜쥔 늙은 여인의 두 손을 떼어 냈다. 그런 다음 이번에는 자신이 늙은 여인의 어깨를 잡아 소파에 앉히고는 몸을 기울이며 아주 차분하게 말했다.

「쉿!」

그녀는 곧 제압당해 세르닌 앞에 두 손을 포개고 울기 시작했다.

「제발, 우리를 조용히 내버려 두세요. 우리는 정말이지 행복했답니다! 난 도련님이 우리를 잊어버린 줄 알았어요. 하루가 저물 때마다 하늘에 감사했지요. 물론…… 나는 도련님을 좋아해요. 하지만 주느비에브는…… 도련님도 알다시피 그 애를 위해 내가 뭘 해야 할지 모르겠군요. 그 애는 내 마음속에서 도련님의 자리를 차지했어요」

「나도 그걸 눈치 챘어요」

그가 웃으며 말했다.

「그 애를 위해서라면 유모는 기꺼이 나를 악마에게라도 보내 버릴걸요. 자, 바보 같은 짓 그만하세요! 이렇게 낭비할 시간이 없어요. 주느비에브에게 이야기를 해야 해요」

「도련님은 그 애에게 그 말을 할 참이군요!」

「그럼, 그게 범죄라도 된다는 거예요?」

「그 애에게 무슨 말을 하려는 건가요?」

「비밀을…… 아주 중요한 비밀을……. 아주 감동적인 비밀을 말해 주려고요……」

늙은 부인은 겁에 질렸다.

「그게 혹시 그 애를 고통스럽게 하지 않을까요? 오! 나는 모든 게 걱정돼요……. 그 애를 위해 모든 것이 걱정돼요……」

「그 애가 와요」

그가 말했다.

「아니, 아직 안 와요」

「맞아요. 온다고요. 소리가 들려요. 눈물을 닦고 이성적으로 처신하세요」

「내 말 들어 보세요」

그녀가 기운을 내어 말했다.

「내 말 들어 보세요, 난 도련님이 무슨 말을 하려는 건지, 그 어린 것에게 어떤 비밀을 털어놓으려는 건진 몰라요……. 도련님은 그 애를 잘 몰라요……. 하지만 난 그 애를 잘 알기 때문에 도련님에게 말해 두고 싶어요. 주느비에브는 꿋꿋하고 강인한 성품의 소유자지만 아주 예민해요. 말할 때 주의하세요. 도련님이 그 애의 감정에 상처를 입힐 수도 있어요……. 도련님으로서는 상상도 못할 거예요……」

「도대체 이유가 뭐예요?」

「왜냐하면 그 애는 도련님과는 전혀 다른 세계 사람이기 때문이지요……. 다른 세계에서 온 사람이에요……. 내 말은 정신적인 세계가 다르다는 거예요. 도련님으로서는 도저히 이해할 수 없는 것들이 있어요. 두 사람 사이에는 넘을 수 없는 장애물이 있답니다. 주느비에브는 너무나도 순수하고 고상한 심성을 갖고 있어요. 그런데 도련님은……」

「나는요?」

「도련님은 정직한 인간이 아니지요」

주느비에브는 생기 있고 매혹적인 모습으로 방 안으로 들어왔다.

「아이들은 모두 잠자리에 들었어요. 10분 동안 쉴 수 있어요……. 그런데 할머니, 무슨 일이에요? 표정이 아주 이상해요.

아직도 그 얘기를 하고 계신 건가요?」
「아닙니다. 아가씨. 제가 기쁘게도 당신의 할머니를 안심시켜 드렸지요. 우리는 그저 당신에 대해, 당신의 어린 시절에 대해 이야기를 나누고 있었습니다. 그런 화제를 나누면 당신 할머니께서 감정이 치밀어 오르는 게 당연하지요」
세르닌이 말했다.
「제 어린 시절에 관해서요……? 오! 할머니」
주느비에브가 얼굴을 붉히며 말했다.
「할머니를 나무라지 마세요, 아가씨. 우연히 대화가 그쪽으로 흐른 것뿐이니까요. 얘기하다 보니까 당신이 어린 시절을 보낸 작은 마을에 제가 종종 들른 적이 있더군요」
「아스프르몽에요?」
「니스 근처의 아스프르몽이죠……. 당신은 그곳의 새로 지은 하얀 집에서 살았지요……」
「그래요. 창문 주위의 파란 칠을 제외하고는 온통 하얀 집이었어요……. 제가 정말 어릴 때에요. 아스프르몽을 떠났을 때 제 나이 일곱 살이었으니까요. 하지만 그 시절의 일들은 아주 작은 것까지도 기억할 수 있어요. 하얀 건물 전면을 비추던 햇살도, 뜰 한쪽 구석에 서 있던 유칼립투스 나무의 그늘도 잊지 않고 있어요……」
「뜰 끝에는 올리브 밭이 있었지요, 아가씨. 올리브 나무 아래에 탁자가 놓여 있었는데, 당신 어머니는 더운 날이면 거기서 일을 하시곤 했어요……」
「맞아요. 맞아요. 저는 그 옆에서 놀았고요……」
그녀가 치밀어 오르는 감정을 가누지 못하고 말했다.

「바로 거기서 저는 여러 차례 당신 어머니를 뵸습니다……. 아까 당신을 보자마자 저는 당신 어머니의 모습을 떠올릴 수 있었습니다……. 그 시절의 어머니보다 훨씬 쾌활하고 행복한 모습을요」

「제 가엾은 어머니는 사실 행복하시지 못했어요. 제가 태어나는 날 제 아버지가 돌아가셨지요. 그 무엇으로도 어머니를 위로할 수 없었어요. 어머니는 많이 우셨지요. 저는 그 시절에 어머니의 눈물을 닦아 드리던 작은 손수건을 아직도 가지고 있어요」

「장미꽃 무늬가 있는 작은 손수건이죠」

「뭐라고요! 어떻게 그걸……」

그녀가 깜짝 놀라 외쳤다.

「어느 날 당신이 어머니를 위로하고 있을 때 저도 그곳에 있었지요. 당신이 어찌나 부드럽게 어머니를 위로했던지 그 장면이 또렷하게 기억에 남아 있답니다」

그녀는 그를 깊숙이 바라보고 나서는 거의 혼잣말처럼 중얼거렸다.

「맞아요…… 맞아……. 마치…… 공작님의 눈빛과…… 목소리는……」

그녀는 한순간 눈썹을 내리깔았다가 미간을 모았다. 마치 잡히지 않는 기억을 잡으려 애쓰는 것처럼. 이윽고 그녀는 말을 이었다.

「그러면 공작님은 제 어머니를 아시나요?」

「제 친구들이 아스프르몽 근처에 살고 있었지요. 친구들 집에서 그분을 만났답니다. 마지막으로 보았을 때 그분은 평소보다 더 서글프고…… 창백해 보이더군요. 내가 돌아왔을 때는 이미……」
「일이 끝난 다음이었죠, 그렇지 않아요?」
주느비에브가 물었다.
「그래요, 어머니는 너무 빨리 떠나셨어요……. 겨우 몇 주만에……. 그리고 저 혼자 어머니를 간호하던 이웃들과 남았지요……. 어느 날 아침 사람들이 어머니를 데려갔지요……. 그날 밤 제가 자고 있는데 어떤 사람이 와서 저를 품에 안고는 모포로 싸서……」
「남자였나요?」
공작이 물었다.
「예, 남자였어요. 그는 아주 낮은 목소리로 아주 부드럽게 말했어요……. 그의 목소리가 나를 편안하게 해 주었어요……. 그러고는 밖으로 나가 어둠 속에서 나를 차에 태우고 토닥여 주면서 이야기를 해 주었어요……. 바로 그 목소리로…… 바로 그 목소리로……」
그녀는 천천히 말을 멈추고는 또다시 그를 더욱 깊숙이 바라보았다. 순간적으로 떠올랐다가 곧 사라져 버리는 인상을 붙잡으려 애쓰는 것처럼.
그가 그녀에게 말했다.
「그 다음에는요? 그는 당신을 어디로 데려갔나요?」
「이 대목에서 기억이 희미해요……. 저는 여러 시간 동안 잠을 잔 것 같아요. 정신을 차렸을 때에는 방네 마을에 와 있었어요. 저는 그곳 몽테귀의 이즈로 부부의 집에서 어린 시절의 후반부를 보냈어요. 정직한 심성을 가진 그분들은 나를 먹여 주고 키워 주셨어요. 그분들의 헌신과 애정을 영원히 잊을 수 없을 거예요」

「그러면 그들 역시 죽었습니까?」

「네, 그 지역에 장티푸스가 돌았어요……. 하지만 전 나중에서야 그 사실을 알았지요……. 그들이 병에 걸리자마자 저는 처음과 똑같은 상황에서 밤에 옮겨졌어요. 누군가가 역시 저를 모포에 싸서…… 다만 이번에는 제가 좀 더 커서 안 가겠다고 버티고 소리를 지르려 했어요……. 그래서 그 사람은 내 입을 머플러로 막을 수밖에 없었어요」

「당신은 그때 몇 살이었습니까?」

「열네 살…… 4년 전이죠」

「당신은 그 남자를 알아볼 수 있겠습니까?」

「아뇨, 그분은 전보다 더 모습을 가리고 있었고 내게 한마디 말도 하지 않았지요……. 하지만 전 줄곧 두 사람이 같은 사람이라고 생각해 왔어요……. 왜냐하면 서두르는 태도, 조심스럽고도 배려심으로 가득 찬 동작들이 똑같았거든요」

「그 다음에는요?」

「그 다음에는 전처럼 망각과 잠이 찾아왔어요……. 병이 났던 것 같아요. 열이 있었지요…… 그러고 나서 깨어 보니 환하고 기분 좋은 방이었어요. 머리가 하얗게 센 부인이 나를 내려다보며 미소 짓고 계시더군요. 그분이 바로 할머니세요……. 그리고 그 방이 제가 지금 쓰고 있는 2층 방이고요」

그녀는 행복한 얼굴과 눈부시게 빛날 정도로 예쁜 표정을 되찾았다. 그녀는 웃으면서 말을 마쳤다.

「에른몽 부인은 어느 날 밤 자기 집 문간에서 자고 있는 저를 발견하셨대요. 부인은 저를 받아 주시고, 제 할머니가 되어 주셨지요. 그 후 몇 차례 시련이 있었지만 아스프르몽의 소녀는 고요한 삶의 기쁨을 알게 되었고, 정신적, 육체적으로 뒤떨어졌지만 그녀에게 아낌없이 애정을 표시하는 소녀들한테 산수와 문법을 가르치게 되었답니다」

그녀는 신중한 동시에 경쾌한 어조로 유쾌하게 자신의 생각을 말하고 있었다. 합리적이고 균형 잡힌 정신의 소유자임을 드러내면서.

세르닌은 점점 더 커져 가는 경이로움 속에서 그녀의 이야기를 듣고 있었다. 그는 자신의 놀라움을 굳이 감추려 하지 않았다.

그가 물었다.

「그 후로는 그 남자에 대한 이야기를 들은 적이 없습니까?」

「없어요」

「그를 다시 만나면 기쁠 것 같습니까?」

「그럼요. 무척 기쁠 거예요」

「그렇다면 아가씨……」

주느비에브가 몸을 떨었다.

「공작님은 뭔가 알고 계시군요……. 혹시 공작님이……」

「아닙니다……. 아니에요……. 다만……」

그는 자리에서 일어나 방 안을 왔다갔다 했다. 이따금 그의 시선이 주느비에브에게 머물렀다. 그는 그녀의 질문에 보다 분명한 대답을 하려는 것 같았다. 과연 그는 사실을 밝힐 것인가?

에른몽 부인은 고통스럽게 그 처녀의 평온한 삶에 영향을 미칠 비밀이 폭로되기를 기다리고 있었다.

그는 주느비에브 쪽으로 돌아와 자리에 앉았지만 여전히 마음을 정하지 못한 것 같았다. 이윽고 그가 말했다.

「아닙니다…… 아니에요……. 다만 한 가지 생각이 떠올라서…… 어떤 기억이……」

「어떤 기억인가요……? 그래서요?」

「제가 착각한 것 같습니다. 당신의 얘기를 듣다가 비슷한 이야기가 있어서 착각한 겁니다」

「착각이 분명한가요?」

그는 또다시 망설이다가 이윽고 단호하게 대답했다.

「틀림없습니다」

「아! 저는 혹시…… 공작님이 혹시……」

그녀는 실망한 기색으로 말했다.

그녀는 자신의 질문을 차마 말로 다하지 못하고 말허리를 끊고는 그의 대답을 기다렸다.

그는 입을 다물었다. 이윽고 답변 얻는 것을 포기한 듯 그녀는 에른몽 부인에게 몸을 기울였다.

「안녕히 주무세요. 할머니. 아이들은 모두 침대에 들었을 거예요. 하지만 모두들 내가 입맞춤을 해 주기 전에는 잠을 자지 않을 거예요」

그녀는 공작에게 악수를 청했다.

「다시 한번 감사드립니다……」

「가시나요?」

그가 재빨리 물었다.

「죄송해요. 할머니께서 공작님을 배웅해 주실 거예요」

그는 그녀 앞에 몸을 숙이고 그녀의 손에 입을 맞추었다. 문을 열면서 그녀는 뒤돌아보고 미소를 지어 보였다.

그런 다음 그녀는 모습을 감추었다.

공작은 멀어져 가는 그녀의 발소리를 들었다. 그는 손끝 하나 움직이지 않았다. 그의 얼굴은 벅찬 감정으로 창백해져 있었다.
「말하지 않았군요?」
늙은 부인이 물었다.
「그래요……」
「그 비밀을……」
「나중에…… 오늘은…… 이상하게…… 말할 수가 없었어요」
「그렇게 어렵던가요? 두 차례나 자신을 데려갔던 그 미지의 남자가 바로 도련님이라는 사실을 저 애가 느끼지 못했을까요……? 단 한마디만 했어도……」
「나중에…… 나중에요……」
그는 침착함을 되찾으며 말했다.
「아시다시피…… 저 애는 내가 혹시 그 사람일지도 모른다고 생각하고 있어요……. 우선 저 애의 사랑, 저 애의 애정을 받을 자격을 갖춰야겠어요……. 저 애에게 어울리는 삶, 동화책에서나 볼 수 있는 그런 멋진 삶을 줄 수 있을 때 밝히겠어요」
늙은 부인은 고개를 저었다.
「도련님이 잘못 생각하는 것 같아 정말 걱정이에요. 주느비에브에게 멋진 삶 같은 건 필요치 않아요……. 그 애의 소망은 소박하답니다」
「모든 여자들이 갖는 소망을 그 애도 갖고 있을 거예요. 많은 돈, 호화로운 생활, 권력이 주는 즐거움을 싫어하는 여자는 없어요」
「아니, 주느비에브는 그런 걸 싫어해요. 아까 말하는 편이 나았을 텐데……」
「두고 보세요. 지금은 내가 하는 대로 내버려 두세요. 그리고 마음 놓으세요. 난 유모 말처럼 주느비에브를 내 복잡한 일에 끌어들일 생각이 전혀 없어요. 이제 만나는 일은 거의 없을 거예요……. 다만, 이렇게…… 만나기는 해야 했어요……. 이제 됐어요……. 안녕히 계세요」

그는 학교를 나가 자기 차가 기다리고 있는 곳으로 갔다.

그는 무척 행복했다.

〈그 애는 매혹적인 처녀가 되었어……. 그리고 너무나 부드럽고 진지해! 그 애 어머니의 눈, 나를 눈물나도록 만들었던 그 두 눈, 맙소사, 이 모든 것들이 얼마나 아득한지! 그리고 얼마나 달콤한 기억인지……. 조금 슬프긴 하지만 얼마나 아름다운지!〉

그런 다음 그는 소리 내어 말했다.

「물론 그래야지. 나는 그 애를 행복하게 해 주기 위해 애쓸 거야. 바로 지금부터! 오늘 저녁부터! 오늘 저녁부터 그녀에겐 약혼자가 생기는 거야. 그것이야말로 젊은 처녀들이 바라는 행복의 조건 아닐까?」

그는 차를 타고 큰길로 나왔다.

「집으로 가세」

그가 옥타브에게 말했다.

집에 온 그는 교환수에게 뇌이이를 연결해 달라고 해서, 의사라고 부르는 친구에게 전화로 지시 사항을 전달한 다음 옷을 갈아입었다.

그는 캉봉가의 클럽에서 저녁 식사를 하고 오페라 극장에서 한 시간을 보낸 다음 다시 차에 올랐다.

「뇌이이로 가세, 옥타브. 거기서 의사를 태워야 하네. 지금 몇 시가?」

「10시 30분입니다」

「이런! 어서 가세」

10분 후, 그를 태운 차는 앵케르만 대로 끝에 있는 외딴 집 앞에 멈추어섰다. 경적을 울리자 의사가 내려왔다. 공작이 그에게 물었다.

「그 사람 준비됐소?」

「포장하여 끈으로 묶여 봉했습니다」

「상태는 좋고?」

「아주 좋습니다. 당신이 내게 전화로 말한 대로 모든 게 이루어진다면, 경찰은 감쪽같이 속아 넘어갈 겁니다」

「반드시 그래야 하오. 실읍시다」

그들은 차 안으로 상당히 무거워 보이는, 사람 모양의 길쭉한 상자 같은 것을 실었다.

그런 다음 공작이 말했다.

「베르사유로 가세, 옥타브. 빌렌가 되앙페레 호텔일세」

「하지만 그 호텔은 수상쩍은 곳인데요. 전 그 호텔을 압니다」 의사가 말했다.

「난 모를 것 같소? 이건 무척 힘든 일이오, 적어도 내게는 말이오……. 하지만 어쩌겠소. 누가 큰돈을 준다 해도 나는 지금 처한 상황과 바꾸지 않을 거요! 인생이 따분하다고 누가 그랬소?」

되앙페레 호텔…… 진흙투성이의 골목길…… 두 개의 계단을 내려가 그들은 희미한 전등이 밝혀져 있는 복도로 들어섰다.
 세르닌이 주먹으로 쪽문을 두드렸다.
 호텔 종업원이 모습을 나타냈다. 그날 아침 세르닌에게 제라르 보푸레에 대한 지시를 받았던, 그 필립이라는 사내였다.
 「그는 줄곧 안에 있나?」
 공작이 물었다.
 「그렇습니다」
 「밧줄은?」
 「고리를 만들어 놓았습니다」
 「기대하던 전보는 받지 못했나?」
 「그건 여기 있습니다. 제가 중간에 가로챘지요」
 세르닌은 푸른 종이를 받아 들고 내용을 읽었다.
 「와우!」
 그는 만족의 함성을 내질렀다.
 「시기가 딱 맞았군. 내일 그에게 1,000프랑을 주겠다는 거야. 자, 운명이 내게 미소를 짓는군. 현재 시간이 11시 45분이야. 15분 내로 그 가엾은 친구는 영원 속으로 떨어질 거야. 안내하게, 필립. 당신은 여기 계시오, 의사 선생」
 호텔 종업원이 촛불을 들었다. 4층으로 올라간 그들은 다락방들이 늘어서 있는 낮고 냄새나는 복도를 까치발로 걸어갔다. 복도 끝에는 나무로 된 층계가 있었고, 그 층계를 덮고 있는 양탄자의 잔해에서는 곰팡이가 슬고 있었다.
 「내가 말하는 소리를 누가 듣지 않을까?」
 세르닌이 물었다.
 「아무도 듣지 못할 겁니다. 두 방은 다른 방들과 따로 떨어져 있으니까요. 하지만 혼동하지 마십시오. 그의 방은 왼쪽입니다」

「알겠네. 이제 다시 내려가게. 자정이 되면 의사와 옥타브와 자네는 그 시신을 들고 이리로 올라와 기다리게」

나무로 된 층계의 계단은 모두 열 개였다. 공작은 아주 조심스럽게 계단을 올랐다. 층계참에는 방문이 두 개 있었다. 세르닌은 문 여는 소리가 정적을 깨지 않도록 주의하면서 오른쪽 방문을 열었다.

희미한 불빛이 어두운 방 안을 비추고 있었다. 그는 앞을 더듬어 의자에 부딪치지 않도록 조심하면서 불빛을 향해 다가갔다. 옆방에서 나오는 불빛이 벽지 조각이 덮고 있는 유리 문을 통해 비쳐 나오고 있었다. 공작은 벽지 조각을 벌렸다. 네모난 유리들은 더럽고 깨어지고 군데군데 금이 가 있었지만, 눈을 갖다 대자 옆방에서 일어나는 모든 일들을 쉽사리 볼 수 있었다.

그의 눈앞에 한 남자가 탁자 앞에 앉아 있었다. 시인 제라르 보푸레였다.

보푸레는 촛불 빛 아래에서 뭔가를 쓰고 있었다.

그의 머리 위에는 천장에 고정된 갈고리에 걸린 밧줄이 늘어져 있었다. 밧줄의 아래쪽 끝에는 느슨하게 고리가 지워져 있었다.

시청의 벽시계가 가볍게 한 점을 쳤다.

「11시 55분이군. 아직 5분이 남았어」

세르닌은 생각했다.

청년은 여진히 뭔가 쓰고 있었다. 잠시 후 그는 펜을 내려놓고 잉크로 까매진 열두어 장의 종이를 정돈한 다음 읽어 보았다.

써 놓은 것이 마음에 들지 않는 모양이었다. 그의 얼굴에 불만어린 표정이 스쳤다. 그는 원고를 찢어 그 조각을 촛불의 불꽃에 태워 버렸다.

　그러고는 열에 뜬 손으로 하얀 종이 위에 몇 마디 갈겨쓴 다음 거칠게 서명을 하고 자리에서 일어났다. 하지만 머리 위 약 30센티미터 위에 있는 밧줄을 발견하고는 갑자기 부르르 떨며 몸이 굳어 버렸다.

　세르닌은 청년의 창백한 얼굴과 홀쭉한 두 뺨을 뚜렷하게 볼 수 있었다. 사내는 움켜쥔 주먹을 여윈 두 뺨에 갖다 댔다. 한줄기 절망의 눈물이 천천히 흘러내렸다. 두 눈은 허공을 응시하고 있었다. 슬픔으로 넋이 나간 두 눈은 이미 무시무시한 공허를 응시하고 있는 것 같았다.

　그는 얼마나 젊은가! 두 뺨은 아직 부드럽고 주름살 하나 없지 않은가! 파란 두 눈은 동양의 하늘빛이었다.

　자정…… 자정을 알리는 비극적인 열두 점의 종소리에 얼마나 많은 낙담한 사람들이 삶의 종말을 맞았을까!

　열두 번째 종소리에 다시 일어선 그는 이번에는 떨지 않고 용감하게 그 불길한 밧줄을 바라보았다. 그는 애써 미소를 지으려 했다. 이미 죽음에게 포획당한 자의 가없은 미소, 서글픈 웃음이었다.

　그는 재빨리 의자 위로 올라가 한 손으로 밧줄을 잡았다.

　한순간 그는 움직이지 않은 채 조용히 서 있었다. 그것은 망설이거나 용기가 부족해서가 아니었다. 최후의 행동에 앞서 스스로에게 주는 숭고한 시간, 용서의 시간이었다.

　그는 악운이 겹쳐 들었던 더러운 방 안을, 지저분한 벽지, 초라한 침대를 둘러보았다.

　탁자 위에는 책 하나 남아 있지 않았다. 모조리 팔아 버렸던 것이다. 사진 한 장, 봉투 한 장 없었다. 그에게는 이제 아버지도, 어머니도, 가족도 없었다……. 그러니 무엇 때문에 삶에 집착한단 말인가? 아무것도, 그 누구도 없었다.

그는 갑작스럽게 손을 뻗어 느슨하게 해 놓았던 고리 안에 머리를 집어넣고 목을 꽉 조일 때까지 밧줄을 잡아당겼다. 그런 다음 두 발로 의자를 걷어차고 허공에 매달렸다.

10초, 20초가 흘렀다. 아득히 길게 느껴지는 끔찍한 시간이었다.

매달린 사내의 몸은 두세 번 경련을 일으켰다. 두 다리는 본능적으로 몸을 받쳐 줄 지지대를 찾았다. 그러다가 그 몸은 더 이상 움직이지 않았다.

몇 초가 더 흘렀다……. 두 방 사이에 있는 작은 유리 문이 열렸다.

세르닌이 들어왔다. 전혀 서두르지 않고 그는 청년이 서명한 종이를 집어 들어 내용을 읽었다.

> 삶에 지치고 아프고 돈도 희망도 없어서 나는 내 목숨을 끊는다.
> 내 죽음을 두고 아무도 비난하지 말기를.
> ──4월 30일, 제라르 보푸레

뤼팽은 그 종이를 눈에 잘 띄도록 탁자 위에 내려놓고 의자를 가져다 청년의 발치에 놓았다. 그러고는 탁자 위로 올라가 청년의 몸을 붙잡아 들어올린 다음 밧줄의 고리를 넓혀서 청년의 머리를 빼냈다.
 청년의 몸이 그의 품안으로 쓰러졌다. 그는 청년을 탁자 위에 길게 놓은 다음 바닥으로 뛰어내려 침대에 눕혔다.
 그런 다음 여전히 침착한 태도로 출입문을 조금 열었다.
「세 사람 거기 있나?」
 그가 나지막하게 물었다.
 옆에 있는 나무 층계 발치에서 누군가 대답했다.
「여기 있습니다. 우리 짐을 끌어올릴까요?」
「그렇게 하게」
 그는 촛불을 들고 그들의 앞길을 비추었다.
 세 사람은 시신을 담아 묶은 상자를 들고 계단을 힘겹게 올라왔다.
「여기다 내려놓게」
 그가 탁자를 가리키며 말했다. 그런 다음 그는 주머니칼로 상자를 묶은 끈을 잘랐다. 하얀 시트가 나타나자 그는 그것을 펼쳤다.
 시트 안에는 시체가 한 구 있었다. 피에르 르뒤크의 시체였다.
「가엾은 피에르 르뒤크! 이렇게 젊은 나이에 죽음으로써 무엇을 잃어버렸는지 자네는 결코 알 수 없을 거야! 내가 자네를 좀 더 오래 도울 수 있었으면 좋았을 것을, 친구. 결국 우리는 자네의 도움을 받지 못한 채 일을 해 나가야겠군……. 자, 필립. 탁자 위로 올라가게. 그리고 자네, 옥타브는 의자 위로 올라가고. 이 사람의 머리를 들어 고리 안에 집어넣게」
 2분 후, 피에르 르뒤크의 시신은 밧줄 끝에 매달려 있었다.
「좋아, 시체를 바꿔치는 일도 별로 어렵지는 않군. 이제 모두 가도 좋네. 의사 선생은 내일 아침 이곳에 다시 와서 제라르 보푸레라는 사람의 자살 사실을 확인해 주시오. 여기 그의 유서가 있다오, 알겠소? 그런 다음 법의학자와 경찰서장을 부르시오. 그런데 그들 중 누구도 사망자가 잘린 손가락과 뺨에 상처를 갖고 있다는 것을 알 수 없게 해야 하오……」

「쉬운 일입니다」

「그런 다음 당신의 주관 하에 즉각 보고서를 작성해야 하오」

「별 거 아닙니다」

「마지막으로 사망자를 시체 안치실로 보내지 말고, 즉각 매장할 수 있는 허가서를 받아 내시오」

「그건 좀 어렵겠군요」

「해 보시오. 그런데 저 사람은 진찰했소?」

공작은 침대에 축 늘어져 누워 있는 청년을 가리켰다.

「예. 호흡이 정상으로 돌아왔습니다. 하지만 큰일 날 뻔했습니다. 혹시 경동맥이 파열되기라도……」

의사가 대답했다.

「어떻게 아무 위험도 무릅쓰지 않을 수 있겠소……. 의식을 되찾는 데 얼마나 걸리겠소?」

「지금부터 몇 분이면 됩니다」

「됐소. 아! 의사 선생, 가지 말고 아래에서 기다리시오. 오늘 밤 선생이 할 일이 아직 남아 있소」

혼자 남은 공작은 담배에 불을 붙였다. 푸른 연기로 동그라미를 만들어 천장에 뿜으면서 그는 조용히 담배를 피웠다. 거친 숨소리를 듣고 그는 몽상에서 깨어났다. 그는 침대로 다가갔다. 청년이 움직이기 시작했다. 마치 악몽을 꾸고 있는 사람처럼 그의 가슴팍이 거칠게 오르내리고 있었다.
 청년은 고통스러운 듯 두 손으로 목을 감쌌다. 그 서슬에 몸을 일으킨 청년은 겁에 질린 채 숨을 헐떡였다…….
 이윽고 그는 앞에 있는 세르닌을 발견한 모양이었다.
「당신이……! 당신이……!」
 청년은 영문을 모르겠다는 듯이 중얼거렸다.
 청년은 유령이라도 보는 것처럼 어리둥절한 눈길로 그를 응시했다.
 다시 한번 청년은 가슴에 손을 갖다 대고 목과 목덜미를 만졌다……. 다음 순간 그는 탁한 목소리로 비명을 내질렀다. 끔찍한 공포 때문에 그의 두 눈은 휘둥그레졌고 머리카락은 곤두섰으며 온몸이 나뭇잎처럼 흔들리고 있었다! 어느새 공작의 모습이 사라지고 밧줄 끝에 사람이 매달려 있는 것이 아닌가!
 그는 벽까지 뒷걸음질 쳤다. 그 사내, 매달려 있는 그 사내는 그였다. 바로 자신이었다. 죽어서 죽은 자신을 보고 있는 것이다! 죽음 후까지 이어지는 잔인한 꿈인가……? 더 이상 살아 있지 않은 자의 불안정한 정신 속에 아직도 삶의 잔해가 파닥거리는 것일까……? 그는 두 손으로 허공을 휘저었다. 한순간 청년은 그 역겨운 환상에 맞서 자신을 방어하는 것 같았다. 하지만 다시 기운이 빠지고 체념한 그는 또 한번 기절하고 말았다.
「놀랍도록…… 민감한 성품이야……. 감수성이 예민해……. 지금은 머리가 제 기능을 하지 못하고 있군……. 자, 때가 좋아……. 만약 내가 20분 동안 이 일을 해내지 못한다면 이 친구는 내 손을 빠져나가고 말 거야……」
 그는 두 개의 다락방을 가르는 문을 밀어 열었다. 그런 다음 침대 쪽으로 돌아와서 청년을 안아 들고 옆방 침대로 옮겼다. 그런 다음 차가운 물로 그의 관자놀이를 축이고 소금을 코에 갖다 대 냄새를 맡게 했다.
 이번 실신은 오래 가지 않았다.
 힘없이 눈을 뜬 제라르는 시선을 들어 천장을 바라보았다. 환상은 끝난 모양이었다.
 하지만 가구의 배치와 탁자와 벽난로의 위치, 그리고 몇몇 다른 세세한 것들 등 방 안의 모든 것이 그를 놀라게 했다. 그리고 자신이 저지른 일에 대한 기억⋯⋯ 목에 느껴지는 통증⋯⋯.
 그가 공작에게 물었다.
 「이건 꿈이죠?」
 「아닐세」
 「뭐라고, 아니라고요?」
 순간 그는 기억이 난 모양이었다.
 「아! 맞아요. 생각나요⋯⋯. 저는 죽으려고 했는데⋯⋯ 그리고 실제로⋯⋯」
 그는 걱정스럽게 몸을 앞으로 기울였다.
 「하지만 나머지는? 환상?」
 「무슨 환상 말인가?」
 「어떤 남자가⋯⋯ 밧줄에⋯⋯. 그건, 그건 꿈인가요?」
 「아닐세. 그것 역시 사실일세」
 세르닌이 대답했다.
 「무슨 말이죠? 무슨 말을 하시는 거죠? 오! 아니⋯⋯ 아니에요⋯⋯. 제발⋯⋯ 깨워 주세요, 제가 꿈을 꾸고 있는 거라면요. 그렇지 않으면 차라리 죽었으면⋯⋯! 전 지금 죽어 있는 거죠? 이건 죽은 다음에 꾸는 악몽이에요……. 아! 의식이 스러지는 게 느껴져요……. 제발……」
　세르닌은 청년의 머리 위에 부드럽게 한 손을 올리고 그에게 몸을 숙였다.
　「내 말 듣게……. 잘 듣고…… 이해하게……. 자네는 살아 있네. 자네의 육체와 정신은 살아 있고 하나일세. 하지만 제라르 보푸레는 죽었네. 무슨 말인지 알겠나? 제라르 보푸레라는 이름을 가진 사회적인 존재는 더 이상 존재하지 않네. 자네는 그를 없애 버렸네. 내일 사람들은 호적란에서 자네가 가지고 있던 그 이름 앞에 〈사망〉이라는 글자, 그리고 사망 날짜를 적어 넣을걸세」
　「거짓말! 거짓말! 나는 여기 있는데! 제라르 보푸레는……」
　겁에 질린 청년이 더듬거리며 말했다.
　「자네는 이제 제라르 보푸레가 아닐세」
　세르닌이 단호하게 말했다.
　그런 다음 그는 열린 문을 가리켰다.
　「제라르 보푸레는 저기 옆방에 있네. 그를 보고 싶은가? 그는 허공에 매달려 있네. 자네가 그를 거기에 매단 걸세. 탁자 위에는 자네가 서명한, 그의 죽음을 알리는 편지가 있네. 이 모든 것이 극히 논리적이고 결정적이네. 이 가혹하고 돌이킬 수 없는 사실에는 번복의 여지가 없네. 제라르 보푸레는 더 이상 존재하지 않는다네!」
　청년은 얼빠진 표정으로 그의 말을 듣고 있었다. 여러 가지 사실들이 보다 덜 비극적인 의미를 띠게 된 지금 그는 좀 더 차분하게 사태를 이해하기 시작했다.
　「그래서요?」

「그러니 이야기를 하세……」
「예…… 예……. 이야기를 하지요……」
「담배 한 대……? 피우겠나? 이런! 자네 다시 삶에 애착을 느끼는 것 같군. 잘됐네. 우리는 서로를 이해할 수 있을걸세, 곧 말일세」
 그는 청년의 담배에 불을 붙이고 자신의 담배에도 불을 붙인 다음, 즉각 아주 건조한 목소리로 간략하게 설명을 시작했다.
「죽은 제라르 보푸레는 삶에 지치고 아프고 돈도 희망도 없었네……. 자네는 건강하고 부유하고 강해지고 싶은가?」
「무슨 말인지 모르겠습니다」
「아주 간단하네. 우연히 자네가 내 인생에 들어왔네. 자네는 젊고 잘생기고 시인이고 지적인 데다가 절망으로 인한 자네의 행동이 증명해 주듯이 정직한 청년일세. 그런 자질들을 한 몸에 갖기란 드문 일이지. 나는 그런 자질들을 높이 평가하네……. 그래서 값을 치르고 그것들을 취할 생각이네」
「그런 자질들은 팔 수 있는 것이 아닙니다」
「어리석은 소리! 누가 자네에게 팔고 사는 이야기를 하고 있는 줄 아나? 정신 차리게. 그것은 너무나도 소중한 보석 같은 것이라 자네에게서 분리해 낼 수가 없다네」
「그렇다면 당신은 내게서 무엇을 바라시는 겁니까?」
「자네의 인생이네!」
 그런 다음 그는 상처 난 청년의 목을 가리키며 말했다.
「자네의 인생 말일세! 자네가 제대로 쓰지 못했던 그 인생을 원한다네! 자네는 그 인생을 망쳐 버리고 잃어버리고 파괴해 버렸네. 하지만 나는 자네가 현기증을 일으킬 정도로 아름답고 위대하고 고상한 이상에 따라 그 인생을 다시 만들어 가고 싶네. 이 친구야, 만약 자네가 내 내밀한 생각의 심연을 들여다볼 수만 있다면……」

그는 두 손으로 제라르의 머리를 감싸쥐고 역설적인 논리로 힘 있게 말을 계속했다.

「자네는 자유일세! 더 이상 족쇄 따윈 없네! 이제 자네는 자네 이름의 무게를 견딜 필요가 없네! 사회가 자네 어깨 위에 뜨거운 쇳덩이로 낙인찍어 놓은 등록 번호를 자네는 지워 버렸네. 자네는 자유일세. 모든 사람들이 자신의 상표를 달고 사는 이 노예 시장 같은 세상에서 자네는 눈에 띄지 않은 채, 보이지 않은 채 왔다갔다 할 수 있네. 마치 기게스의 반지(목동이었다가 리디아의 왕이 된 기게스에게는 반지가 하나 있었는데, 그 반지는 그로 하여금 아무의 눈에도 띄지 않은 채 모든 것을 볼 수 있도록 해 주었다——옮긴이)를 가지고 있는 것처럼 말일세. 그렇지 않으면 자네 마음에 드는 상표를 고를 수도 있네! 알아듣겠나? 예술가에게 있어서 자네 같은 사람이 얼마나 멋진 보석인지 알겠나? 원한다면 자네가 그 예술가가 될 수도 있네. 순결한 삶, 완전히 새로운 삶이란 말일세. 자네의 삶은 밀랍 같아서 상상력이 시키는 대로, 또는 이성의 충고대로 마음대로 만들 수 있네」

청년은 지친 듯한 몸짓을 했다.

「아! 당신은 내가 그 보석으로 뭘 하길 바라십니까? 이제까지 내가 그걸로 뭘 했겠습니까? 아무것도 하지 못했습니다」

「그걸 내게 주게」

「그걸로 뭘 하시게요?」

「모든 걸 할 생각이네. 자네는 예술가가 아니겠지만 나는 예술가라네! 그것도 열정적이고 지칠 줄 모르고 굽히지 않고 원기 왕성한 예술가지. 자네에겐 위대한 작품을 만들 〈신성한 불〉이 없을지 몰라도 내게는 있네. 자네가 실패한 그 일에서 나는 성공할 거네. 자네의 인생을 내게 주게」

「말, 약속……!」

청년이 외쳤다. 그의 얼굴이 밝아지고 있었다.

「공허한 꿈! 저는 제 가치가 어떤 것인지 잘 알고 있습니다……! 저는 제 비겁함과 낙담과 수포로 돌아간 노력과 온갖 비참함을 알고 있습니다. 삶을 다시 시작하기 위해선 의지가 필요한데 제겐 그것이 없습니다……」

「내겐 있네……」

「친구들도……」

「자넨 친구들을 갖게 될 거네!」

「돈도……」

「내가 자네에게 주겠네, 얼마든지! 마술 상자에서 퍼내듯 자네는 꺼내 쓰기만 하면 된다네」

「그런데 당신은 누구십니까?」

청년은 어리둥절해하며 소리쳤다.

「다른 사람들에게는 세르닌 공작이라고 불리지……. 자네에게는…… 뭐라고 해도 좋네! 나는 공작 이상이고 왕 이상이며 황제 이상의 존재라네」

「당신은 누구십니까……? 누구시냐고요?」

보푸레가 더듬거리며 물었다.

「대가라고나 할까……. 욕망이 있고…… 능력이 있고…… 행동이 있는 사람이지……. 내 의지에는 한계가 없고…… 내 힘에도 한계가 없네. 나는 이 세상 최고의 부자보다 더 부자일세. 왜냐하면 그의 재산은 나의 것이니까……. 나는 이 세상 최고의 권력자보다 더 큰 권력자일세. 왜냐하면 그의 권력은 나를 위해 쓰이니까 말일세」

그는 다시 청년의 머리를 잡고 꿰뚫는 듯한 눈으로 그를 응시했다.

「그렇게 부자가 되게……. 그렇게 강해지게……. 내가 자네에게 주는 건 바로 행복일세……. 기쁨일세……. 시인의 두뇌에 어울리는 평화일세……. 그리고 영광일세……. 받아들이겠나?」

「받아들이죠……. 받아들입니다…… 제가 무엇을 해야 합니까?」
압도당하고 매혹된 제라르가 중얼거렸다.

「아무것도」

「하지만……」

「다시 말하지만 아무것도 할 필요가 없네. 나는 자네를 위한 온갖 계획들을 갖고 있지만, 자네는 신경 쓸 필요가 없네. 자네는 실제로 어떤 역할을 하지 않아도 된다네. 지금으로서는 들러리일세……. 아니, 그조차 아니지! 내가 조종하는 인형 같은 존재라네」

「내가 무엇을 해야 합니까?」

「아무것도 할 필요가 없네……. 시를 쓰게! 자네는 마음대로 살 수 있네. 돈을 갖게 될걸세. 인생을 즐기게 될걸세. 나는 간섭하지 않겠네. 거듭 말하지만 자네는 내 모험 속에서 어떤 역할을 하지 않아도 되네」

「그러면 전 어떤 사람이 되는 겁니까?」

세르닌은 한쪽 팔을 내밀어 옆방을 가리켰다.

「저 사람의 자리를 차지하게 될걸세. 자네는 이제 저 사람이네」
제라르는 반감과 혐오감으로 펄쩍 뛰었다.
「오! 싫습니다. 저 사람은 죽었어요……. 게다가…… 이건 범죄예요……. 싫어요, 저는 새로운 삶을 원해요. 저를 위해 만들어진, 저를 위해 고안된 삶을…… 새로운 이름의 삶을……」
「다시 말하는데 저 사람이 되는 거네」
세르닌은 저항할 수 없는 힘과 권위에 찬 목소리로 외쳤다.
「자네는 다른 누구도 아니고 바로 저 사람이 되는 걸세. 왜냐하면 저 사람의 운명은 멋지니까, 그의 이름은 알려져 있고 그는 자네에게 수백 배 고상하고 품위 있는 유산을 물려줄 테니까 말일세」
「이건 범죄예요」
완전히 힘이 빠진 보푸레가 신음하듯 말했다.
「자네는 저 사람이 되는 거야. 저 사람이 되는 거라고! 그렇지 않으면 다시 보푸레로 돌아가게. 그리고 보푸레의 생살여탈권은 내가 쥐고 있네. 선택하게」
세르닌은 권총을 꺼내 장전한 다음 청년을 겨누었다.
「선택하게!」
그가 되풀이해서 말했다.
그의 표정은 냉혹했다. 제라르는 겁을 먹고 침대에 쓰러지며 흐느꼈다.
「저는 살고 싶어요!」
「자네는 그렇게 간절히 살고 싶나?」
「그럼요, 그렇고말고요! 그 자살 시도 이후 저는 죽음이 무서워졌어요……. 그 어떤 것…… 그 어떤 것도 죽음보다는 나을 거예요……! 그 어떤 거라도요……! 고통…… 배고픔…… 질병…… 온갖 괴로움…… 온갖 수치도……. 필요하다면 범죄조차도……. 죽는 건 싫어요」

그는 열과 고뇌로 몸을 떨었다. 마치 자기 주위에 아직도 그 무시무시한 죽음이라는 적이 돌아다니고 있기라도 한 것처럼, 자신을 꽉 붙든 죽음의 손아귀에서 도망칠 수 없다는 느낌이 드는 것처럼.

공작은 그를 더욱 밀어붙였다.

그는 청년을 먹잇감처럼 움켜쥐고 열띤 목소리로 말했다.

「나는 자네에게 그 어떤 불가능한 것도 요구하지 않네. 자네는 그 어떤 나쁜 짓도 할 필요가 없네……. 무슨 일이 일어나면 내가 책임지겠네. 아니 이건 범죄가 아닐세……. 기껏해야 약간의 고통과…… 피만 좀 흘리면 된다네. 죽음의 공포에 비하면 그게 뭐 그리 대수겠나?」

「고통 따위는 겁나지 않습니다」

「그렇다면 당장 하세! 당장 하잔 말일세! 10초 동안만 참으면 만사형통일세. 10초만 참으면 다른 사람의 삶이 자네 것이 되는 걸세……」

그는 두 팔로 청년의 허리를 얼싸안고 의자에 앉아 몸을 기울여서 청년의 왼쪽 손을 다섯 손가락이 벌어지도록 탁자 위에 내려놓았다. 그런 다음 재빨리 주머니에서 칼을 꺼내 새끼손가락의 첫 번째 마디와 두 번째 마디 사이에 칼날을 갖다 대고는 명령했다.

「내리치게! 직접 내리치게! 주먹만 한 번 내리치면 끝난다네!」

그는 청년의 오른손을 잡고 그것을 망치처럼 칼날 위로 내리치게 하려고 애썼다.

　공포로 마비된 제라르는 몸을 비틀었다. 이제야 그는 사태를 이해한 것 같았다.

　「그럴 순 없어요! 그럴 순 없어요!」

　그는 말을 더듬었다.

　「내리치게! 한 번만 내리치면 되네. 단 한 번만. 그러면 자네는 저 사람과 똑같아져서 아무도 자네를 알아보지 못할걸세」

　「저 사람의 이름은……」

　「우선 내리치게……」

　「그럴 순 없어요! 오! 이게 웬 고문인지……. 제발…… 나중에 하겠어요……」

　「지금 하게……. 내가 원하네……. 그래야 하네……」

　「싫어요…… 싫어요……. 이럴 순 없어요……」

　「내리치게, 이 겁 많은 친구야! 이건 재산이자 영광이자 사랑이란 말일세」

　제라르는 충동적으로 주먹을 들어올렸다.

　「사랑이라면…… 그래요……. 사랑을 위해서라면 할 수 있어요……」

　「자네는 사랑하고 사랑받게 될걸세. 자네의 약혼녀가 자네를 기다리고 있네. 내가 바로 그 여자를 골랐네. 그녀는 이 세상 그 누구보다도 순결하고 그 누구보다도 아름답네. 하지만 먼저 그녀의 마음을 사로잡아야 하네. 내리치게!」

　운명의 행동을 위해 청년의 팔에 힘이 들어갔다. 하지만 본능이 더 강했다. 초인적인 에너지가 청년을 휘몰았다. 그는 갑자기 세르닌의 팔을 벗어나 도망쳤다.

그는 미친 사람처럼 옆방으로 달려갔다. 그 방의 끔찍한 광경을 목격한 그의 입에서 공포의 외침이 터져 나왔다. 그는 탁자 곁으로 돌아와 세르닌 앞에 주저앉았다.

「내리치게!」

세르닌은 그의 다섯 손가락을 펼쳐 놓고 칼날을 댄 다음 말했다. 그 동작은 기계적이었다. 얼빠진 두 눈과 납빛이 된 안색으로 청년은 마치 자동 인형처럼 주먹을 들어올렸다가 내리쳤다.

「악!」

그가 고통의 신음을 내질렀다.

작은 살점이 허공으로 튀어 올랐다. 피가 솟구쳤다. 청년은 세 번째로 기절했다.

세르닌은 잠시 그를 바라본 다음 부드럽게 말했다.

「가엾은 친구……! 자, 내가 자네에게 이 고통을 100배로 보상해 주지. 영원히 보상해 주겠네」

세르닌은 아래로 내려가 기다리고 있던 의사에게 갔다.

「일은 끝났소. 당신 차례요……. 올라가서 그의 오른쪽 뺨에 상처를 내 주시오. 피에르 르뒤크의 상처처럼 말이오. 두 사람의 상처가 똑같아야 하오. 한 시간 후에 그를 데리러 오겠소」

「어디 가십니까?」

「바람 쐬러. 속이 뒤집힐 것 같소」

밖으로 나온 그는 길게 숨을 내쉰 다음 또다시 담배에 불을 붙였다.

「대단한 하루였어. 좀 힘들고 피곤했지만 소득이 있었어. 굉장한 소득이지. 이제 나는 돌로레스 케셀바흐의 친구가 되었어. 또한 주느비에브의 친구가 되었지. 그리고 사람들 앞에 내놓을 수 있는, 내게 절대적으로 복종하는 새로운 피에르 르뒤크를 만들어 냈지. 마지막으로 주느비에브를 위해 흔하지 않은 남편감을 찾아 냈어. 이제 힘든 일은 끝났어. 이제는 내 노력의 열매를 거두어 들이기만 하면 되는 거야. 이제 당신이 일할 차례요, 르노르망 국장. 내 준비는 끝났소」

그런 다음 그는 자신이 여러 가지 약속으로 넋을 빼놓아 손가락을 자르게 한 그 가엾은 청년을 떠올리며 덧붙였다.

「다만…… 한 가지 문제가 있군……. 그 착한 청년이 대신하게 한 이 피에르 르뒤크라는 인물에 대해 난 아무것도 모르고 있으니 말야. 이것 참 골치 아프군……. 피에르 르뒤크가 돼지고기 장수의 아들인지 아닌지도 알 수 없으니 말야……」

르노르망 국장, 준비에 착수하다

 5월 31일 아침, 모든 신문들은 그날이 바로 뤼팽이 르노르망 국장에게 보낸 편지에서 수석 보좌관 제롬을 탈출시키겠다고 한 날짜임을 환기시켰다.
 다음과 같은 기사는 그날의 상황을 잘 요약해 보여 주고 있다.

 팔라스 호텔의 끔찍한 살육이 일어난 것은 4월 17일로 거슬러 올라간다. 그 이후 경찰은 무엇을 했는가. 아무것도 찾아내지 못했다.
 단서는 모두 세 개다. 담뱃갑과 L과 M이라는 머리글자, 그리고 호텔 사무실에 버려진 옷꾸러미가 그것이다. 경찰은 이들을 이용해 무엇을 밝혀 냈는가? 아무것도 밝혀 내지 못했다.
 경찰은 호텔 2층에 묵고 있는 투숙객 중 하나에게 혐의를 두고 있는 것 같다. 용의자 한 사람이 사라졌다. 그의 흔적을 찾았는가? 그의 신원을 확인했는가? 그러지 못했다.

따라서 이 비극은 처음과 마찬가지로 베일에 싸여 있고 여전히 짙은 어둠에 묻혀 있다.

이러한 상황에서 경찰청장과 르노르망 치안국장 사이에 견해차가 있었음이 확인되었다. 실제로 르노르망 국장은 국무총리의 지지가 약해지자 며칠 전 사직서를 제출했다. 케셀바흐 사건은 르노르망 국장과 개인적으로 대립하고 있는 치안국 베베르 부국장에게 지휘권이 넘어가게 된다.

요컨대 이 사건은 혼란과 무질서 그 자체다.

반면 뤼팽은 질서와 에너지와 재기의 화신이다.

우리의 결론? 그것은 간단하다. 오늘 5월 31일 경고한 대로 뤼팽은 자신의 공범을 탈출시킬 것이다.

다른 신문들에서도 확인할 수 있는 이러한 결론은 또한 대중의 생각이기도 했다. 또한 뤼팽의 협박은 고위층에도 영향을 미쳤음이 분명했다. 왜냐하면 르노르망 국장(본인의 말에 따르자면 몸이 좀 불편한)이 자리를 비운 틈을 타서 경찰 총장과 치안국 베베르 부국장은 법정뿐 아니라 피의자가 수감된 상태 교도소에도 극도로 엄중한 조치를 취해 놓았던 것이다.

그날 포르므리 판사가 매일 하는 심문은 대중의 이목을 의식해 중단되지는 않았지만, 감옥에서부터 팔레 대로에 이르기까지 정말이지 막대한 경찰 병력이 동원되어 피의자가 지나가는 길을 지켰다.

5월 31일은 지나갔고 놀랍게도 예고된 탈출은 일어나지 않았다.

물론 몇 가지 일들이 있었다. 호송차가 지나가는 길에서 전철과 버스와 트럭 들이 붐비는 교통 체증이 있었고, 호송차의 바퀴 중 하나가 알 수 없는 이유로 파손되었다. 하지만 그 이상의 문제는 없었다.

따라서 뤼팽은 실패한 셈이었다. 대중은 실망에 가까운 감정을 느꼈고, 경찰은 의기양양했다.

하지만 다음날인 토요일, 믿을 수 없는 소문이 법원 안에 퍼졌고, 신문사 편집국으로 흘러 들었다. 내무부 장관의 보좌관 제롬이 사라졌다는 것이었다.

어떻게 그럴 수 있었단 말인가?

호외가 그 소식을 확인해 주었는 데도 사람들은 그것을 인정하기를 거부하고 있었다. 하지만 6시 《데페슈 뒤 수아르》에 게재된 짤막한 기사로 그 소문은 공식적인 것이 되었다.

본사에 아르센 뤼팽의 서명이 된 다음과 같은 공문이 전달되었다. 거기에 붙어 있는 특수 우표는 지난 번 뤼팽이 편집부에 보낸 공문에 붙어 있던 것과 똑같은 것으로 본사는 이 편지가 진본임을 확인하는 바이다.

친애하는 국장님,

어제 제 약속을 지키지 못한 데 대해 여러분께 용서를 구합니다. 마지막 순간 저는 5월 31일이 금요일이라는 것을 알았습니다! 제가 어떻게 금요일 날 제 친구를 탈출시킬 수 있겠습니까? 그런 부담은 질 필요가 없다고 생각했지요.

또한 여기에 제가 평소의 솔직한 태도로 그 사건이 어떤 방법으로 이루어졌는지 밝힐 수 없는 것에 대해서도 용서를 빕니다. 제 방법은 너무나도 천재적이지만 또 너무나도 단순해서 그것을 밝힐 경우 나쁜 짓을 하는 사람들에게 이용당할까 걱정스럽습니다. 제가 그 방법을 이야기하는 날 얼마나 사람들이 놀랄지! 겨우 그것뿐이야?라고 사람들은 반문할 겁니다. 그것뿐입니다. 하지만 그러기 위해서는 치밀한 숙고가 필요했습니다.

국장님께 경의를 보내며…….

—— 아르센 뤼팽

한 시간 후 르노르망 국장은 전화 한 통을 받았다. 발랑그래 국무총리가 그를 내무부장관 관저로 호출한 것이었다.

「좋아 보이는군, 친애하는 르노르망! 나는 자네가 몸이 좋지 않은 줄 알고 방해도 못했는데!」

「저는 아프지 않습니다, 총리 각하」

「그런데 이렇게 자리를 비우다니 또 토라진 건가……! 여전히 그 못된 성격 때문이군」

「제 성격이 좋지 않다는 것은 인정합니다만……. 총리 각하, 토라진 건 아닙니다」

「하지만 자네는 집에만 틀어박혀 있잖나! 그리고 뤼팽은 그것을 이용해 자기 패거리를 탈출시켰고 말이야……」

「제가 과연 그걸 막을 수 있었겠습니까?」

「무슨 말인가! 뤼팽의 꾀는 유치하네. 평소 그가 쓰는 방식대로 탈출 날짜를 예고했고 모든 사람들이 그 사실을 믿었네. 탈출 시도와 흡사한 것이 있긴 했지만 탈출은 일어나지 않았네. 그런데 그 다음날 아무도 탈출을 걱정하지 않고 있을 때, 쳇, 새들은 날아가 버린 거라네」

「총리 각하. 뤼팽은 우리로서는 막을 수 없는 그런 방식을 사용합니다. 이번 탈출은 정밀하게 계산된 것입니다. 그래서 저는 그 일에서 손을 떼고…… 그 어이없는 일을 다른 이들에게 넘기는 편을 택했지요」

치안국장이 심각한 목소리로 말했다.

발랑그래가 냉소적으로 응수했다.

「그래서 지금 경찰총장과 베베르 부국장의 심기가 불편한 걸세……. 요컨대 내게 이게 어떻게 된 일인지 설명해 줄 수 있겠나, 르노르망……?」

「저희가 알고 있는 것은 다만, 총리 각하, 탈출이 법원에서 이뤄졌다는 것뿐입니다. 피의자는 호송용 차량으로 옮겨져 포르므리 판사의 방으로 안내되었습니다……. 하지만 그는 법원에서 나오지 않았습니다. 그가 어떻게 되었는지는 모릅니다」

「당혹스럽군」

「당혹스럽습니다」

「아무것도 발견하지 못했나?」

「발견한 것이 있습니다. 예심판사실로 통하는 안쪽 복도에는 피의자, 경비원, 변호사, 정리 들로 이루어진 기묘한 사람들의 무리가 들어 차 있었습니다. 그들 모두가 바로 그 시각 출두하라는 가짜 소환장을 받았다는 사실이 밝혀졌습니다. 하지만 이른바 그들을 소환했다는 예심판사들은 그날 판사실에 나타나지 않았습니다. 검사실에서 보냈다는 또 다른 가짜 소환장을 받고 나간 거죠, 파리 각지로…… 교외로 말입니다」

「그뿐인가?」

「아닙니다. 경관 둘과 피의자 하나가 뜰을 가로지르는 것이 목격되었습니다. 밖에는 마차가 기다리고 있었고 그들은 모두 그 마차에 올라탔답니다」

「그렇다면 자네 생각엔 일이 어떻게 된 것 같나, 르노르망? 자네 견해는?」

「제 가설은 이렇습니다, 총리 각하. 두 경관은 뤼팽의 공범들로, 복도의 혼잡을 틈타 진짜 경관들인 양 행세했습니다. 제가 보기에 이 탈출은 아주 특별한 상황과 기묘한 사건들의 조합이 아니고서는 성공할 수 없었습니다. 그런데 그 사건들이 어찌나 기묘한지 저희로서는 도저히 받아들일 수 없는 어떤 공모 관계가 있었음을 인정할 수 밖에 없습니다. 뤼팽은 법원에 자신의 끄나풀을 가지고 있었고, 그것이 우리 모두의 계산을 수포로 돌아가게 했습니다. 그는 경찰청에도 끄나풀이 있고 제 주위에도 끄나풀을 갖고 있습니다. 그의 패거리는 제가 이끄는 치안국보다 수천 배 노련하고 대담하고 다양하고 유연하며, 무시무시한 조직입니다」

「그렇다면 자네는 속수무책으로 당하고 있군, 르노르망!」

「그렇진 않습니다」

「그렇다면 어째서 자네는 이 사건의 시작부터 손을 놓고 있는 건가? 자네가 뤼팽에 맞서 한 일이 뭔가?」

「저는 싸움을 준비했습니다」

「아! 좋아! 자네가 그저 준비를 하는 동안 그는 행동을 개시했군」

「저 역시 행동을 개시했습니다」

「그렇다면 자네가 뭔가 알고 있단 말인가?」

「많은 걸 알고 있습니다」
「뭐라고? 그렇다면 이야기해 보게」
르노르망은 생각에 잠겨 지팡이를 짚고 널찍한 방 안을 왔다갔다 했다. 발렝그래 앞에 앉은 그는 손가락 끝으로 자신의 올리브색 프록코트 가장자리를 쓸고 은테 안경을 코 위로 추켜올린 다음 명료한 어조로 말했다.
「총리 각하, 제 수중에는 패가 세 장 있습니다. 우선 저는 아르센 뤼팽이 현재 어떤 이름을 쓰고 있는지 알고 있습니다. 뤼팽은 그 이름으로 오스만 대로에 살면서 매일 일당을 맞아들이고 자신의 패거리를 보강하며 끌어가고 있습니다」
「그렇다면 자네는 왜 그를 체포하지 않는 건가?」
「이런 정보를 뒤늦게야 손에 넣었기 때문입니다. 그 공작은…… 편의상 모 공작이라고 부르지요, 모습을 감추었습니다. 현재 다른 일로 해외에 나가 있는 것 같습니다」
「그가 다시 나타나지 않는다면?」
「그가 처한 상황, 그가 케셀바흐 사건에 개입한 방식으로 미루어볼 때 그는 같은 이름으로 다시 나타날 수밖에 없습니다」
「하지만……」
「총리 각하, 이제 제가 가진 두 번째 패를 말씀드리겠습니다. 저는 마침내 피에르 르뒤크를 찾아냈습니다」
「설마!」
「아니, 그를 찾아낸 건 뤼팽이라고 해야 할 겁니다. 모습을 감추기 전 뤼팽은 그를 파리 부근에 있는 작은 빌라에 데려다 놓았습니다」
「맙소사! 그런데 자네는 그걸 어떻게 알았나……?」

「오! 아주 쉬웠지요. 뤼팽은 피에르 르뒤크 곁에 감시자이자 보호자로서 공범 두 명을 배치해 두었습니다. 그런데 그 공범들이 사실은 제 수하의 경찰들입니다. 저는 은밀히 그 두 형제를 매수했는데, 그들은 기회가 생기는 대로 뤼팽을 저에게 넘겨줄 겁니다」

「잘했군! 잘했군! 그러니까……」

「그러니까 피에르 르뒤크야말로 이 유명한 케셀바흐 비밀을 캐고자 하는 자들이 노력을 집중시키는 중심 인물인 만큼…… 피에르 르뒤크를 통해 저는 잡고 말 겁니다. 첫째, 세 건의 살인 사건의 범인을 말입니다. 이 역겨운 자는 케셀바흐 씨를 역할을 대신해 아직은 알려져 있지 않은 이 거대한 계획을 완수하려 하고 있습니다. 케셀바흐 씨가 이 계획의 성취를 위해 피에르 르뒤크를 찾아내야 했던 만큼 이자 역시 그럴 것입니다. 둘째, 아르센 뤼팽을 잡을 겁니다. 왜냐하면 아르센 뤼팽 역시 같은 목표를 좇고 있으니까요」

「멋지군. 피에르 르뒤크는 적을 유인하는 자네의 미끼인 셈이군」

「그리고 물고기는 미끼를 물었습니다, 총리 각하. 방금 받은 보고에 따르면 용의자 하나가 피에르 르뒤크가 머물고 있는 작은 빌라 주위를 배회하는 것이 목격되었습니다. 그 빌라 주위를 제 부하들이 지키고 있습니다. 네 시간 내로 저는 현장에 갈 겁니다」

「세 번째 패는 뭔가, 르노르망?」

「총리 각하, 어제 루돌프 케셀바흐 씨 앞으로 편지가 한 장 도착했습니다. 저는 그 편지를 가로챘습니다」

「편지를 가로채다니, 잘하는 짓이군」

「……저는 그 편지를 열어 보고 돌려주지 않았습니다. 여기 그 편지가 있습니다. 이 편지는 두 달 전에 발송된 것입니다. 희망봉 발 소인이 찍혀 있고 내용은 이렇습니다」

　친애하는 루돌프, 나는 6월 1일 파리에 도착할걸세. 자네가 구해 주었을 때나 다름없이 지금도 줄곧 비참한 상황이라네. 하지만 자네에게 말한 그 피에르 르뒤크 건에 큰 희망을 걸고 있네. 정말 기묘한 이야기 아닌가! 자넨 그를 찾았나? 우리 일은 얼마나 진행되고 있나? 빨리 알고 싶군.

　　　　　　　　　　——자네의 충실한 슈타인벡

「오늘이 바로 6월 1일입니다. 부하 형사에게 그 슈타인벡이라는 자를 데려오라고 지시했습니다. 제 부하가 분명 그를 데려올 거라고 믿습니다」
「나 역시 그렇게 믿네」
자리에서 일어나며 발랑그래가 소리쳤다.
「자네에게 정말 미안하게 됐네, 친애하는 르노르망. 내 솔직한 고백을 들어주게. 나는 자네를 포기하려고 했다네……. 완전히 말일세! 내일 나는 경찰청장과 베베르 부국장을 만나야 한다네」
「알고 있습니다, 총리 각하」
「그럴 수는 없지!」
「그렇지 않으면 제가 출장을 가는 걸로 할까요? 이제 총리 각하는 제가 어떻게 싸울 것인지 알고 계십니다. 한편으로 저는 덫을 놓을 것이고, 살인자는 결국 그 덫에 걸릴 겁니다. 피에르 르뒤크나 슈타인벡을 통해 저는 살인자를 잡을 겁니다. 다른 한편으로 저는 뤼팽의 주위를 맴돌고 있습니다. 그의 끄나풀 중 두 사람이 제게 매수되었습니다. 하지만 뤼팽은 그들이 가장 헌신적인 부하들이라고 믿고 있습니다. 게다가 뤼팽 역시 저와 마찬가지로 이 삼중 살인 사건의 범인을 쫓고 있는 만큼 결과적으로는 저를 위해 일하고 있는 셈입니다. 다만 그자는 자신이 저를 골탕 먹이고 있다고 믿고 있지만 실제로는 제가 그를 골탕 먹이고 있는 겁니다. 그러므로 저는 성공할 겁니다. 하지만 한 가지 조건이 있습니다」

「그게 뭔가?」

「제가 자유롭게 행동할 수 있어야 한다는 것. 그리고 조바심치는 대중이나 제 일을 방해하는 상관들에게 신경 쓸 필요 없이 그 때 그때 상황의 요구에 따라 행동할 수 있어야 한다는 겁니다」

「당연하지」

「그런 조건만 충족된다면, 총리 각하, 저는 며칠 이내로 이 사건을 해결하거나…… 아니면 죽을 겁니다」

생클루 언덕 꼭대기 인적 드문 길가에 자리 잡은 작은 빌라. 밤 11시. 르노르망 국장은 자동차에서 내려 조심스럽게 길을 따라 올라갔다.

어둠 속에서 그림자가 하나 나왔다.

「자넨가, 구렐?」

「예, 국장님」

「두드빌 형제에게 내가 온다는 걸 알렸나?」
「예, 국장님 방이 준비되어 있습니다. 주무실 수 있도록 말입니다……. 오늘 밤 피에르 르뒤크를 납치하려는 시도가 있지 않는다면요. 두드빌 형제가 엿본 그자의 행동으로 보건대 그런 일이 일어난다 해도 전혀 놀랄 일이 아닙니다」

뜰을 가로지른 그들은 조용히 안으로 들어가 2층으로 올라갔다. 장 두드빌과 자크 두드빌 형제가 기다리고 있었다.

「세르닌 공으로부터 온 소식은 없나?」

국장이 그들에게 물었다.

「전혀 없습니다, 국장님」

「피에르 르뒤크는?」

「하루 종일 1층 자기 방에 누워 있거나 정원에서 지냅니다. 우리를 보러 올라오는 일은 거의 없습니다」

「상태는 좀 나아졌나?」

「훨씬 나아졌습니다. 휴식이 눈에 띄게 그를 변화시키고 있습니다」

「그는 뤼팽에게 헌신적인가?」

「뤼팽에게라기보다는 세르닌 공에게 그렇다고 해야겠죠. 왜냐하면 그는 뤼팽과 세르닌 공이 동일인이라는 사실을 모르고 있으니까요. 적어도 제 짐작에는 그렇습니다. 그에 대해서는 도대체 아는 바가 없습니다. 결코 입을 열지 않으니까요. 아! 정말 이상한 사람입니다. 그를 자극해 이야기를 하게 하고 웃음까지 짓게 할 수 있는 사람은 한 사람뿐입니다. 가르슈의 젊은 처녀가 그 사람으로, 세르닌 공이 그녀에게 그 청년을 소개했죠. 처녀의 이름은 주느비에브 에르느몽입니다. 그녀는 벌써 이곳에 세 차례나 왔습니다……. 오늘도요……」

그는 농담처럼 덧붙였다.

「제 생각에 두 사람은 사귀고 있는 것 같습니다……. 그건 세르닌 공작과 케셀바흐 부인도 마찬가지입니다……. 그는 그녀에게 추파를 던지고 있는 것 같아요……! 뤼팽은 대단한 작자죠……!」

르노르망 국장은 대답하지 않았다. 부하들은 그가 겉으로는 크게 신경 쓰지 않는 것처럼 보이는 이 모든 세부 사항들이 그의 머릿속 깊은 곳에 기록되고 있음을 느낄 수 있었다. 지금으로서는 이런 일들로부터 논리적인 결론을 끌어내야 했다.

그는 불붙인 담배를 피우는 대신 씹고 있었다. 그런 다음 다시 불을 붙였다가는 던져 버렸다.

그는 두세 가지 질문을 더 한 다음 옷을 모두 입은 채로 침대에 몸을 던졌다.

「조금이라도 이상한 일이 생기면 나를 깨우게……. 그렇지 않다면 난 좀 자겠네. 가 보게……. 각자 제 위치에 있도록」

그들이 밖으로 나갔다. 한 시간, 두 시간…….

문득 르노르망 국장은 누군가의 손이 자신의 몸에 닿는 것을 느꼈다. 구렐이 그에게 말했다.

「일어나세요, 국장님. 놈이 철책을 열었습니다」

「한 사람인가, 두 사람인가?」

「제가 본 건 한 사람뿐입니다……. 마침 지금 달이 떴어요……. 놈은 버팀벽에 바짝 붙어 웅크리고 있습니다」

「두드빌 형제들은?」

「뒤쪽을 통해 그들을 밖으로 내보냈습니다. 때가 되면 그들이 놈의 퇴로를 차단할 겁니다」

구렐은 르노르망 국장의 손을 잡아 그를 아래층으로 이끈 다음 어두컴컴한 방으로 안내했다.

「여기서 나오지 마십시오, 국장님. 이곳은 피에르 르뒤크의 화장실입니다. 그가 자고 있는 내실의 문을 열겠습니다……. 걱정하지 마십시오……. 그는 언제나처럼 저녁에 수면제를 먹었습니다. 무슨 일이 있어도 깨지 않을 겁니다. 이리로 오십시오……. 은신처가 훌륭하죠……? 이건 그가 쓰는 침대의 커튼입니다……. 여기서 국장님은 침대에서 창문에 이르는 이 방의 한쪽 면 전체를 지켜보실 수 있습니다」

활짝 열린 창을 통해 어슴푸레한 빛이 들어오고 있었다. 달이 구름의 베일 밖으로 나올 때면 그 빛은 아주 명료해지곤 했다.

예상하고 있는 일이 그곳에서 일어나리라는 것을 확신하고 두 사내는 비어 있는 네거리를 지켜보고 있었다.

작은 소리가 들려왔다……. 삐걱 하고 문이 열리는 소리였다…….

「놈이 철망을 기어오릅니다」

구렐이 속삭였다.

「높은가?」

「2미터…… 2미터 50센티가량 됩니다……」

삐걱거리는 소리가 분명해졌다.

「가 보게, 구렐」

르노르망이 나지막하게 말했다.

「두드빌 형제들과 합류하게……. 그들을 담장 아래로 데리고 가서 누가 그곳으로 내려오든 앞길을 차단하게」

구렐이 자리를 떴다.

그 순간 유리창에 바짝 붙은 사람 머리 하나가 나타나더니 그림자 하나가 발코니 위를 걸어왔다. 보통보다 작은 키와 여윈 몸집에 짙은 색 옷을 입고 모자를 쓰지 않은 사내였다.

몸을 돌린 사내는 발코니 위로 몸을 굽히고는, 아무 위험도 없는지 확인하는 듯 몇 분 동안 허공을 지켜보았다. 그런 다음 그는 몸을 낮추어 마루판 위에 길게 누웠다. 그 자리에서 꼼짝도 하지 않는 것 같았다. 하지만 잠시 후 르노르망은 어둠 속에서 그 검은 형체가 천천히 다가오고 있음을 깨달았다.

그 형체는 이윽고 피에르 르뒤크의 침대에 이르렀다.

그자의 숨소리가 들리는 것 같았고 그자의 두 눈빛을 본 것 같은 느낌이 들었다. 빛나고 날카로운, 마치 불꽃처럼 어둠을 관통하는, 그 어둠을 통해 그들을 〈보고 있는〉 눈을.

피에르 르뒤크는 깊은 숨을 내쉬고는 돌아누웠다.

또다시 침묵이 찾아왔다.

사내는 눈에 띄지 않게 살그머니 침대가로 다가왔다. 드리워진 흰 시트 위로 사내의 어둑한 뒷모습이 두드러져 보였다.

르노르망이 팔을 뻗는다면 사내의 몸에 닿을 터였다. 이번에는 자고 있는 사람의 숨소리와 잦아드는 낯선 자의 숨소리를 분명히 구별할 수 있었고, 쿵쿵거리는 심장 소리 또한 들리는 듯한 착각이 들었다.

갑자기 불빛이 쏟아졌다....... 사내가 손전등을 켰던 것이다. 피에르 르뒤크의 얼굴이 또렷하게 드러났다. 하지만 사내는 어둠 속에 머물러 있었으므로 그의 얼굴은 보이지 않았다.

다만 빛 웅덩이 속에서 무엇인가가 빛나는 것을 보고 르노르망은 몸을 떨었다. 그것은 칼날이었다. 끝이 뾰족하고 얇은 그 칼은 단도라기보다는 비수에 가까운 것으로, 그가 보기에는 케셀바흐의 비서 채프먼의 시체 곁에 있었던 것과 똑같은 것 같았다.
그는 사내를 덮치고 싶은 충동을 온 의지를 동원해 억제했다. 우선 무슨 일이 벌어지는지 보고 싶었다…….
사내의 한쪽 손이 올라갔다. 그 손을 내리칠 것인가? 르노르망은 그 일을 막기 위해 거리를 계산했다. 하지만 아니었다. 그것은 사람을 죽이려는 의도가 아니라 조심성에서 나온 동작이었다.
만약 피에르 르뒤크가 깨어나 움직인다면, 그가 외부에 도움을 청하려 한다면 그 손은 그를 내리칠 터였다. 이윽고 사내는 마치 무엇인가를 살펴보는 듯이 자고 있는 사람 쪽으로 몸을 기울였다.
르노르망 국장은 생각했다.
〈오른쪽 뺨…… 오른쪽 뺨에 있는 상처야……. 저 청년이 틀림없이 피에르 르뒤크인지 확인하고 싶은 거야.〉
사내가 약간 몸을 돌리고 있었으므로 르노르망에게는 그의 어깨만이 보일 뿐이었다. 하지만 그의 옷과 외투가 어찌나 가까운지 르노르망이 숨어 있는 커튼에 스칠 정도였다.
〈조금이라도 수상한 동작을 보이면, 불안한 낌새를 포착하면 그를 붙잡아야지.〉
르노르망은 생각했다.
하지만 사내는 자신의 일에 신경을 집중한 채 움직이지 않았다.
마침내 사내는 손전등을 들고 있던 손으로 칼을 옮겨 쥔 다음 침대 시트를 들어 올렸다. 처음에는 살짝, 이어 좀 더 힘을 줘서. 마침내 더 많이 들어 올려 자고 있는 사람의 왼쪽 팔이 드러나고 손이 드러날 수 있도록 했다.
손전등의 불빛이 그 손을 비추었다. 네 손가락이 가지런했다.

르노르망 국장, 준비에 착수하다 153

다섯 번째 손가락은 두 번째 마디에서 잘려 나가고 없었다.
 피에르 르뒤크가 두 번째로 몸을 뒤척였다. 그러자 즉각 손전등의 불이 꺼졌다. 잠시 동안 사내는 침대 곁에 선 채 움직이지 않았다. 그는 칼로 내리칠 것인가? 르노르망은 손만 내밀면 그 범죄를 막을 수 있다는 생각에 고통스러웠지만 최후의 순간까지 기다리고 싶었다.
 길고 긴 침묵이 흘렀다. 문득 분명하지는 않지만 상대가 팔 하나를 들어 올리는 것 같은 느낌이 들었다. 르노르망은 본능적으로 자고 있는 사람 쪽으로 팔을 뻗었다. 그 서슬에 사내와 그의 몸이 닿았다.
 숨 막힌 비명이 터져 나왔다. 사내는 허공으로 주먹을 날리고 되는 대로 방어의 몸짓을 취하더니 이윽고 창문 쪽으로 달아났다. 하지만 르노르망 국장은 그를 덮쳐 두 팔로 그의 어깨를 죄었다.
 즉각 상대가 힘을 빼는 것이 느껴졌다. 자신이 열세라고 판단한 상대는 싸움을 포기하고 그로부터 빠져나가려 애쓰고 있었다. 르노르망은 온 힘을 다해 사내를 밀어붙였다. 사내는 몸을 둘로 접고 마루판 위에 등을 대고 누웠다.
「아! 잡았군…… 잡았어」
 르노르망이 의기양양하게 중얼거렸다.
 그는 그 겁에 질린 범인, 그 이름 모를 작자를 저항할 수 없는 힘으로 압박하면서 기묘한 도취감을 느꼈다. 두 존재가 한데 엉기고 호흡이 뒤섞이는 가운데 분노와 절박함에 떨면서도 그는 생기와 전율을 느꼈다.
「너는 누구냐……? 너는 누구냐……? 말해……」

르노르망이 외쳤다.
 상대의 몸을 조인 팔에 자신도 모르게 점점 더 힘을 준 모양이었다. 팔 안에 갇힌 상대의 몸에서 점점 기운이 빠져나가는 것을, 상대가 실신하고 있는 것이 느껴졌다. 그는 팔에 더…… 더욱…… 힘을 주었다…….
 다음 순간 그는 발끝에서 머리끝까지 몸을 부르르 떨었다. 목에 예리한 아픔을 느꼈던 것이다. 아니, 느끼고 있었다……. 화가 난 그는 더욱 더 팔에 힘을 주었다. 고통이 한층 심해졌다. 사내가 팔을 비틀어 손을 가슴까지 올려서 비수를 세운 모양이었다. 물론 그 팔은 움직이지 못했지만 르노르망이 결박을 조임에 따라 비수 끝은 점점 더 살 속을 파고들었다.
 르노르망은 칼끝을 피하기 위해 머리를 약간 뒤로 젖혔다. 칼끝은 그의 동작을 따라왔고 상처 부위는 넓어졌다.
 다음 순간 그는 더 이상 몸을 움직일 수 없었다. 세 건의 살인에 대한 기억, 바로 그 무섭고 잔인하고 피할 수 없는 작은 강철 비수의 의미가 뇌리를 스쳤던 것이다. 그 칼날이 그의 살을 찌르고 있었다. 가차 없이 찔러 대고 있었다…….
 그는 갑자기 결박을 풀고 뒤로 물러났다. 그런 다음 즉각 반격하려고 했다. 하지만 이미 늦었다.
 사내는 한달음에 창가로 달려가 아래로 뛰어내렸다.
「조심하게, 구렐!」
 그는 구렐이 탈주자를 맞을 준비를 하고 있으리라 믿고 외쳤다.
 그는 아래를 내려다보았다.
 자갈 스치는 소리…… 나무 사이를 지나가는 그림자…… 출입문이 삐걱 하는 소리……. 그러고는 더 이상 아무 소리도 들리지 않았다……. 아무 일도 일어나지 않았다…….

그는 자고 있는 피에르 르뒤크는 아랑곳하지 않고 소리쳐 부하들을 불렀다.

「구렐……! 두드빌!」

아무 대답도 없었다. 밤 들판의 적막한 침묵뿐…….

그러고 싶지 않았지만 그는 또다시 세 건의 살인과 강철 비수를 떠올릴 수밖에 없었다. 천만에, 그럴 수는 없었다. 사내에겐 칼을 내리칠 시간이 없었고 그가 퇴로를 찾았다면 그럴 필요도 없었을 터였다.

이번에는 그가 아래로 뛰어내렸다. 손전등을 켠 그는 땅에 널브러져 있는 구렐을 발견했다.

「빌어먹을……! 이 친구가 죽었다면 그 대가를 톡톡히 치러야 할 거다」

하지만 구렐은 살아 있었다. 그저 큰 충격을 받았을 뿐이었다. 잠시 후 정신이 돌아온 그는 이를 갈았다.

「주먹 한 대에, 국장님…… 가슴팍을 정통으로 한 대 맞았을 뿐입니다……. 대단한 놈입니다!」

「그렇다면 놈들은 둘이란 말인가?」

「그렇습니다. 2층으로 올라간 건 작은 놈이고 또 다른 놈은 망을 보는 저를 습격했습니다」

「두드빌 형제들은?」

「못 봤습니다」

두드빌 형제 중의 하나인 자크는 철문 근처에 있었다. 턱이 깨어져 온통 피투성이였다. 또 다른 두드빌은 가슴을 맞고 좀 더 멀리 떨어진 곳에서 숨을 몰아쉬고 있었다.

「무슨 일인가? 어쩌다 이렇게 된 건가?」
르노르망이 물었다.
자크는 형과 자신이 어떤 사내와 부딪쳤는데, 손쓸 틈도 없이 당하고 말았노라고 설명했다.
「놈은 혼자였나?」
「아닙니다. 우리 옆을 지날 때 자기보다 작은 또 다른 사내와 함께였습니다」
「자네를 친 자의 얼굴을 보았나?」
「체격으로 보건대 그자는 팔라스 호텔에 있었던 영국인이었던 것 같습니다. 우리의 추적을 따돌리고 호텔을 떠난 자 말입니다」
「소령 말인가?」
「그렇습니다. 파버리 소령입니다」

한순간 생각에 잠겼던 르노르망 국장은 말했다.
「더 이상 의문의 여지가 없군. 케셀바흐 사건에는 두 사람이 개입하고 있네. 한 사람은 단도로 살인을 한 자이고, 또 한 사람은 그의 공범인 소령일세」
「그게 세르닌 공작의 생각이기도 합니다」
지크 두드빌이 중얼거렸다.
「오늘 저녁 역시…… 둘이었네」
치안국장이 말을 계속했다. 그런 다음 그는 이렇게 덧붙였다.
「그 편이 낫군. 한 사람보다는 두 사람을 잡기가 훨씬 수월하니까 말이야」

르노르망 국장은 부하들에게 응급조치를 취하고 그들을 침대에 옮겨 눕게 한 다음 습격자들이 뭔가 떨어뜨리지는 않았는지, 어떤 흔적을 남기지는 않았는지 조사했다. 아무것도 발견할 수 없었다. 그는 잠자리에 들었다.

다음날 아침 구렐과 두드빌 형제는 상처를 그다지 의식하지 않을 정도로 상태가 호전되었다. 국장은 두 사람에게 주변을 수색하라고 지시한 다음 자신은 사건을 신속하게 처리하기 위해 구렐과 함께 파리로 출발했다.

그는 자신의 집무실에서 점심 식사를 했다. 2시, 좋은 소식이 들려왔다. 유능한 부하 중 하나인 디외지 형사가 마르세유 발 기차에서 내리는 독일인 슈타인벡(루돌프 케셀바흐에게 편지를 보냈던 인물)의 신병을 확보했다는 소식이었다.

「디외지는 거기 있나?」

그가 물었다.

「그렇습니다, 국장님. 그 독일인과 함께 있습니다」

구렐이 대답했다.

「그들을 내게 데려오라고 하게」

그때 전화가 걸려 왔다. 장 두드빌이 가르슈 전화국에서 건 것이었다. 통화 내용은 짧았다.

「자넨가, 장? 새로운 소식이라도?」

「있습니다, 국장님. 파버리 소령이……」

「어쨌단 말인가?」

「그가 다시 모습을 나타냈습니다. 스페인 인으로 변신하고 피부를 갈색으로 태웠더군요. 조금 전에 그를 보았습니다. 가르슈의 자선 학교로 들어갔습니다. 그 처녀가 그를 맞이하더군요…….
세르닌 공과도 안면이 있는 주느비에브 에른몽이라는 처녀 말입
니다」
「맙소사!」
르노르망 국장은 수화기를 내던지고 모자를 움켜쥔 다음 복도
로 달려 나갔다. 반대쪽에서 다가오는 디외지와 독일인과 부딪친
그는 소리쳤다.
「6시에 보세……. 여기서……」
층계를 뛰어 내려간 그는 구렐과 세 형사들을 데리고 자동차에
올라탔다.
「가르슈로 가 주시오……. 10프랑을 팁으로 주리다」
빌뇌브 공원 조금 못 미쳐 학교로 통하는 좁은 길 모퉁이에서
그는 차를 세우게 했다. 기다리고 있던 장 두드빌이 그를 보자마
자 소리쳤다.
「그자는 골목 반대편으로 갔습니다. 10분쯤 됩니다」
「혼자 말인가?」
「아닙니다. 그 처녀와 함께입니다」
르노르망 국장은 두드빌의 멱살을 잡았다.
「이 바보 같은 녀석! 그를 가도록 내버려 뒀단 말이냐! 응당……」
「형이 그의 뒤를 밟고 있습니다」
「퍽이나 잘도 밟겠군! 놈은 자네 형을 떨쳐 버릴걸세. 자네들
이 그렇게 대단한 줄 아나?」
그는 차 있는 곳으로 달려갔다. 차는 울퉁불퉁한 바닥과 덤불
숲을 아랑곳하지 않고 오솔길로 접어들었다. 이내 국도가 나왔
고, 다시 오거리가 나왔다. 르노르망은 망설이지 않고 생퀴퀴파

도로로 통하는 왼쪽 길을 선택했다. 그 덕분에 연못을 바라보며 솟아 있는 언덕 위에서 그들은 또 다른 두드빌을 추월할 수 있었다. 두드빌이 그들에게 외쳤다.
「두 사람은 마차를 타고 있습니다……. 1킬로 정도 앞서 있죠」
르노르망은 차를 멈추지 않았다. 그의 지시에 따라 차는 내리막으로 달려 내려가서는 급커브를 틀어 언덕을 에둘렀다. 다음 순간 르노르망은 승리의 탄성을 내질렀다.
앞에 솟아 있는 자그마한 언덕 꼭대기에 마차의 덮개가 보였던 것이다.
하지만 안타깝게도 그가 접어든 길은 그리로 통하는 길이 아니었다. 그는 자동차를 후진시켜야 했다.
차가 갈래 길로 돌아왔을 때 마차는 여전히 그곳에 서 있었다. 차가 커브를 트는 동안 갑자기 마차에서 여자 하나가 뛰어내리는 것이 보였다. 그러더니 마차의 발판 위에 사내가 모습을 나타냈다. 뛰어내린 여자가 팔을 뻗었다. 총성이 두 차례 울려 퍼졌다.
여자가 쏜 총알이 목표물을 맞히지 못한 모양이었다. 마차 반대편에서 고개를 내민 사내가 자동차를 발견하고 말을 채찍으로 후려쳤던 것이다. 말은 속보로 달리기 시작했다. 이내 모퉁이가 나오는 바람에 마차는 모습을 감추었다.
순간적으로 작전을 생각해 낸 르노르망은 차를 언덕 위로 똑바로 돌진시켰다. 차는 여자를 지나쳐 대담하게 커브를 틀었다.
그곳은 가파르고 바위 많은 울창한 두 개의 숲 사이에 난 길이었으므로 아주 천천히 조심스럽게 운전해야 했다. 하지만 무슨 상관이랴! 바로 20보 앞에 이륜 마차가 자갈길 위에서 춤을 추고 있는데. 말이 그 마차를 조심스럽게 느린 걸음으로 끌고 가고 있지 않은가. 더 이상 걱정할 일은 없었다. 마차가 도망치기란 불가능했다.

마차와 자동차는 요동 치고 뒤흔들리며 아래로 달려 내려갔다. 어떤 순간 둘 사이의 거리가 너무 가까운 나머지 르노르망은 차에서 내려 부하들과 함께 뛰는 것이 낫지 않을까 하는 생각까지 들었다. 하지만 그렇게 가파른 비탈에서 차를 세우면 위험을 초래할 수도 있었다. 그는 사냥감에서 눈을 떼지 않고 사정거리를 유지하듯 적을 아주 가까이에 두고 계속 달렸다.

「이제 잡았습니다, 국장님⋯⋯. 거의 잡았어요⋯⋯!」

이 뜻밖의 추적에 흥분한 형사들이 중얼거렸다.

길 아래쪽에 센 강으로, 부지발로 향하는 도로가 시작되고 있었다. 평지에 이르자 말은 서두르지 않고 길 한가운데를 따라 천천히 걷기 시작했다.

차가 뒤흔들렸다. 차는 달리는 야수처럼 모든 장애물들을 밀어 버릴 만반의 준비를 갖추고는 경사지를 달려 내려가 마차를 따라잡더니 나란히 달리다가 이윽고 추월했다⋯⋯.

르노르망은 욕설을 내뱉었다⋯⋯. 분노의 고함이 터져 나왔다⋯⋯. 마차 안은 비어 있었던 것이다!

마차 안에는 아무도 없었다. 말은 등 위에 고삐를 얹은 채 태평하게 걷고 있었다. 당연히 근처 여인숙의 마구간으로 돌아가고 있는 중이었다. 놈은 그곳에서 마차를 하루 동안 세냈을 터였다.

분노로 숨을 힐떡이며 치안국장이 짤막하게 말했다.

「내리막이 시작되면서 마차가 보이지 않던 몇 초를 틈타 소령은 마차에서 뛰어내린 거야」

「숲을 수색하면 됩니다, 국장님. 분명히⋯⋯」

「그냥 돌아가세. 그자는 이미 멀리 도망쳤어. 놈은 하루에 두 번씩 잡힐 그런 인간이 아냐. 이런! 빌어먹을!」

그들은 자크 두드빌과 함께 있는 여자에게로 갔다. 처녀는 그 일로 계속 괴로워하고 있는 것 같지는 않았다.

르노르망은 자신을 소개한 다음 처녀에게 집까지 데려다 주겠다고 했다. 그는 즉각 영국인 파버리 소령에 대한 질문을 시작했다. 처녀가 깜짝 놀라며 말했다.

「그 사람은 소령도 영국인도 아니에요. 이름도 파버리가 아니고요」

「그렇다면 그의 이름은 뭡니까?」

「후앙 리베이라라고 하더군요. 스페인 사람이고요. 프랑스 교육 기관을 견학하기 위해 스페인 정부에서 파견했다더군요」

「좋습니다. 그의 이름이나 국적은 중요하지 않습니다. 바로 그자가 우리가 찾고 있는 자입니다. 당신은 오래전부터 그를 알고 지냈나요?」

「보름쯤 전에 알았어요. 그는 제가 가르슈에 세운 학교에 대해 듣고 싶어했어요. 제 시도에 관심을 표하며 저에게 연간 보조금을 주겠다고 제안했어요. 제 학생들의 발전 상황을 이따금 와서 확인한다는 조건으로요. 저는 그 제안을 거절할 수 없었어요……」

「그러셨겠죠, 물론. 하지만 주변에 충고를 구하셔야 했습니다……. 당신은 세르닌 공작과 친분이 있지 않나요? 그분은 좋은 충고를 해줄 텐데」

「오! 저는 그분을 완전히 믿어요. 하지만 지금 그분은 여행 중이세요」

「이자의 주소를 모릅니까?」

「몰라요. 게다가 제가 그에게 무슨 말을 할 수 있었겠어요? 그는 아주 훌륭하게 처신했거든요. 이런 일이 일어난 건 오늘뿐이에요……. 그런데 저로서는 도대체 무슨 영문인지……」

「부탁입니다, 아가씨. 솔직히 말해 주십시오……. 나 역시 아가씨가 신뢰해도 좋은 사람입니다」

「오늘 오후 리베이라 씨가 찾아오셨더군요. 부지발에 잠시 들른 어떤 프랑스 부인의 부탁을 받고 왔다더군요. 그 부인에게 어린 딸이 하나 있는데 그 딸의 교육을 저에게 맡기고 싶어한다면서요. 그 부인이 제가 지체 없이 와 주기를 바란다고 했어요. 그런 이야기가 저로서는 너무나도 자연스럽게 여겨졌어요. 오늘은 쉬는 날이었고 리베이라 씨가 빌린 마차가 길 끝에서 기다리고 있었으므로 저는 별다른 저항감 없이 그 마차에 올랐지요」

「요컨대 그의 목적이 무엇이었습니까?」

그녀는 얼굴을 붉힌 다음 말했다.

「그저 저를 납치하려는 것이었어요. 30분 후 그가 저에게 털어놓더군요」

「당신은 그에 대해 아무것도 모릅니까?」

「몰라요」

「그는 파리에 머물고 있나요?」

「그런 것 같아요」

「그가 편지를 보내온 적은 없습니까? 혹시 그의 필적 몇 줄이나 잊어버리고 간 물건, 우리에게 도움이 될 수 있는 단서 같은 건 없을까요?」

「전혀 없어요……. 아! 그런데…… 하지만 이건 중요하지 않은 거예요……」

「말씀하십시오……! 말씀하십시오……! 제발」
「이틀 전 그는 제 타자기를 사용하게 해 달라고 하더군요. 그러더니 편지를 한 장 작성했어요. 타이핑을 잘 못해서 아주 어렵게요. 우연히 그 편지의 주소를 본 저는 깜짝 놀랐어요」
「그럼 그 주소는?」
「그는 〈주르날〉에 보내는 편지를 쓴 거였어요. 그 봉투 속에 20장의 우표들을 넣더군요」
「흠. 줄 광고를 내려던 게 틀림없군요」
르노르망이 말했다.
「제게 오늘자 신문이 있는데요, 국장님」
구렐이 말했다.
르노르망 씨는 신문을 펼쳐 9면을 살펴보았다. 잠시 후 그는 소스라쳤다. 약자가 사용된 다음과 같은 내용이 눈에 띄었던 것이다.

슈타인벡 씨에 대해 알고 있는 모든 이들에게 알립니다. 그가 파리에 있는지 여부와 그의 주소를 알고 싶습니다. 같은 방법으로 답장 주십시오.

「슈타인벡이라. 디외지가 우리에게 데려온 바로 그 사람 아닙니까?」
구렐이 소리쳤다.
「그렇지, 그렇다네. 케셀바흐 씨에게 편지를 쓴 사람, 케셀바흐 씨에게 피에르 르뒤크의 뒤를 쫓도록 한 사람, 내가 도중에서 신병을 확보하게 한 바로 그 사람이야……. 그러니까 놈들 역시 피에르 르뒤크와 그의 과거에 관한 정보가 필요한 거군……. 그들 역시 이리저리 더듬어 찾고 있어……」

르노르망이 혼잣말처럼 중얼거렸다.

그는 두 손을 문질렀다. 슈타인벡은 그의 수중에 있었다. 한 시간 내로 슈타인벡은 입을 열 터였다. 한 시간 내로 그를 짓누르고 있는, 그가 해결하고자 애써 온 케셀바흐 사건을 가장 고약하고 해결하기 어려운 것으로 만들고 있는 어둠의 베일이 벗겨질 터였다.

르노르망 국장, 쓰러지다

저녁 6시, 르노르망은 경찰청의 자기 방으로 돌아왔다. 그는 즉각 디외지를 불렀다.
「자네가 데려온 그 사람 여기 있나?」
「네」
「그와는 어떻게 되어 가나?」
「그다지 잘되지 않습니다. 그는 도통 입을 열지 않습니다. 저는 그에게 새로운 지시에 따라 외국인들은 도청에 체류 신고를 해야 한다고 말하고 이곳 국장님 보좌관실로 데려왔습니다」
「내가 심문해 보겠네」
그 순간 심부름꾼이 달려왔다.
「어떤 부인이 즉각 국장님과 이야기를 하고 싶다는데요, 국장님」
「명함 받았나?」
「여기 있습니다」

「캐셀바흐 부인 아닌가! 들어오시게 하게」

그는 직접 그 젊은 여성을 맞으러 나가서는 그녀에게 자리를 권했다. 그녀는 여전히 낙담한 눈빛에 병약한 안색, 삶의 비탄을 드러내는 극도로 지친 태도를 드러내고 있었다.

그녀는 오늘자 〈주르날〉을 내밀며 슈타인벡에 대해 언급한 작은 광고를 가리켰다.

「슈타인벡 아저씨는 제 남편의 친구예요. 그는 분명 많은 것을 알고 있을 거예요」

그녀가 말했다.

「디외지, 기다리고 있는 그 사람을 데리고 오게……. 부인, 당신의 방문은 의미가 있었습니다. 다만 이 사람이 들어오면 한마디도 하시지 말 것을 부탁드립니다」

르노르망이 말했다.

문이 열렸다. 한 사내가 모습을 나타냈다. 하얗게 센 턱수염, 깊은 주름이 패인 얼굴에 초라한 옷을 입고 있었다. 그날 그날의 양식을 구하기 위해 온 세상을 돌아다니는, 쫓기는 행색이 역력한 가엾은 모습의 노인이었다.

노인은 눈썹을 깜박이며 문간에 서서 르노르망 국장을 바라보고는 사람들의 침묵에 약간 당황했는지 두 손으로 모자를 돌리며 머뭇거렸다.

다음 순간 그는 놀란 듯했다. 두 눈이 휘둥그레지더니 더듬거리며 말했다.

「부인…… 캐셀바흐 부인」

노인은 그녀를 알아보았던 것이다.

침착함을 되찾은 노인은 더 이상 머뭇거리지 않고 미소를 띠며 그녀에게로 다가가 형편없는 억양으로 말했다.
「아! 반갑습니다……. 이제야……! 이런 날이 올 줄은…… 좀 놀랐답니다……. 여기서 소식이 오지 않아서…… 전보도 없고…… 그런데 루돌프 케셀바흐, 이 친구는 어떻게 지냅니까?」
케셀바흐 부인은 얼굴을 정통으로 맞기라도 한 것처럼 흠칫 하고 뒤로 물러섰다. 그녀는 쓰러지듯 의자에 앉아 흐느끼기 시작했다.
「아니! 도대체 왜……?」
슈타인벡이 소리쳤다.
르노르망 국장이 즉각 끼어들었다.
「선생, 선생은 최근 일어난 몇 가지 사건에 대해 모르고 있을 거요. 오래전부터 여행을 하고 계신 것 같소만?」
「그렇습니다. 석 달쯤 됐지요……. 저는 남아프리카 광산까지 올라갔지요. 그런 다음 케이프타운으로 돌아와 거기서 루돌프에게 편지를 썼지요. 그런데 이리로 오는 도중 포트사이드에서 일거리를 하나 맡았지요. 루돌프가 제 편지를 받았을 텐데?」
「이제 그는 없소. 왜 없는지 그 이유를 나중에 설명해 드리겠소. 하지만 그전에 몇 가지 물어볼 것이 있소. 선생이 알고 있는, 또한 케셀바흐 씨와 나눈 얘기에 등장하는 피에르 드뤼크라는 이름의 인물에 대한 거요」
「피에르 르뒤크! 뭐라고요! 누가 당신에게 그런 말을 했습니까?」
노인은 크게 동요한 것 같았다. 그는 더듬거리며 다시 말했다.
「누가 당신에게 그런 말을 했습니까? 누가 당신에게 그런 사실을 알려 주었습니까?」

「케셀바흐 씨요」

「그럴 리가 없습니다! 그건 내가 그에게 알려 준 비밀입니다. 그리고 루돌프는 비밀을 지키는 사람이고요……. 특히 이 비밀은……」

「어쨌든 우리에겐 선생의 대답이 꼭 필요하오. 우리는 현재 피에르 르뒤크에 대한 조사를 진행하고 있는데 지체 없이 결실을 맺어야 하오. 그런데 우리에게 정보를 줄 수 있는 사람은 당신뿐이오. 왜냐하면 이제 케셀바흐 씨가 없으니 말이오」

「요컨대 도대체 뭘 알아야 한다는 겁니까?」

슈타인벡이 마음을 정한 듯 물었다.

「당신은 피에르 르뒤크를 아시오?」

「한번도 본 적은 없습니다. 하지만 오래전부터 그에 관한 비밀을 알고 있었지요. 굳이 말할 필요 없는 일련의 사건들과 우연의 도움으로 내가 찾는 그 사람이 파리에서 밑바닥 생활을 하면서 피에르 르뒤크라는 이름으로 불리고 있다는 확신을 갖게 되었습니다. 그건 그의 진짜 이름이 아닙니다」

「그는 자신의 진짜 이름을 알고 있소?」

「그럴 겁니다」

「그럼 당신은?」

「나는 알고 있습니다」

「그렇다면 말해 주시오」

노인은 머뭇거리더니 갑자기 격한 어조로 말했다.

「그럴 수는 없습니다……. 그럴 수는……」

「왜 안 된다는 거요?」

「내겐 그럴 권리가 없습니다. 비밀의 열쇠가 거기 있습니다.

내가 그 비밀을 알려 주자 루돌프는 커다란 관심을 보였지요 그는 나에게 큰돈을 주며 입을 다물어 달라고 했습니다. 그리고는 피에르 르뒤크를 찾고 그 비밀을 이용할 수 있게 되면 내게 정말 한 재산을 주겠다고 약속했지요」

노인은 쓰라린 미소를 지었다.

「그가 준 많은 돈을 이미 잃고 말았지요. 내 재산이 어떻게 되는 건지 소식을 들으러 왔습니다」

「케셀바흐 씨는 죽었소」

치안국장이 말했다.

슈타인벡은 펄쩍 뛰었다.

「죽다니! 그럴 수가! 아니야, 이건 함정이야. 부인, 이 말이 사실입니까?」

부인이 고개를 떨구었다.

노인은 이런 뜻밖의 사실에 기가 꺾인 것 같았다. 동시에 그 일은 그를 몹시 고통스럽게 한 것이 분명했다. 그가 울부짖기 시작했던 것이다.

「가엾은 루돌프, 어릴 때부터 그를 봐 왔는데…… 아우구스부르크의 우리 집에 와서 놀곤 했죠……. 그를 무척 사랑했는데」

그러더니 노인은 케셀바흐 부인의 동의를 구했다.

「그 역시 저를 좋아하지 않았습니까, 부인? 그가 당신에게 얘기했을 텐데요……. 이 늙은 슈타인벡 아저씨에 대해서. 그는 나를 그렇게 불렀지요」

르노르망 국장이 노인의 곁으로 다가갔다. 국장은 보다 분명한 목소리로 말했다.

「내 말 잘 들으시오. 케셀바흐 씨는 살해당했소……. 자, 진정하시오……. 눈물을 흘려 봤자 소용없는 일이오…… 그는 살해당했고, 그 범죄의 모든 정황으로 미루어 범인은 이 계획에 대해 알고 있는 것 같소. 이 계획이 어떤 성격의 것인지 당신은 눈치 챘을 텐데……?」

슈타인벡은 당황한 듯했다. 그가 더듬거리며 말했다.

「이건 내 잘못입니다……. 내가 그를 이 일에 끌어들이지만 않았더라도……」

케셀바흐 부인이 앞으로 나서며 애원했다.

「당신은…… 당신은 뭔가 아실 거예요……. 오! 제발, 슈타인벡……」

「난 아무것도 모릅니다……. 게다가 제대로 생각도 해 보지 않았어요……. 생각을 해 봐야겠습니다……」

그가 중얼거렸다.

「케셀바흐 씨 주변 인물 중에서 찾아보시오……. 당신과 케셀바흐 씨가 그런 이야기를 할 때 혹시 끼어든 사람은 없었소? 케셀바흐 씨가 누구에겐가 말한 것 같진 않소?」

르노르망이 물었다.

「아무에게도 말하지 않았을 겁니다」

「잘 생각해 보시오」

돌로레스와 르노르망은 둘 다 노인에게 몸을 숙이고 그의 대답을 초조하게 기다리고 있었다.

「아니…… 난 모르겠습니다……」

노인이 말했다.

「잘 생각해 보시오……. 살인자 이름의 이니셜은 L과 M이오」

치안국장이 다시 말했다.

「L…… 모르겠는데…… L과…… M이라……」
「그렇소. 그 글자들이 살인자의 담뱃갑 귀퉁이에 새겨져 있었다오」
「담뱃갑이라고?」
슈타인벡이 기억해 내려 애쓰며 되물었다.
「광택 있는 강철로 된 거요……. 안쪽 공간을 둘로 나누어 작은 쪽에는 담배 말이용 종이를 넣게 되어 있고 다른 쪽에는 담배를 넣게 되어 있소……」
「둘로 나뉘어 있다, 두 부분으로 나뉘어 있다. 내게 그 물건을 보여줄 수 있소?」
그런 구체적인 내용을 듣자 어떤 기억이 떠오르는 듯 슈타인벡이 되풀이해서 말했다.
「여기 있소. 아니, 이건 실제와 똑같이 만든 복제본이오」
르노르망 국장이 그에게 담뱃갑 하나를 내밀며 말했다.
「이럴 수가! 그러니까 결국……」
슈타인벡이 담뱃갑을 받아 들며 외쳤다.
당혹스런 눈길로 담뱃갑을 응시하고 살펴보고 온갖 방향으로 돌려 보던 그는 갑자기 비명을 내질렀다. 무시무시한 생각에 강타당한 사람이 내지르는 비명이었다. 그러고는 얼굴이 납빛이 된 채 두 손을 벌벌 떨면서 얼빠진 눈길로 그 자리에서 움직이지 않았다.
「말해 주시오. 어서 말하시오」
르노르망 국장이 요구했다.
「오! 모든 것이 설명되는군……」
그는 지나치게 강한 빛에 눈이 부신 사람처럼 말했다.

「말해 주시오. 어서 말하란 말이오⋯⋯」

노인은 두 사람을 모두 밀어젖히고 비틀거리며 창가까지 걸어 갔다가는 걸음을 되돌려 치안국장에게 달려들었다.

「국장님, 국장님⋯⋯ 루돌프의 살인범이 누구냐 하면⋯⋯ 그 건⋯⋯」

그는 말을 멈췄다.

「그건⋯⋯?」

다른 사람들이 되물었다.

한순간 침묵이 흘렀다⋯⋯. 수많은 고백, 수많은 기소, 무시무시한 범인의 이름이 울려 퍼졌을 그 방 안의 조용한 침묵 속에 과연 이 사건의 범인의 이름이 울려 퍼질 것인가? 르노르망은 깊이를 알 수 없는 심연의 가장자리에 서 있는 듯한 느낌이었다. 거기에서 하나의 목소리가 자신에게까지 들려오리라. 몇 초 후면 알게 되리라⋯⋯.

「아니, 아니, 말할 수 없습니다⋯⋯」

슈타인벡이 중얼거렸다.

「무슨 말을 하고 있는 거요?」

화가 나서 치안국장이 외쳤다.

「말할 수 없다고 했습니다」

「당신에겐 침묵할 권리가 없소! 법이 말할 것을 요구하오」

「내일 말하리다, 내일⋯⋯. 생각을 좀 해 봐야겠습니다⋯⋯. 내가 피에르 르뒤크에 대해 알고 있는 모든 것을 내일 국장님께 말하리다⋯⋯. 내가 그 담뱃갑에 대해서 짐작하고 있는 모든 것을⋯⋯ 내일 말하겠다고 약속하리다⋯⋯」

아무리 열정적인 노력으로도 단념시킬 수 없는 그런 종류의 고

집이 노인에게서 느껴졌다. 르노르망은 체념했다.
「좋소. 내일까지 시간을 주겠소. 하지만 단언하는데 내일도 말하지 않는다면 예심판사에게 알릴 수밖에 없소」
국장은 벨을 눌렀다. 그런 다음 디외지를 따로 불렀다.
「그를 호텔까지 따라가게……. 그리고 그곳에 머물게……. 두 사람을 더 보내 주겠네……. 무엇보다도 방심하지 말게. 놈들이 그를 우리에게서 빼 가려고 할지도 모른다네」
형사가 슈타인벡을 데리고 나가자 르노르망 국장은 케셀바흐 부인에게로 되돌아왔다. 부인은 방금 벌어진 일에 큰 충격을 받은 것 같았다. 국장이 사과했다.
「정말 유감입니다, 부인……. 얼마나 상심이 크실지 이해가 갑니다……」
그는 그녀에게 케셀바흐가 슈타인벡과 언제 다시 관계를 갖게 되었는지 얼마 동안 그 관계가 지속되었는지 물었다. 하지만 그녀가 너무도 지쳐 있어서 더 이상 물을 수가 없었다.
「제가 내일 다시 와야 하나요?」
그녀가 물었다.
「천만에요, 천만에요. 슈타인벡이 말하는 모든 내용을 알려 드리겠습니다. 제가 마차까지 모셔다 드려도 되겠습니까……? 이곳의 층계들은 너무 경사가 급해서요……」
국장은 문을 열고 부인을 먼저 나가게 하기 위해 몸을 비켰다. 그 순간 복도에서 비명소리가 울려 퍼졌다. 당번 형사들과 사환들이 달려나왔다…….
「국장님! 국장님!」
「무슨 일인가?」

「디외지가……!」
「그 친구 조금 전 여기서 나갔는데……」
「그가 층계에서 발견되었습니다」
「죽었나……?」
「아닙니다. 주먹을 맞고 기절했습니다……」
「그렇다면 그 사람은……? 그와 함께 있던 노인은……? 슈타인벡은……?」
「사라졌습니다」
「맙소사……!」

르노르망은 복도로 나가 계단을 달려 내려갔다. 이층 층계참에 디외지가 널브러져 있었다. 한 무리의 사람들이 그를 둘러싸고 그의 상태를 살펴보는 중이었다.
르노르망은 구렐이 층계를 올라오는 것을 보았다.
「아! 구렐, 자네 아래층에서 오나? 누군가와 부딪치지 않았나?」
「안 부딪쳤는데요, 국장님……」
그 순간 정신을 차린 디외지가 눈을 뜨며 중얼거렸다.
「저기 층계참에 작은 문……」
「아! 빌어먹을. 7호실 문 말이군……! 그 문을 열쇠로 잠가 놓으라고 하지 않았나……. 언젠가 이런 일이 있을 줄 알았지……」
치안국장이 소리쳤다. (르노르망이 치안국에 없는 동안 두 사람의 범죄자가 호송하던 경찰들을 따돌리고 바로 그 문을 통해 도망친 일이 있었다. 경찰은 이 두 건의 탈주 사건에 대해 입을 다물었다. 이 통로가 꼭 필요하다면, 문 반대쪽에 있는 불필요한 빗장이라도 없애 버리면 될 것 아닌가? 그 빗장 덕택에 범인은 모든 추격을 따돌리고 민사법정 7호실 복도와 수석판사 집무실 회랑을 통해 유유히 달아날 수 있을 터였다.)

국장은 그 방의 문 손잡이를 움켜쥐었다.

「당연히 그렇겠지! 반대쪽에서 빗장을 질러 놓았군」

문의 일부는 유리창으로 되어 있었다. 그는 권총 손잡이로 유리창을 깨뜨려 빗장을 연 다음 구렐에게 말했다.

「이쪽을 통해 도핀 광장으로 난 출구까지 얼른 쫓아가게……」

그런 다음 다시 디외지에게 말했다.

「자, 디외지, 말해 보게. 어떻게 이런 상황에 놓이게 된 건가?」

「주먹을 한 대 맞았습니다, 국장님……」

「그 노인이 주먹질을? 자기 몸을 가누는 것도 힘들어 보이는 사람이……」

「노인이 친 것이 아닙니다, 국장님. 슈타인벡이 국장님과 이야기를 나누는 동안 복도를 배회하던 자가 있었습니다. 그자는 볼일이 있는 것처럼 우리를 쫓아왔던 겁니다……. 여기서 그자는 저에게 담뱃불을 빌릴 수 있는지 묻더군요……. 저는 성냥갑을 찾았습니다……. 그 틈을 타서 놈은 제 배에 주먹을 안겼습니다……. 저는 쓰러졌습니다. 그자는 이 문을 열고 노인을 끌고 가는 것 같았습니다……」

「그자가 누군지 알아볼 수 있겠나?」

「오! 그럼요, 국장님…… 단단한 놈입니다. 검은 피부에……

남부 사람인 게 분명합니다……」

「리베이라군……. 또 그자야……! 리베이라, 또 다른 이름은 파버리지. 이런! 정말 대담한 작자야……! 슈타인벡 노인이 입을 열까 봐 불안했던 거야……. 그를 데려가려고 여기까지, 내 본거지까지 진출하다니……!」

르노르망이 이를 갈며 말했다.

그는 화가 나서 발을 굴렀다.

「이런 빌어먹을. 슈타인벡이 여기 있는 걸 그 악당이 어떻게 알았을까! 놈은 겨우 네 시간 전에 생퀴퀴파 숲에서 내 추격을 피해 달아났는데……. 그런데 이제 여기로 오다니……! 어떻게 알았을까……? 내 몸속에 살고 있기라도 하단 말인가……?」

르노르망은 깊은 생각에 잠겼다. 그에게는 더 이상 아무것도 들리지 않고 보이지 않는 것 같았다. 케셀바흐 부인이 지나가며 그에게 작별 인사를 했지만 그는 대답하지 않았다.

이윽고 복도에서 울리는 발소리에 그는 마비 상태에서 깨어났다.

「자넨가, 구렐……?」

「그렇습니다, 국장님. 놈들은 둘입니다. 그들은 이 길을 통해 도핀 광장으로 나갔습니다. 자동차 한 대가 그들을 기다리고 있었습니다. 차 안에는 두 사람이 있었습니다. 검은 옷에 중절모를 눈 위까지 눌러쓴 사내와……」

구렐이 숨을 헐떡이며 말했다.

「바로 그자일세. 리비에라, 곧 파버리의 공법인 살인자야. 그리고 또 한 사람은?」

르노르망 국장이 나지막하게 물었다.

「여자였습니다. 모자를 쓰지 않은 하녀처럼 보이는 예쁘장한 여자로 적갈색 머리카락을 하고 있었습니다」

「아니? 뭐라고! 적갈색 머리카락을 한 여자라고?」

「그렇습니다」

르노르망은 휙 하고 몸을 돌려 한 번에 네 계단씩 층계를 내려가 뜰을 가로질러 오르페브르 강 둑으로 나갔다.

「멈추시오!」

그가 소리쳤다.

두 마리의 말이 끄는 무게 사륜 마차 하나가 멀어져 가고 있었다. 케셀바흐 부인을 태운 마차였다……. 그의 외침 소리를 들은 마부가 마차를 멈추었다. 르노르망 국장은 벌써 마차 발판 위로 뛰어오르고 있었다.

「정말 죄송합니다, 부인. 부인의 도움이 꼭 필요해서요. 부인을 따라가게 해 주십시오…… 그런데 얼른 움직여야만 합니다. 구렐, 내 차…… 자네 내가 타고 온 자동차를 돌려보냈나……? 그렇다면 다른 차를, 어떤 차든 좋네……」

사람들이 흩어졌다. 10여 분이 흘러서야 그들은 빌린 자동차를 가져왔다. 그동안 르노르망은 초조해하며 속을 끓였다.

인도 위에 선 케셀바흐 부인은 손에 각성제 병을 쥔 채 힘겨워하고 있었다.

이윽고 그들은 차에 올랐다.

「구렐, 운전석 옆에 앉아서 곧장 가르슈로 가자고 하게」

「우리 집으로요?」

돌로레스가 어리둥절해서 소리쳤다.

르노르망은 그 말에 대답하지 않았다. 그는 차 문 가까이에 몸을 붙이고 교통정리를 하고 있는 경찰들에게 자유 통행증을 흔들며 자신의 이름을 외쳐 댔다. 이윽고 차가 쿠르라렌에 이르자 그는 자세를 고쳐 잡고 말했다.

「죄송합니다, 부인. 제 질문에 분명히 대답해 주십시오. 오늘 4시경 주느비에브 에른몽 양을 만났습니까?」

「주느비에브…… 네……. 제가 외출하려고 옷을 갈아입고 있을 때였죠」

「그녀가 부인에게 〈주르날〉에 나온 슈타인벡에 관한 광고에 대해 이야기해 주었나요?」

「그렇습니다」

「그 때문에 부인은 나를 보러 오셨고요?」

「그렇습니다」

「에른몽 양과 이야기하는 동안 다른 사람은 없었습니까?」

「정확히는…… 모르겠어요……. 왜 그러시죠?」

「기억 나시지 않습니까? 부인의 하녀 중 하나가 그곳에 있었는지?」

「있었던 것 같아요……. 내가 옷을 갈아입고 있었으니까……」

「그들의 이름이 어떻게 됩니까?」

「쉬잔…… 그리고 게르트뤼드죠」

「두 여자 중 하나가 갈색 머리가 아닙니까?」

「그렇습니다. 게르트뤼드가 그렇죠」

「부인이 그녀를 안 지 오래 됐습니까?」

「그녀의 동생이 줄곧 제 비서로 일해 왔어요……. 그리고 게르트뤼드는 몇 년 전에 우리 집에 왔죠……. 그녀는 헌신과 성실 그 자체예요……」

「요컨대 부인은 그녀를 보증한다는 겁니까?」

「오! 절대적으로요」

「그럼 더 잘됐군요……. 잘됐어요!」

7시 반, 햇빛이 점점 사그라질 무렵 자동차는 휴양소 건물 앞에 이르렀다. 곁에 있던 케셀바흐 부인에게는 신경도 쓰지 않고 치안국장은 관리인 초소로 달려갔다.

「케셀바흐 부인의 하녀가 금방 돌아오지 않았나?」

「누구라고요? 하녀요?」

「그렇다네. 게르트뤼드 말일세. 두 자매 중의 하나지」

「하지만 게르트뤼드는 외출하지 않았는데요, 선생님. 그녀가 외출하는 것을 보지 못했습니다」

「그렇지만 누군가 돌아온 사람이 있을걸세」

「이런! 아닙니다, 선생님. 우리는 아무에게도 문을 열어 주지 않았어요. 그러니까 언제부터냐 하면…… 저녁 6시 이후로 말이죠」

「이 문 외에 다른 출입구는 없나?」

「전혀 없습니다. 벽들이 이 영지를 사방으로 둘러싸고 있지요. 높은 벽들입니다……」

「케셀바흐 부인, 부인의 빌라까지 가 봐야겠습니다」

르노르망 국장이 곁에 있는 부인에게 말했다.

세 사람은 걸음을 옮겼다. 열쇠가 없었으므로 케셀바흐 부인은 벨을 눌렀다. 문을 열어 나온 것은 쉬잔이었다.

「게르트뤼드 있어?」

케셀바흐 부인이 물었다.

「그럼요, 부인. 자기 방에 있습니다」

「좀 오라고 해 주시오, 아가씨」

치안국장이 지시했다.

잠시 후 게르트뤼드가 수로 장식한 하얀 앞치마를 두른 우아하고 상냥한 모습으로 내려왔다. 그녀는 상당히 얼굴이 예뻤고 과연 적갈색 머리카락이 그 얼굴을 감싸고 있었다.

르노르망 국장은 아무 말도 하지 않고 그녀를 오랫동안 바라보았다. 마치 그 청순한 두 눈을 꿰뚫어 보기라도 하려는 것처럼. 그는 그녀에게 아무 질문도 하지 않았다. 잠시 후 다만 이렇게 말했을 뿐이었다.

「됐습니다, 아가씨. 고맙소. 자네 이리로 와 보겠나, 구렐?」

형사반장과 함께 나가 정원의 어둑한 오솔길을 걸으며 르노르망이 말했다.

「바로 그녀일세」

「그렇게 보십니까, 국장님? 그녀의 태도는 너무나도 침착하던데요!」

「지나치게 침착했네. 다른 사람이었다면 깜짝 놀라 자신을 내려오라고 한 이유를 물었을걸세. 하지만 그녀는 아무것도 묻지 않았네. 어떻게 해서든 미소를 지으려고 했을 뿐이네. 그녀의 관자놀이에서 귀로 땀방울이 흘러내리는 것을 나는 보았네」

「그러니까?」

「그러니까 모든 것이 명백하다네. 게르트뤼드는 케셀바흐 사건을 둘러싸고 일을 꾸미고 있는 두 악당과 공범일세. 다시 말해서 그 계획의 내용을 알아내 계속 추진하든가 아니면 미망인에게서 큰돈을 탈취하려는 자들 말일세. 물론 다른 자매인 쉬잔 역시 공범이지. 오늘 4시경 〈주르날〉의 광고에 대한 이야기를 듣고, 아울러 내가 슈타인벡과 약속이 있다는 것을 알아낸 게르트뤼드는 부인이 외출한 틈을 타 파리로 와서 중절모를 쓴 사내와 리베이라를 만나 그들을 데리고 검찰청으로 온걸세. 거기서 리베이라가 슈타인벡 씨를 탈취한 거지」

그는 잠시 생각에 잠겼다가 이렇게 결론을 내렸다.

「모든 정황으로 미루어 우리는 다음과 같은 결론을 내릴 수 있네. 첫째, 놈들이 슈타인벡에게 큰 비중을 두고 있다는 것, 그가 토로할 사실을 두려워하고 있다는 걸세. 둘째, 케셀바흐 부인을 둘러싸고 말 그대로 음모가 진행되고 있다는 것. 셋째, 그 음모가 무르익은 만큼 나로서는 낭비할 시간이 없다는 걸세」

「그렇군요. 하지만 한 가지 설명되지 않는 것이 있습니다. 게르트뤼드는 어떻게 문지기의 눈에 띄지 않은 채 이곳 뜰을 나갔다가 돌아올 수 있었을까요?」

「놈들이 최근에 비밀 통로를 만들어 놓았을걸세」

「그렇다면 그 비밀 통로는 분명 케셀바흐 부인의 빌라로 통하겠군요?」

「아마 그럴걸세, 아마도……. 내게 다른 생각이 있네……」

르노르망이 대답했다.

그들은 벽의 울타리를 따라갔다. 밝은 밤이었다. 그들은 다른 이들의 주목을 받지 않은 채 담장의 돌들을 충분히 조사할 수 있었다. 그 벽에서 아무리 교묘하게 눈에 띄지 않도록 만들어진 것이라 해도 구멍 같은 건 찾아낼 수 없었다.

「사다리를 이용한 게 아닐까요……?」

구렐이 물었다.

「아닐세. 게르트뤼드는 대낮에 이곳을 지나갔네. 그런 종류의 장비로는 눈에 띄지 않고 밖에 나갈 수 없네. 이 출구는 기존의

건축물 내에 숨겨져 있어야 하네」

「여기에 있는 건 빌라 네 채뿐입니다. 그리고 거기에는 모두 사람들이 살고 있고요」

구렐이 반박했다.

「미안하지만 세 번째 건물인 오르탕스 빌라에는 사람이 살고 있지 않네」

「누가 그러던가요?」

「관리인에게서 들었네. 소문이 두려웠던 케셀바흐 부인은 자신의 빌라에서 가장 가까운 곳에 있는 그 빌라까지 세냈다네. 부인이 게르트뤼드의 말을 듣고 그랬는지도 모르잖나?」

르노르망은 건물을 한 바퀴 돌았다. 덧문이 내려져 있었다. 그는 손에 닿는 대로 문의 잠금 쇠를 들어 올렸다. 문이 열렸다.

「이런! 구렐. 여기가 맞는 것 같네. 들어가세. 손전등을 켜게……. 이런! 현관, 거실, 식당…… 다 소용없어. 분명 지하실이 있을 걸세. 왜냐하면 주방이 여기 없으니 말일세」

「이리로 오십시오, 국장님……. 여기 하인용 계단이 있습니다」

그들은 계단을 내려갔다. 과연 등나무 줄기로 만든 덮개들과 정원용 의자들이 쌓여 있는 상당히 널찍한 주방이 나왔다.

「저기 반짝거리는 게 뭘까요, 국장님?」

구렐은 몸을 기울여 한쪽 끝에 인조 진주가 박힌 구리 핀을 주워 들었다.

「진주가 아직도 빛나고 있군. 만약 그 핀이 이 지하실에 있은 지 오래되었다면 그럴 리 없을걸세. 게르트뤼드가 이곳을 지나간 거네, 구렐」

르노르망이 말했다.

구렐은 쌓여 있는 빈 나무통들과 칸막이 선반과 흔들거리는 낡은 탁자들을 들어내기 시작했다.
「시간 낭비하고 있군, 구렐. 출입구가 저 안에 있다면 우선 그 물건들을 모두 치우고 지나간 다음 다시 그것들을 쌓아 놓아야 했는데 그럴 틈이 있었을 것 같나? 자, 여기 벽에 있어야 할 이유가 없는 것처럼 보이는 불필요한 덧문이 하나 있군. 열어 보게」
구렐이 그의 지시를 따랐다.
덧문 뒤의 벽은 뚫려 있었다. 손전등의 불빛으로 그들은 깊이 뚫려 있는 지하실을 볼 수 있었다.

「내 짐작이 맞았군. 이 통로는 최근에 만든 거야. 보이나, 이건 서둘러 만든 것으로 임시로만 사용할 수 있네……. 석공 작업을 하지 않았으니 말일세. 여기저기 두꺼운 널빤지 두 개를 십자형으로 세워 놓고 들보로 천장 구실을 하게 한 거지. 그뿐일세. 이래 가지고서는 무너지지 않을 정도의 지지만을 할 수 있을 뿐이야. 하지만 놈들이 추구하는 목적에는 충분하겠지. 그러니까……」
「그러니까 뭡니까, 국장님?」
「그러니까 우선 게르트뤼드와 공범들 간에 왕래를 가능하게 하는 걸세……. 그런 다음 가까운 어느 날 케셀바흐 부인이 도저히 이해할 수 없는 상황에서 쥐도 새도 모르게 납치, 아니 사라지는 일이 일어나는 거지」

그들은 그다지 견고해 보이지 않는 들보들을 건드리지 않도록 조심하면서 앞으로 나아갔다. 얼핏 보기에 터널 길이는 빌라에서 정원 울타리까지 길이인 50미터를 훨씬 넘는 것 같았다. 그러므로 그 터널은 담장을 넘어 근처의 거리로 통하는 것이 분명했다.

「이리로 가면 빌뇌브와 연못 쪽으로 가는 것 아닙니까?」

구렐이 물었다.

「아닐세. 그 반대일세」

르노르망 국장이 대답했다.

통로는 경사를 이루며 내려가고 있었다. 층계가 하나, 이어 또 하나가 나온 다음 길이 오른쪽으로 구부러졌다. 다음 순간 그들은 석재 틀에 끼워진 문에 부딪쳤다. 문과 문 틀 사이에는 시멘트가 꼼꼼하게 발라져 있었다. 르노르망이 밀자 문이 열렸다.

「잠깐만 구렐, 생각 좀 해 보세······. 이제 길을 되짚어 돌아가는 게 나을 것 같네」

그가 발길을 멈추며 말했다.

「왜요?」

「리베이라가 이런 경우를 예상했을지도 모른다는 생각을 해야 한다네. 그는 이 지하 통로가 노출될 경우에 대비해 조치를 취해 놓았을 수도 있네. 그는 우리가 정원을 수색하리라는 걸 알고 있었을걸세. 우리가 이 빌라로 들어오는 것도 물론 보았을걸세. 그가 우리에게 덫을 놓지 않았다고 누가 단언하겠나?」

「우리는 둘인데요, 국장님?」

「그들이 스물이라면?」

르노르망은 앞을 바라보았다. 지하실 바닥이 점점 높아지고 있었다. 그는 5, 6미터 떨어져 있는 또 다른 문까지 걸어갔다.

「여기서 멈추세. 좀 더 지켜보세」

그가 말했다.

르노르망은 뒤따라오는 구렐에게 문을 열어 두라고 지시한 다음 더 이상 나아가지 않겠다고 마음속으로 다짐하며 또 다른 문을 향해 걸었다. 하지만 그 문은 잠겨 있었다. 손잡이는 돌아갔지만 문은 열리지 않았다.

「반대쪽에 빗장이 질러져 있는 모양이군. 소리 내지 말고 돌아가세. 밖으로 나가서 이 통로의 방향을 가늠해 선을 그은 다음 그 선상에서 이 지하실의 또 다른 출구를 찾아내야 하네」

그가 말했다.

그들은 첫 번째 문을 향해 발길을 돌렸다. 앞서 걸어간 구렐이 놀라서 외쳤다.

「이런, 문이 잠겼어요……」

「뭐라고! 자네에게 열어 두라고 하지 않았나」

「분명히 열어 두었어요, 국장님. 문이 저절로 닫힌 것 같은데요」

「그럴 리가 없네! 그랬다면 소리가 났을 걸세」

「그렇다면……?」

「그렇다면…… 그렇다면 나도 모르겠네……」

르노르망은 문 가까이로 다가갔다.

「이것 보게나……. 열쇠 구멍이 있군……. 손잡이는 돌아가네. 하지만 반대쪽에 빗장이 있는 게 틀림없어……」

「도대체 누가 빗장을 질렀을까요?」

「물론 그놈들이지! 우리의 등 뒤에서 말이야. 아마도 이 문으로 통하는 또 다른 통로가 있을 거야. 그렇지 않으면 비어 있는 이 빌라에 들어와 있었겠지……. 요컨대 그러니까 우리는 함정에 빠진 거로군」

르노르망은 문 손잡이에 매달려 그 틈새로 칼을 집어넣어 보는 등 온갖 방법을 시도하다가 이윽고 지쳐서 말했다.

「할 수 있는 게 아무것도 없군!」

「뭐라고요, 국장님? 아무것도 할 수 없다고요? 그렇다면 우리는 끝장이란 말입니까?」

「그렇다네……」

그가 말했다.

그들은 다른 쪽 문으로 갔다가 첫 번째 문으로 되돌아왔다. 둘 다 단단한 나무에 가로장으로 보강한 육중한 문들이었다……. 요컨대 쉽게 부술 수 없었다.

「손도끼가 있어야 하는데……. 아니면 적어도 제대로 된 연장이 필요해…… 칼이라도. 그게 있으면 빗장이 있을 만한 자리를 가늠해 잘라 볼 텐데……. 그런데 우리에겐 아무것도 없군」

국장이 말했다.

그는 갑작스러운 분노에 휩싸여, 마치 밀어 부수려는 것처럼 장애물을 향해 돌진했다. 이윽고 무력감과 열패감에 휩싸인 그는 구렐에게 말했다.

「이 보게, 한두 시간 정도 사태를 두고 보세……. 나는 지금 완전히 지쳐 버렸네……. 잠 좀 자야겠네……. 그동안 잘 지키게……. 혹시 그들이 우리를 공격하러 온다면……」

「아! 그들이 공격하러 오기만 한다면 우리는 구조되는 거죠, 국장님……」

아무리 불리해도 싸움이라면 자신 있다는 듯 구렐이 외쳤다.

르노르망 국장은 바닥에 누웠다. 잠시 후 그는 잠 속으로 빠져

들었다.
 잠에서 깨어난 그는 몇 초간 사태를 이해하지 못한 채 얼떨떨해 있었다. 그런 다음 자신을 괴롭히고 있는 그 고통의 정체가 무엇일까 생각해 보았다.
「구렐…… 이런! 구렐?」
 그가 불렀다.
 대답이 들리지 않자 그는 손전등을 켰다. 구렐은 옆에서 깊이 잠들어 있었다.
「무엇 때문에 이렇게 고통스러운 걸까……? 정말 힘들군……. 아, 그래! 배가 고픈 거로군! 그저…… 배가 고파 죽을 지경인 거야! 도대체 지금 몇 시지?」
 그의 시계는 7시 20분을 가리키고 있었다. 하지만 그는 자신이 시계의 태엽을 감아 놓지 않았다는 사실을 상기했다. 구렐의 시계는 그보다 더 앞선 시각에 멈춰 있었다.
 이윽고 구렐 역시 배가 고픈 나머지 잠에서 깼다. 점심 시간을 훌쩍 넘긴 것이 분명했다. 그들은 꽤 오랫동안 잠을 잔 것 같았다.
「두 다리가 너무 무거워요. 그리고 발이 마치 얼음 속에 들어가 있는 것 같아요. 정말 이상한 기분인데요!」
 구렐이 말했다.
 그는 다리를 문지르려다가 다시 말했다.
「이런, 내 다리가 얼음 속이 아니라 물 속에 있네요……. 보세요, 국장님…… 첫 번째 문 쪽은 정말이지 늪 같은데요……」
「물이 들어오고 있군. 두 번째 문 쪽으로 올라가세. 발이 마를 걸세……」
 르노르망이 대답했다.

「그런데 뭘 하고 계세요, 국장님?」

「내가 이 지하실 속에서 산 채로 매장당할 것 같나……? 이런! 그럴 순 없네. 아직 그럴 나이가 아닐세……. 두 문이 잠겼으니 칸막이 벽을 뚫어 볼 생각을 해 보세」

그는 자신의 손 높이에 튀어나와 있는 돌들을 하나하나 떼어냈다. 지표면의 높이까지 비스듬히 올라가는 또 다른 통로로 통하지 않을까 하는 희망에서였다. 그 작업은 길고 고통스러웠다. 왜냐하면 이 부분은 돌들이 시멘트로 접합되어 있었던 것이다.

「국장님…… 국장님……」

구렐이 누군가에게 목을 졸리는 듯한 목소리로 더듬거리며 말했다.

「왜 그러나?」

「국장님 발도 젖었어요」

「무슨 소린가! 이런, 그렇군……. 도대체 자넨 뭘 바라는 건가……! 나중에 햇볕에 말리면 되잖나」

「이게 뭘 의미하는지 모르시겠어요……?」

「뭐라고?」

「물이 점점 올라옵니다, 국장님. 올라온단 말입니다……」

「뭐가 올라온다고?」

「물이요……」

르노르망 국장은 온몸에 전율을 느꼈다. 그는 문득 사태를 깨달았다. 그것은 우연히 새어 들어오는 물이 아니었다. 무시무시한 어떤 시스템에 따라 치밀하게 계획해 오차 없이 주입하고 있는 물이었다.

「아! 야비한 놈 같으니라고…… 만약 잡기만 하면!」

그가 이를 갈며 말했다.

「그래요, 맞습니다, 국장님. 하지만 우선 이 상황을 벗어나야 합니다. 그런데 저로서는……」

완전히 낙담한 구렐은 아이디어를 생각해 내고 계획을 세울 만한 상태가 아니었다.

르노르망은 바닥에 주저앉아 물이 높아지는 속도를 측정했다. 물은 첫 번째 문의 4분의 1을 넘었고, 두 번째 문을 향해 두 문 사이의 중간쯤 차 오고 있었다.

「흐름은 느리지만 계속되는군. 몇 시간 안에 우리 머리 위를 넘겠어」

그가 말했다.

「정말 끔찍하군요, 국장님. 무서워요」

구렐이 신음했다.

「이런! 이 보게, 이봐. 계속 징징대는 소리로 날 짜증나게 할 건가? 재미있다면 계속하게. 하지만 나는 자네의 우는 소리 같은 건 듣지 않겠네」

「허기가 저를 약하게 만들고 있습니다, 국장님. 머릿속이 빙빙 돌아요」

「자네 주먹이라도 먹게」

구렐의 말처럼 상황은 끔찍했다. 만약 르노르망이 그렇게 넘치는 에너지의 소유지가 아니었다면 그 역시 구렐처럼 그 성과 없는 싸움을 포기하고 말았을 것이다. 무엇을 어떻게 한단 말인가? 리베이라가 그들을 불쌍히 여겨 길을 열어 줄 것을 기대할 수도 없는 일이었다. 이런 지하 터널이 있다는 것조차 모르고 있는 만큼 두드빌 형제들이 그들을 구하러 오리라고는 더 더욱 바랄 수 없었다.

그러므로 아무런 희망도 남아 있지 않은 셈이었다……. 불가능한 기적을 바라는 것 이외에 그 어떤 희망도…….

르노르망 국장이 거듭해서 말했다.

「이 보게, 이봐. 정말 말도 안 되는군. 우리가 여기서 죽고 말다니! 맙소사! 뭔가 방법이 있을 거야……. 내 앞을 비추게, 구렐」

두 번째 문에 몸을 바짝 붙이고 르노르망은 아래에서 위까지 사방을 조사했다. 문 이편에도 반대편에 걸려 있음직한 거대한 빗장이 걸려 있었다. 그는 주머니칼의 날로 나사를 풀어 빗장을 떼어 냈다.

「이제는요?」

구렐이 물었다.

「이젠, 이 빗장은 철로 되어 있고 상당히 길고 끝이 그런 대로 뾰족하니까……. 물론 진짜 곡괭이 같지야 않겠지만 어쨌든 아무것도 없는 것보다는 낫지……. 그러니까……」

말을 채 맺기도 전에 그는 통로의 내벽에, 문의 경첩들을 지지하는 석조 기둥 조금 앞을 그 빗장으로 찍었다. 그의 예상대로 시멘트와 돌로 된 표면 아래는 부드러운 흙이었다.

「성공이다!」

그가 외쳤다.

「그러면 얼마나 좋을까요, 국장님. 그런데 도대체 어떻게 하시려는 건지 설명을 좀……」

「아주 간단하네. 이 기둥 주위로 길이 3, 4미터 되는 통로를 파는 걸세. 통로가 문 저편의 터널과 연결되면 우리는 이곳을 빠져나갈 수 있네」

「하지만 여러 시간이 걸릴 겁니다. 그동안 물이 올라올 거고요」
「내 앞을 비춰 주게, 구렐」
르노르망의 생각은 맞았다. 그는 우선 빗장으로 흙을 파헤친 다음 긁어모아 통로에 내던졌다. 한동안 애쓴 끝에 얼마 지나지 않아 사람이 지나갈 수 있을 만한 넓이의 구멍이 생겨났다.
「이번엔 제가 해 볼게요, 국장님!」
구렐이 말했다.
「아! 이런! 자네 살아났나? 좋아, 해 보게……. 방향만 기둥 주변으로 잡으면 된다네」
물은 그들의 발목까지 올라오고 있었다. 그들에게 그 일을 끝낼 시간이 남아 있을까? 일은 갈수록 더 어려워졌다. 왜냐하면 쌓여가는 흙 때문에 움직이기가 점점 더 곤란해졌기 때문이었다. 그들은 터널 속에 배를 깔고 누운 채 앞을 막고 있는 흙을 계속 퍼내야 했다.
두 시간 후 그 일은 약 4분의 3가량 진행되었지만 물은 그들의 다리를 넘어섰다. 1시간 후 물은 그들이 구멍을 파고 있는 문에 이를 터였다.
그렇게 되면 끝장이었다.
아무것도 먹지 못한 탓에 지치고 점점 더 좁아지는 복도 속을 왔다갔다 하기에는 몸집이 너무도 건장한 구렐은 체념한 것 같았다. 그는 점점 더 몸을 조여 오는 차가운 물을 느끼며 움직이지 않은 채 고통에 떨고 있었다.
하지만 르노르망은 지칠 줄 모르는 열정으로 작업을 계속했다. 숨 막히는 어둠 속에서 개미의 일처럼 느릿하게 진행되는 끔찍한 노역이었다. 그의 두 손에서는 피가 흐르고 있었다. 허기 때문에 현기증도 났다. 공기가 부족해서 숨도 제대로 쉴 수 없었다. 이따금 들리는 구렐의 한숨 소리가 그 지하실 밑바닥에서 자신이 어떤 무시무시한 위험에 처해 있는지를 환기시켜 주고 있었다.

하지만 그 무엇도 그를 낙담시킬 수 없었다. 이제 칸막이 벽에는 흙으로 된 층이 끝나고 다시 돌들이 시멘트로 접합되어 있었다. 그것을 파내는 일은 가장 힘든 일이었지만 성공이 눈앞에 있었다.

「물이 점점 올라와요, 점점 올라온다고요」

구렐이 누구에겐가 목을 졸린 듯한 목소리로 외쳤다.

르노르망은 빗장을 쥔 손을 빨리했다. 문득 그는 자신이 휘두른 빗장 곡괭이가 허공을 가르는 것을 느꼈다. 마침내 통로가 뚫린 것이었다. 이제 그것을 넓힐 일만이 남아 있었다. 파낸 흙을 앞으로 던질 수 있으므로 그 일은 한결 쉬울 터였다.

공포로 정신이 나간 구렐이 죽음을 앞둔 짐승처럼 외마디 소리를 내질렀다. 르노르망은 동요하지 않았다. 구원이 손닿을 곳까지 와 있었다.

흙이 떨어지는 소리로 터널의 그 부분까지 물이 들어와 있음(문이 확실한 차단물이 되어 주지 않았으므로 당연한 일이었다)을 알아챈 그는 잠시 불안에 휩싸였다. 하지만 무슨 상관이랴! 탈출구가 열렸는데……. 최후의 노력을 기울여…… 그는 그 구멍으로 몸을 밀어 넣었다.

「이리 오게, 구렐」

그는 자신의 동료를 찾으러 돌아오며 외쳤다.

그는 반쯤 죽어 있는 것 같은 구렐의 손목을 잡아끌었다.

「가세. 기운 내게. 이 얼간이 같은 친구야. 이제 살았네」

「그럴까요, 국장님……? 정말 그럴까요……? 물이 가슴까지 찼는데……」
「계속 앞으로 걷게……. 물이 입까지 차오르지 않는 한…… 그런데 손전등은?」
「작동하지 않습니다」
「할 수 없지」
그는 기쁨의 탄성을 내질렀다.
「계단이야……. 두 개째야……! 층계군……. 드디어!」
마침내 그들은 자신들을 집어삼킬 뻔했던 그 빌어먹을 물 밖으로 나올 수 있었다. 감미로운 해방감이 그들을 흥분시켰다.
「잠깐!」
르노르망 국장이 나지막하게 말했다.
그의 머리가 무엇인가에 부딪쳤던 것이다. 그는 두 팔을 뻗어 장애물에 갖다 대고 힘을 주었다. 장애물은 즉각 무너졌다. 다름 아닌 뚜껑 문의 문짝이었다. 뚜껑 문이 열리자 환기구를 통해 들어오는 환한 달빛에 비친 지하실이 나왔다.
그는 문짝을 내려놓고 마지막 층계를 올랐다.
다음 순간 베일 같은 것이 그의 머리 위로 쏟아져 내렸다. 여러 개의 팔들이 그의 몸을 붙잡았다. 그들은 그의 몸을 모포인지 자루인지 알 수 없는 것에 넣고는 밧줄로 묶었다.
「다른 자도」
목소리가 말했다.
구렐에게도 똑같은 일이 벌어지는 모양이었다. 같은 목소리가 말했다.
「소리를 지르면 즉각 죽여 버리게. 단도 가지고 있지?」

「갖고 있습니다」

「가자고. 자네 둘은 이자를 들어……. 자네 둘은 저자를 들고……. 빛을 비쳐서도 소리를 내서도 안 돼……. 그럼 문제가 커지거든! 오늘 아침부터 사람들이 이쪽 정원을 수색하고 있으니까……. 열 명에서 열두 명 정도가 소란을 피우고 있지. 빌라로 돌아가, 게르트뤼드. 사소한 일이라도 생기면 파리의 내게 전화하고」

르노르망은 사람들이 자신을 들고 가는 것을 느꼈다. 잠시 후 그들은 밖으로 나온 것 같았다.

「손수레를 가져와」

목소리가 말했다.

마차 소리와 말이 내는 소리가 들려왔다.

사람들이 그를 바닥에 눕혔다. 구렐도 그의 옆으로 끌어올려졌다. 말이 속보로 출발했다.

그 여행에 걸린 시간은 약 30분이었다.

「세워!」

목소리가 명령했다.

「놈들을 내려놔. 자! 마부, 마차 뒤가 다리 난간에 닿을 정도로 방향을 돌려……. 좋아……. 센 강 위에 떠 있는 배들은? 없다고? 그렇다면 시간 낭비하지 마……. 이런! 놈들에게 돌은 달아맸나?」

「그렇습니다. 포석을 달아매 놓았습니다」

「그럼 실시해. 당신 영혼을 신에게 바치시지, 르노르망 국장. 그리고 파버리, 리베이라, 아니 알텐하임 남작이라는 이름으로 더 잘 알려져 있는 나를 위해서 빌어 주시지. 알겠나? 모든 게 준비됐나? 그렇다면 좋은 여행 되시기를, 르노르망 국장!」
 르노르망 국장이 담긴 자루가 난간 위로 올려졌다. 사람들이 그것을 밀었다. 그는 자신이 허공 속으로 떨어져 내리는 것을 느낄 수 있었다. 예의 그 목소리가 비웃음과 함께 들려오고 있었다.
「좋은 여행 되시기를!」
 잠시 후 구렐 반장에게도 같은 일이 일어났다.

파버리, 리베이라, 알텐하임

주느비에브의 새 동료 샤를로트 양의 지도 하에 소녀들이 뜰에서 놀고 있었다. 에르몽 부인은 그들에게 과자를 나눠주고 나서 거실이자 응접실로 쓰이는 방으로 돌아와 책상 앞에 앉아 서류와 등록부들을 정리했다. 문득 방 안에 낯선 존재감을 느끼고 불안해진 그녀는 뒤를 돌아보았다.

「도련님이로군요……! 어디로 들어왔어요? 도대체 어디로……?」

그녀가 소리쳤다.

「쉿. 내 말 잘 들으세요. 1분도 낭비할 시간이 없어요. 주느비에브는요?」

세르닌 공이 말했다.

「케셀바흐 부인의 집에 갔어요」

「언제 오죠?」

「한 시간 내로는 안 올 거예요」

「그렇다면 두드빌 형제들을 들어오게 해야겠어요. 그들과 약속이 있거든요. 주느비에브는 어떻게 지내요?」

「아주 잘 지낸답니다」

「내가 여행을 떠난 이후, 그러니까 열흘 전부터 그 애가 피에르 르뒤크를 몇 번 만났죠?」

「세 번 만났답니다. 오늘은 케셀바흐 부인의 집에서 그를 만나는 모양이에요. 그 애가 부인에게 그를 소개했거든요. 도련님 지시대로 말이에요. 그런데 한 가지 피에르 르뒤크란 청년은 내가 보기엔 별로라는 말을 해 둬야겠어요. 주느비에브에게는 그 사람보다 자기 수준에 맞는 훌륭한 청년이 어울려요. 그러니까 학교 선생 같은 사람 말이에요」

「미쳤군요! 주느비에브를 교사와 결혼시키다니!」

「이런! 무엇보다도 주느비에브의 행복을 최우선적으로 고려한다면……」

「쳇, 빅투아르 유모. 유모는 언제나 그런 엉뚱한 말로 나를 따분하게 해요. 내게 그런 사사로운 감정에 따라 행동할 여유가 있겠어요? 나는 체스를 두고 있는 거예요. 내 말들이 각자 어떻게 생각하느냐는 개의치 않고 그것들을 움직이죠. 일단 게임에 이기고 나면 피에르 르뒤크 기사와 주느비에브 왕비에게 감정이란 게 있는지 어떤지 알아보지요」

그녀가 그의 말허리를 잘랐다.

「도련님, 들으셨어요? 휘파람 소리……」

「두드빌 형제들이에요. 그들을 안으로 들어오게 하세요. 그런 다음 우리를 방해하지 말아 주세요」

두 형제가 들어오자마자 그는 평소처럼 꼼꼼한 태도로 그들에게 질문했다.

「신문에서 르노르망과 구렐의 실종에 대해서 떠들어 대고 있다는 건 알고 있네. 그에 대해 뭐 더 아는 거 없나?」

「없습니다. 치안국의 베베르 부국장이 이 사건을 맡았습니다. 일주일 전부터 우리는 휴양소 뜰을 수색하고 있습니다만 그들이 어떻게 사라졌는지 알 수가 없습니다. 모든 노력이 수포로 돌아갔습니다……. 이런 일은 처음입니다……. 치안국장이 사라지다니요. 그것도 흔적 하나 남기지 않고!」

「케셀바흐 부인의 하녀들은?」

「게르트뤼드는 떠났습니다. 저희가 그들을 찾고 있지요」

「그녀의 동생 쉬잔은?」

「베베르 부국장과 포르므리 판사가 심문했습니다. 별다른 혐의점을 발견하진 못했습니다」

「더 말할 내용은 없나?」

「이런! 아니오. 다른 것들이 있습니다. 신문에는 이야기하지 않은 것들이죠」

그들은 르노르망 국장이 사라지기 전 이틀 동안 있었던 일들을 이야기했다. 밤중에 피에르 르뒤크가 머물고 있는 빌라에 괴한 둘이 침입했던 사건, 그 다음날 리베이라가 저지른 주느비에브 양 납치 미수 사건과 생퀴퀴파 숲의 추격, 그리고 슈타인벡 노인의 도착과 케셀바흐 부인이 참석한 가운데 그를 치안국에서 심문한 일, 그가 검찰청에서 납치된 일 등을 이야기했다.

「자네들 말고 이런 자세한 내용을 아는 사람은?」

「디외지는 슈타인벡 사건을 알고 있습니다. 바로 그가 우리에게 그 이야기를 해 주었으니까요」

「경찰청에서는 여전히 자네들을 믿고 있나?」
「신임이 두터운 나머지 우리를 정식으로 이번 사건에 기용했습니다. 베베르 부국장은 우리의 보고만 듣습니다」
「그래, 모든 패를 잃은 건 아니군. 내 예상대로 르노르망 국장이 실수로 자신의 목숨을 위태롭게 했는지는 모르지만 어쨌든 그 전에 작업을 훌륭하게 해 놓았군그래. 그 일을 계속하기만 하면 되겠어. 지금은 적이 앞섰지만 곧 따라잡을 수 있을걸세」
「힘들 겁니다, 두목」
「뭐가? 슈타인벡 노인만 찾아오면 된다네. 왜냐하면 수수께끼의 열쇠를 쥐고 있는 건 바로 그 사람이니까 말일세」
「그렇습니다. 하지만 리베이라가 슈타인벡 노인을 어디다 숨겼을까요?」
「당연히 그의 집이겠지」
「그렇다면 리베이라가 머물고 있는 곳을 알아내야겠군요」
「물론이지!」
그들을 돌려보내고 공작은 휴양소로 갔다. 건물 앞에는 자동차 두 대가 서 있었고 두 사내가 보초라도 서는 것처럼 왔다갔다 하고 있었다.
케셀바흐 부인의 빌라 근처에 있는 뜰에서는 주느비에브와 피에르 르뒤크, 그리고 우람한 몸집을 하고 외알박이 안경을 쓴 신사가 벤치에 앉아 있었다. 세 사람은 이야기를 하고 있었다. 그들 중 아무도 공작을 발견하지 못한 것 같았다.
빌라에서 몇 사람이 나왔다. 포르므리 예심판사와 베베르 부국장, 재판소 서기, 형사 둘이었다. 주느비에브는 안으로 들어갔고, 외알박이 안경을 쓴 신사는 예심판사와 치안국 부국장에게 말을 건넨 다음 그들과 함께 천천히 모습을 감추었다. 세르닌은 피에르 르뒤크가 앉아 있는 벤치 가까이로 다가가 나지막한 어조로 말했다.

「움직이지 말게, 피에르 르뒤크. 날세」

「당신……! 당신이……!」

그 무서웠던 베르사유의 밤 이후 청년과 세르닌이 만난 건 이번으로 세 번째였다. 세르닌을 만날 때마다 청년은 동요했다.

「대답하게……. 외알박이 안경을 쓴 저 사람은 누군가?」

창백해진 피에르 르뒤크는 말을 더듬었다. 세르닌이 그의 팔을 꼬집었다.

「대답하라니까, 빌어먹을! 누구냐고?」

「알텐하임 남작입니다」

「어디 출신인가?」

「케셀바흐 씨의 친구였답니다. 오스트리아에서 엿새 전에 도착해 케셀바흐 부인을 도울 일이 있을까 해서 기다리고 있지요」

검찰청 사람들과 알텐하임 남작이 뜰에서 나왔다.

「남작이 자네에게 질문을 하던가?」

「예, 이것저것 묻더군요. 제 처지에 흥미가 있는 모양입니다. 제가 가족을 찾는 것을 도와주겠다더군요. 제 어린 시절에 있었던 일을 알고 싶어했습니다」

「그래서 자네는 뭐라고 대답했나?」

「아무 말도 하지 않았습니다. 저는 아무것도 모르니까요. 저에게 추억이라는 게 있습니까? 당신은 나를 다른 사람으로 만들었는데 나는 그 사람이 누군지조차 모른단 말입니다」

「나 역시 모른다네! 바로 그 점이 자네 경우의 특이한 점일세」

공작이 냉소하듯 말했다.
「이런! 웃으시는군요……. 언제나 웃으시는군요……. 하지만 저는 이런 일에 넌덜머리가 나기 시작합니다……. 추잡한 일들에 말려 든 것 같습니다……. 제가 아닌 어떤 인물을 연기해야 한다는 위험 말고도 말이에요」
「무슨 말을 하고 있는 건가……. 자네가 그 인물이 아니라니? 내가 공작이라면, 자네는 적어도 대공일세……. 어쩌면 그 이상일 거야……. 자네가 현재 그렇지 못하다면 앞으로 그렇게 되게. 이런! 공작 정도는 되어야 주느비에브와 결혼할 수 있네. 그녀를 보게……. 주느비에브의 아름다운 두 눈이 자네의 영혼을 팔 정도의 가치도 없단 건가?」
공작은 청년의 생각에는 관심이 없는 듯 그를 주의 깊게 바라보지도 않았다. 그들은 집 안으로 들어갔다. 층계 아래에서 주느비에브가 우아한 모습으로 미소를 지으며 나타났다.
「돌아오셨군요? 아! 잘됐어요! 기뻐요……. 돌로레스를 만나 보실래요?」
그녀가 공작에게 말했다.
잠시 후 주느비에브는 그를 케셀바흐 부인의 방으로 안내했다. 공작은 충격을 받았다. 돌로레스는 그가 마지막으로 보았을 때보다 훨씬 안색이 창백해지고 초췌해져 있었다. 하얀 천으로 몸을 감싼 채 긴 의자에 누운 그녀는 삶과, 자신을 강타하는 운명과 싸우기를 포기한 환자 같았다.
세르닌은 깊은 연민이 서린 눈빛으로 슬픔에 차서 그녀를 바라보았다. 그는 그런 감정을 애써 감추려 하지도 않았다. 그녀는 자신에게 보여 주는 그의 그런 따뜻한 마음에 감사를 표했다. 아울러 호의적인 어조로 알텐하임 남작에 대해 이야기했다.
「과거에도 그를 알고 계셨습니까?」
그가 물었다.
「이름은 알고 있었어요. 남편한테 들었죠. 남편과 아주 가까운 사이였어요」
「제가 아는 알텐하임이란 사람은 다뤼가에 살고 있습니다. 바로 그 사람인가요?」
「오! 아니에요. 그분이 살고 계신 곳은…… 이런, 저는 아무것도 모르고 있군요. 그분이 저에게 주소를 주셨지만 기억이 나지……」
잠시 이야기를 나눈 후 세르닌은 그 자리를 물러났다. 주느비에브가 현관에서 그를 기다리고 있었다.
「공작님께 말씀드릴 게 있어요……. 아주 심각한 일이에요……. 그 사람 보셨어요?」
그녀가 흥분해서 말했다.
「누구 말입니까?」
「알텐하임 남작 말이에요……. 하지만 그건 그의 본명이 아니에요. 아니, 적어도 그에게는 다른 이름이 있어요……. 제가 아는 사람이에요. 그는 분명……」
그녀는 공작을 데리고 밖으로 나왔다. 걸음을 옮기면서도 그녀는 흥분을 가라앉히지 못했다.
「진정해요, 주느비에브……」
「그 사람은 바로 저를 납치하려 했던 남자예요……. 가엾은 르노르망 국장님이 안 계셨다면 저는 납치당했을 거예요……. 그래요, 공작님은 모든 내용을 알고 계시니까 이 사실을 아셔야 해요」

「그렇다면 그의 진짜 이름은?」

「리베이라예요」

「확실합니까?」

「얼굴과 억양과 태도를 바꿨지만 소용없어요. 저는 그를 보자마자 알아볼 수 있었어요. 그가 제게 불러일으킨 공포 덕분에요. 하지만 아무 말도 하지 않았어요……. 공작님이 돌아오실 때까지요」

「케셀바흐 부인에게도 말하지 않았나요?」

「네. 부인은 남편의 친구를 다시 만나서 무척 행복해하는 것 같았어요. 하지만 공작님이 부인에게 그에 대해 이야기해 주실 거죠? 공작님이 부인을 보호해 주셔야 해요……. 부인과 저에게 해로운 일을 꾸미고 있는 것 같아요……. 르노르망 국장님이 사라지고 나자 그자는 더 이상 아무것도 두려워하지 않아요. 자기 멋대로 행동하고 있어요. 누가 그의 가면을 벗길 수 있겠어요?」

「내가 벗길 수 있습니다. 내가 모든 걸 알아서 하지요. 하지만 이 얘긴 아무에게도 하지 마십시오」

그들은 관리인 초소 앞에 도착했다.

문이 열렸다.

공작이 다시 말했다.

「그럼 안녕히, 주느비에브. 무엇보다도 침착해요. 내가 있으니까」

공작은 문을 닫고 몸을 돌렸다. 다음 순간 그는 즉각 흠칫 하고 뒤로 물러서지 않을 수 없었다.

그의 앞에 큰 키에 떡 벌어진 어깨, 강인한 체구를 가지고 외알박이 안경을 쓴 그 사내, 곧 알텐하임 남작이 서 있었던 것이다.

그들은 2, 3초 동안 말없이 서로를 쏘아보았다. 남작이 미소

지으며 말했다.

「당신을 기다리고 있었소, 뤼팽」

세르닌이 아무리 자신의 감정을 통제하는 데 능하다 하더라도 이번에는 소스라치지 않을 수 없었다. 그는 이제 막 상대의 정체를 알아낸 참이었다. 그런데 상대가 먼저 자신의 정체를 폭로했던 것이다. 그와 동시에 상대는 승리를 확신하고 있는 듯 대담하고 뻔뻔스럽게 싸움을 청하고 있었다. 그의 태도는 당당했고 강한 힘을 과시하고 있었다.

두 사내는 몹시 적대적인 눈길로 서로를 탐색했다.

「무슨 일로?」

세르닌이 말했다.

「무슨 일이냐니? 당신은 우리가 만나야 한다고 생각하지 않소?」

「어째서?」

「난 당신에게 할 얘기가 있소」

「언제 만나고 싶소?」

「내일. 식당에서 식사를 합시다」

「당신 집은 어떻소?」

「당신은 우리 집 주소도 모르잖소」

「알고 있다오」

그렇게 말하며 공작은 알텐하임의 주머니에 꽂혀 있는, 아직 발송 띠도 벗기지 않은 신문을 새빨리 집어 들었다.

「뒤퐁 빌라 29번지」

「대단하시군. 그럼 내일 우리 집에서 봅시다」

상대가 말했다.

「내일, 당신 집에서. 시간은?」
「1시」
「가겠소. 그럼 이만」
그들은 발길을 돌렸다. 순간 알텐하임이 걸음을 멈췄다.
「아! 하나만 더, 공작. 무기를 가져오시오」
「어째서?」
「내겐 하인이 넷이오. 그런데 당신은 혼자잖소」
「내겐 주먹이 있소. 그러니 막상막하요」
세르닌이 대답했다.
세르닌은 발길을 돌렸다가 다시 상대를 불렀다.
「아! 한마디만 합시다, 남작. 하인 넷을 더 고용하셔야 할 것 같소」
「어째서?」
「생각해 보니까 내가 승마용 채찍을 갖고 갈 것 같아서 말이오」

정확히 1시 정각, 한 사내가 말을 타고 뒤퐁 빌라의 철문을 뛰어넘었다. 그 집은 부아 대로 근처의 페르골레즈가로만 통하는 한적한 시골 길에 자리 잡고 있었다.
길을 따라 정원들과 아름다운 저택들이 늘어서 있었다. 길 끝은 작은 공원 같은 것으로 막혀 있었는데 바로 그곳에 낡고 거대한 저택이 서 있었고 그에 면해 철도 순환선이 지나갔다.
그곳이 알텐하임 남작이 살고 있는 29번지였다.

세르닌은 미리 와 있게 한 정복 차림의 하인에게 말고삐를 넘겨주고 말했다.

「2시 반에 말을 데리고 오게」

그는 벨을 눌렀다. 대문이 열려 있었으므로 그는 뜰을 가로질러 현관 앞 층계로 갔다. 제복을 입은 사내 둘이 그를 기다리고 있었다. 그는 냉랭하고 장식 하나 없는 넓은 석조 현관으로 안내되었다. 그의 뒤로 둔탁한 소리를 내며 문이 닫혔다. 불굴의 용기를 지니고 있는 그에게도, 그런 고립된 감옥 같은 곳에서 적들에게 둘러싸인 채 혼자가 되었다는 고통스러운 느낌이 엄습했다.

「세르닌 공이 왔다고 알려 주시오」

거실은 바로 옆에 있었다. 그는 즉각 그리로 안내되었다.

「아! 오셨소, 친애하는 공작」

남작이 그의 앞으로 나서며 말했다.

「이것 보게…… 도미니크. 점심 식사를 20분 후에 할걸세……. 그때까지 우리를 방해하지 말게. 자, 친애하는 공작. 난 당신이 이렇게 모습을 나타내리라고는 생각지 않았소」

「저런, 이유가 뭐요?」

「제기랄, 오늘 아침 당신의 선전 포고가 너무나도 명백해서 그 어떤 회담도 불필요하다고 생각했다오」

「내 선전포고라니?」

남작은 오늘자 〈그랑 주르날〉을 펼친 다음 「공식 성명」이라는 제목의 기사를 손가락으로 가리켰다.

르노르망 국장의 실종에 아르센 뤼팽은 충격을 받았다. 간략한 조사를 마친 아르센 뤼팽은 케셀바흐 사건에서 자신의 계획에 따라 〈살았든 죽었든 간에〉 르노르망 국장을 찾아내고, 이런 일련의 범죄를 저지른 범인(한 사람이든 여러 사람이든 간에)을 정의의 심판에 넘기기로 결심했다.

「이 성명을 낸 건 분명 당신일 것 같소만, 친애하는 공작?」
「내가 낸 게 사실이오」
「그럼 내 생각이 맞았군. 이건 전쟁이오」
「그렇소」
세르닌에게 자리를 권한 알텐하임은 자신도 앉은 다음 아주 우호적인 어조로 말했다.
「하지만 아니요, 난 그걸 받아들일 수 없소. 우리 같은 사람들이 서로 싸워서 서로에게 해를 끼치다니 말도 안 되는 일이오. 서로 납득을 하고 방법을 찾아야 하오. 우리는 서로 통할 수 있도록 만들어진 사람들이오」
「내 생각엔 오히려 우리 같은 사람들은 도저히 서로 통할 수 없도록 만들어진 것 같소만」
상대는 초조한 기색을 억누르며 다시 말했다.
「내 말 들어 보시오, 뤼팽……. 참, 내가 당신을 뤼팽이라고 불러도 되겠소?」
「난 당신을 뭐라고 불러야겠소? 알텐하임, 리베이라, 아니면 파버리……?」
「오! 이런! 당신은 내 예상보다 많은 것을 알고 있는 것 같군! 빌어먹을, 당신은 원기 왕성하군……. 우리가 뜻을 함께할 이유가 하나 더 있는 셈이오」
그런 다음 남작은 그에게로 몸을 기울였다.

「이것 보시오, 뤼팽. 내 말을 잘 생각해 보시오. 한마디 한마디 깊이 생각해 보고 하는 말이오. 얘기는 이렇소……. 우리의 힘은 막상막하오……. 당신 웃는 거요? 그건 잘못이오……. 당신에게 내가 갖지 못한 자질이 있을 수도 있지만 내게는 당신이 모르는 자질이 있소. 게다가 알다시피 난 양심의 거리낌 같은 건 없는 뻔뻔스러운 인간이오……. 아울러 능란하지……. 또 당신 같은 대가가 흡족히 여길 만한 변신술을 갖고 있소. 요컨대 우리 둘은 서로 겨룰 만한 상대들이오. 그런데 한 가지 의문이 있소. 어째서 우리가 서로 싸워야 하는 거요? 우리는 같은 목표를 추구하고 있잖소? 이 싸움이 끝나고 나면? 우리 경쟁의 결과가 어떻게 될지 아시오? 우리는 각자 극도의 노력을 기울여 상대를 쳐부술 거요. 따라서 둘 다의 노고가 수포로 돌아가는 거요! 그게 누구에게 도움이 되겠소? 르노르망이나 또 다른 경쟁자를 위한 일 아니겠소……. 이건 너무 어리석소」

「사실 무척 어리석은 일이오. 하지만 한 가지 방법이 있소」
세르닌이 말했다.

「어떤 방법 말이오?」

「당신이 손을 떼는 거요」

「농담 마시오. 난 지금 진지하게 말하고 있소. 내가 이제 당신에게 하려는 제안은 생각도 해 보지 않고 거절할 종류의 것이 아니오. 요컨대 간단히 말해서 이런 거요. 우리 협력합시다」

「오! 이런!」

「물론 각자의 일에 대해서는 줄곧 자유롭게 행동할 수 있소. 다만 이 사건에 대해서는 같이 노력하는 거요. 어떻소? 손에 손을 잡고 둘이 하나가 되는 거요」

「당신이 제시할 조건은?」

「내 조건?」

「그렇소. 당신은 내 가치가 어떤 건지 알고 있소. 나는 내 능력을 이미 증명해 보였소. 말하자면 당신은 이 연대에 있어서 내 지참금의 액수를 알고 있는 셈이오……. 당신의 지참금은?」

「슈타인벡이오」

「그건 너무 적소」

「막대한 지참금이요. 우리는 슈타인벡을 통해 피에르 르뒤크에 관한 진실을 알아낼 수 있소. 슈타인벡을 통해 우리는 그 유명한 케셀바흐 계획이 어떤 것인지 알 수 있는 거요」

세르닌은 웃음을 터뜨렸다.

「그런데 당신은 바로 그 일을 위해 내가 필요한 거 아니오?」

「무슨 말이오?」

「이보시오, 친구. 당신의 제안은 유치하오. 슈타인벡을 수중에 갖고 있으면서 당신이 내게 협력을 구한다는 건 당신이 그의 입을 여는 데 실패했다는 얘기요. 그렇지 않다면 당신은 내 도움 같은 건 필요로 하지 않을 거요」

「그래서?」

「그래서 나는 거절하오!」

두 사내는 단호하고 거친 태도로 자리에서 일어섰다.

「거절하오. 뤼팽은 자기 일을 하는 데 있어서 아무도 필요로 하지 않소. 나는 혼자 해 나가는 그런 인간이오. 당신 주장대로 당신이 나와 같은 종류의 인간이라면 이런 연대 같은 건 생각조차 하지 않았을 거요. 우두머리의 자질을 갖춘 인간은 명령을 내린다오. 연대는 곧 복종이오. 나는 복종하지 않소!」

「거절한다? 거절한다고?」

모욕감으로 얼굴이 창백해진 알텐하임이 되풀이해서 중얼거렸다.

「내가 당신을 위해서 할 수 있는 일은 내 패거리 속에 당신 자리를 하나 만들어 주는 것뿐이오, 친구. 처음에는 졸병이오. 내 휘하에서 당신은 장군이 어떻게 전투를 승리로 이끄는지 보게 될 거요……. 또 그가 어떻게 오직 혼자서만 전리품을 독점하는지 보게 될 거요. 어떠시오, 졸병?」

알텐하임은 분노로 정신을 잃고 이를 갈았다. 그가 씹어 뱉듯 중얼거렸다.

「당신은 잘못 생각했소, 뤼팽……. 틀렸단 말이오, 뤼팽. 나 역시 아무도 필요치 않소. 그리고 이 사건이 여태까지 내가 해 온 다른 일들보다 더 어려운 것도 아니오……. 내가 이런 제안을 한 건 목표에 보다 빨리, 방해 없이 도달하기 위해서였소」

「당신은 내 앞의 방해물이 못 돼오」

뤼팽이 오만하게 말했다.

「그렇다면 좋소! 우리가 연대하지 않는다면 오직 한 사람만이 성공할 수 있소」

「당연한 말씀」

「그리고 그는 상대의 시체를 밟고서야 성공에 이를 수 있을 거요. 이런 식의 결투에 대비가 되어 있소, 뤼팽……? 죽음의 결투 말이오, 알겠소? 당신이 경멸하는 도구인 칼로 말이오. 만약 그걸 당신 목 한가운데에 맞는다면 어떻겠소, 뤼팽……?」

「하! 하! 요컨대 당신의 제의란 게 바로 이거요?」

「아니오. 나는 그다지 피를 좋아하지 않소……. 내 주먹을 보시오……. 내가 치면…… 상대는 넘어지지……. 내 방식은 주먹을 쓰는 거요……. 하지만 내 동료는 그냥 죽여 버리지……. 생각날 거요……. 죽은 이들의 목에 나 있던 작은 상처들이……. 아! 뤼팽, 그 친구를 조심하시오……. 그는 가혹하고 잔인하오……. 그 무엇도 그를 멈추게 할 수 없다오」

남작은 나지막한 목소리로 말했다. 그의 어조에 깃든 감정이 어찌나 절실했던지 세르닌은 그 무시무시한 미지의 사내를 생각하며 부르르 몸을 떨었다.

「남작, 당신은 마치 자신의 공범을 두려워하고 있는 것 같군!」

뤼팽이 냉소적으로 말했다.

「내 두려움은 다른 사람들, 우리의 앞길을 가로막는 사람들 처지를 생각한 것이요. 당신 처지를 생각한 것이란 말이오, 뤼팽. 내 제안을 받아들이거나 죽거나 둘 중 하나요. 난 필요하다면 행동을 개시할 거요. 목표에 거의 다 왔소……. 손에 닿을 정도로……. 마음대로 하시오, 뤼팽!」

그는 넘치는 의지와 힘으로 충만해 있었다. 어찌나 거칠었던지 당장이라도 상대를 후려칠 태세였다.

세르닌은 어깨를 으쓱해 보였다.

「맙소사! 정말 배가 고프군! 당신 집에서는 점심을 늦게 먹는군!」

그가 하품을 하며 말했다.

문이 열렸다.

「식사가 준비됐습니다」

집사가 말했다.

「이런! 얼마나 반가운 말인지!」

방을 나가려는 순간 알텐하임은 뤼팽의 팔을 움켜쥐고 하인이 있는 데도 아랑곳하지 않고 말했다.

「귀한 충고 하나 하리다……. 내 제안을 받아들이시오. 사태가 심각하오……. 받아들이는 편이 좋을 거요. 단언하건대 그 편이 낫소……. 받아들이시오」

「캐비아군! 이런! 친절도 하시지……. 당신은 손님이 러시아 공작이라는 사실을 기억하고 있군」

세르닌이 외쳤다.

그들은 식탁에 마주보고 앉았다. 남작이 기르는 긴 은빛 털의 커다란 그레이하운드가 그들 사이에 자리 잡았다.

「내 가장 충실한 친구인 시리우스를 소개하겠소」

「이런 나와 고향이 같군. 영광스럽게도 차르의 목숨을 구해 드렸을 때 그분께서 내게 몹시 주고 싶어하셨던 그 개를 결코 잊을 수 없을 거요」

「아! 당신이 영광스럽게도 차르를……. 물론 테러리스트들의 음모로부터였겠지?」

「그렇소. 그런데 그 음모의 주모자는 나였소. 그 개의 이름은 세바스토폴이었는데……」

점심 식사는 유쾌한 분위기 속에서 진행되었다. 알텐하임은 유쾌한 기분을 되찾은 듯했다. 두 사람은 기지와 예의를 겨루었다. 세르닌이 몇 가지 일화들을 이야기하면, 남작은 또 다른 일화들로 그것에 응수했다. 사냥, 스포츠, 여행을 넘나드는 그들의 대화에서는 유럽의 유서 깊은 가문들, 스페인의 귀족들, 영국의 군주들, 헝가리의 마자르, 오스트리아의 대공 등이 줄곧 등장했다.

「아! 우리의 일은 정말 멋지지 않소! 이 일 덕분에 우리는 지구 위의 온갖 멋진 것들과 연관을 가지니 말이오. 자, 시리우스, 송로 버섯을 넣은 이 날짐승 요리를 좀 먹어 보렴」

개는 세르닌에게서 눈을 떼지 않은 채 그가 주는 음식들을 덥석 물었다.

「샹베르텡 산 적포도주 한잔하시겠소, 공작?」

「물론이오, 남작」

「이 포도주는 정말 훌륭하다오. 벨기에 레오폴드 왕의 포도주 저장실에서 나온 거요」

「선물이오?」

「그렇소. 내가 나 자신에게 한 선물이지」

「감미롭군……. 이 향기……! 이 푸아그라 요리와 곁들이니 정말 환상이군. 나의 찬사를 받아 주시오, 남작. 당신 집 요리사 양반은 일류요」

「우리 집 요리사는 여자라오, 공작. 사회당 국회의원 르브로의 요리사였던 그녀를 많은 돈을 주고 데려왔다오. 자, 카카오 아이스크림을 얹은 이 냉육을 좀 먹어 보시오. 또 여기 곁들여진 바삭한 과자도 권하고 하고 싶소. 정말 창조적이고 기막힌 맛이라오」

「모양 역시 먹음직스럽군」

세르닌은 과자를 덜며 말했다.

「깃털만큼 지저귐도 훌륭하다면 당연히……. 자, 시리우스, 너 역시 이걸 좋아하지 할 수밖에 없겠지. 로마 시대의 유명한 여자 독살가인 로쿠스타도 이보다 더 잘 만들 수는 없을 테니까」

그는 재빨리 과자 하나를 집어 들어 개에게 던졌다. 한입에 과자를 삼킨 개는 뭔가에 마비된 듯 잠시 동안 움직이지 않더니 이윽고 그 자리에서 빙글 돌며 쓰러져 죽고 말았다.

세르닌은 하인들이 비열한 공격을 할 것에 대비해 뒤로 물러서며 웃음을 터뜨렸다.
「남작, 친구를 독살할 때는 목소리가 불안해지거나 손이 떨려서는 안 된다오……. 그러면 상대가 경계한다오……. 난 당신이 사람 죽이는 걸 싫어하는 줄 알았는데?」
「칼로 죽이는 건 싫어하지. 하지만 누군가를 독살하고 싶은 욕망은 늘 갖고 있소. 그 일이 어떤 기쁨을 주는지 느끼고 싶었소」
알텐하임이 전혀 동요하지 않는 어조로 대답했다.
「이런! 친구, 당신은 먹잇감을 잘도 골랐군. 러시아 공작으로 말이오!」
그는 알텐하임에게 다가가 아주 격의 없는 어조로 말했다.
「만약 당신이 성공했다면, 어떤 일이 일어날지 아시오? 다시 말해서 내가 늦어도 3시까지 돌아오지 않는다는 걸 내 친구들이 알게 될 경우 말이오. 3시 반에 파리 경찰청장은 이른바 알텐하임 남작이라는 인물에 대한 정보를 알게 될 것이고, 당신은 오늘이 가기 전에 체포되어 감옥에 갇힐 거요」
「흥! 감옥에서는 탈출할 수 있지만…… 내가 보내려 했던 곳에서는 결코 되돌아올 수 없을 거요」
알텐하임이 말했다.
「그렇고말고. 하지만 우선 나를 그곳으로 보내야 할 텐데, 그게 쉽지 않을 거요」
「그 과자 중 하나를 한 입만 먹으면 된다오」
「정말 그럴 것 같소?」
「한번 해 보시오」
「당신은 모험의 대가에게 필요한 결정적인 자질을 아직 갖추지 못했소. 그리고 영원히 갖지 못할 거요. 당신이 나에게 이런 종류의 함정을 파 놓는 것을 보면 알 수 있소. 영광스럽게도 우리가 영위하고 있는 이런 삶에 합당한 자격을 갖추었다는 자각이 들면 그럴 능력 또한 갖추게 된다오. 그러기 위해서는 그 어떤 가능성에도 대비가 되어 있어야 하오……. 어떤 못된 작자가 당신을 독살하려 한다 해도 죽지 않을 수 있어야 한단 말이오……. 난공불락의 육체 속에 깃든 대담한 정신, 그것이야말로 스스로 목표로 설정해…… 도달해야 할 이상이오. 노력하시오, 친구. 나는 대담하고 난공불락이오. 천하무적인 데다가 독약에 대한 면역성까지 스스로 키웠다는 폰투스의 미트라다테스 대왕을 상상하면 될 거요」

그런 다음 그는 다시 자리에 앉으며 말했다.

「이제 식사를 계속합시다! 조금 전에 말한 내 미덕을 증명하고 싶고, 또한 당신 요리사를 서운하지 않게 하고 싶소. 그 과자 접시를 이리 주시오」

그는 과자 하나를 집어서 둘로 나눈 다음 반쪽을 남작에게 내밀었다.

「드시오!」

상대는 흠칫 물러섰다.

「겁쟁이!」

세르닌이 외쳤다.

남작과 그의 부하들이 어안이 벙벙한 눈길로 지켜보는 가운데, 그는 과자 반쪽을 먹고 나더니 차분하고 진지한 태도로 또 한 조각을 먹기 시작했다. 마치 작은 부스러기 하나라도 떨어뜨리고 싶지 않을 정도로 맛있다는 듯이.

그들은 다시 만났다.

그날 밤 세르닌 공은 알텐하임 남작을 바텔 카바레로 데리고 갔다. 그곳에서 그들은 시인, 음악가, 재력가, 아름다운 여배우 둘, 테아트르 프랑세 회원인 소속 연극 배우들과 저녁 식사를 함께했다.

이튿날 그들은 부아 대로에서 함께 점심 식사를 했고 저녁에는 오페라 극장에 갔다.

그 후 일주일 동안 그들은 매일 만났다.

마치 상대 없이는 살아 갈 수 없다는 듯이, 신뢰와 존중과 공감으로 이루어진 우정이 그들을 한데 묶어 주고 있기라도 한 것처럼.

그들은 몹시 즐거워하고 맛있는 포도주를 마시고 질 좋은 시가를 피우며 정신 나간 사람들처럼 웃어 댔다.

하지만 실제로 그들은 무섭게 서로를 엿보고 있었다. 본능적인 증오로 서로 분리된 불구대천의 원수인 그들은 각자 자신이 이기리라는 확신을 갖고 지칠 줄 모르는 의지로 승리를 갈구하며 적절한 때를 기다리고 있었다. 알텐하임은 세르닌을 제거할 기회를 엿보고 있었고, 세르닌은 자신이 파 놓은 함정 속으로 알텐하임이 뛰어들 때를 기다리고 있었다. 두 사람은 최후의 순간이 멀지 않았음을 알고 있었다. 두 사람 중 하나는 목숨을 내놓아야 할 터였다. 그리고 그것은 시간, 아니면 기껏해야 날짜를 다툴 정도로 긴급한 문제였다.

그 열정적인 드라마에 세르닌 같은 사내도 기묘하고 강렬한 매력을 느꼈다. 적과 사귀고 적 곁에서 지내며 자칫 한 걸음만 잘못 떼어도, 아주 사소한 방심에도 죽음이 자신을 기다리고 있다는 사실을 의식하는 것은 얼마나 큰 즐거움인가!

그러던 어느 날, 두 사람은 캉봉가에 있는 클럽의 뜰에서 단둘이 있게 되었다. 알텐하임 역시 그곳의 회원이었다. 6월의 황혼 무렵, 저녁을 막 먹을 시간이었고, 저녁 게임을 즐기려는 이들은 아직 클럽에 도착하지 않은 시각이었다. 그들은 잔디밭 주위를 산책하고 있었다. 잔디밭을 따라 덤불이 딸린 담장이 둘러서 있었고 거기에는 쪽문이 나 있었다. 이야기를 이어 가던 알텐하임의 목소리가 갑자기 침착함을 잃고 떨리는 것을 세르닌은 눈치챘다. 곁눈으로 그는 상대를 관찰했다. 알텐하임의 손이 웃옷 주머니 속으로 들어가 있었다. 세르닌은 천을 통해 단도의 손잡이를 쥔 상대의 손이 결단을 내리지 못한 듯 주저하며 한순간 힘을 주었다가는 다음 순간 힘을 빼는 것을 보았다.

얼마나 감미로운 순간인가! 상대는 단도를 꺼내 휘두를 것인가? 차마 그 일을 해내지 못하는 겁 많은 본능이 이길 것인가, 아니면 살인 행위를 하려고 온통 긴장하고 있는 의지가 이길 것인가?

윗몸을 펴고 뒷짐을 진 채 세르닌은 고통과 기쁨의 전율을 동시에 느끼며 그 순간을 기다렸다. 남작은 아무 말도 하지 않았다. 그들은 침묵 속에서 나란히 걷고 있었다.

「날 찌르시오!」

세르닌이 소리쳤다.

그는 걸음을 멈추고 나란히 걷고 있는 남작에게 몸을 돌렸다.

「어서 찌르란 말이오. 지금 찌르지 못하면 영원히 못 찌를 거요! 보는 사람은 아무도 없소. 당신은 저 쪽문으로 도망치면 되오. 물론 우연이겠지만 문 열쇠는 벽에 걸려 있소. 이런, 남작…… 보는 사람도 없고 아는 사람도 없소……. 내 생각엔 모든 것이 계획되어 있었던 것 같소……. 나를 이곳으로 이끈 것은 당신이니까……. 그런데 왜 망설이는 거요? 찌르시오!」

세르닌은 남작의 눈 속을 똑바로 들여다보았다. 상대는 얼굴이 납빛이 된 채 맥없이 온몸을 벌벌 떨고 있었다.

「소심한 친구 같으니라고! 나라면 결코 그렇게 하지 않을 거요. 사실을 알고 싶소? 당신은 나를 겁내고 있소. 그렇고말고. 내 앞에 서면 당신은 모든 일에 확신을 잃어버리고 마는 거요. 물론 당신은 행동하고 싶어하지만, 상황을 지배하는 것은 내 행동, 내게서 나올 행동이오. 그렇소, 당신은 결코 내 별의 빛을 잃게 할 수 있는 그런 인물이 아직은 아니요!」

그는 말을 채 마치지 못했다. 목을 붙잡힌 채 그의 몸이 뒤로 젖혀졌다. 쪽문 근처 덤불에 숨어 있던 누군가가 그의 머리를 움켜잡았던 것이다. 날이 눈부시게 반짝이는 칼을 쥔 손이 올라가는 것이 보였다. 팔이 내려왔다. 칼날이 목 한가운데로 파고들어 왔다.

그 순간 알텐하임이 마지막 일격을 가해 그를 죽이기 위해 그에게 뛰어들었다. 그들은 화단 속에서 뒹굴었다. 이 모든 일에 걸린 시간은 기껏해야 20~30초 정도였다. 억센 힘의 소유자인 데다가 이런 종류의 싸움에 단련이 되어 있던 알텐하임이었지만 즉각 맥을 추지 못하고 고통의 신음을 내질렀다. 세르닌은 몸을 일으켜 쪽문을 향해 달려갔다. 검은 그림자가 빠져나가고 막 문이 닫히고 있었다. 하지만 너무 늦었다! 밖에서 문의 열쇠를 채우는 소리가 들려왔다. 그는 문을 열 수 없었다.

「이런! 나쁜 놈! 내가 너를 잡는 날이 내 인생 최초의 살인을 저지르는 날이다! 제기랄……!」

그는 현장으로 돌아와 몸을 굽혀 자기 목을 찌르다가 부러진 단도 조각을 집어 들었다.

알텐하임이 몸을 움직이기 시작했다. 뤼팽이 그에게 말했다.

「자, 남작, 좀 괜찮소? 당신은 그 일격이 뭔지 아시오? 난 이걸 태양 신경총 직격이라고 부른다오. 다시 말해서 당신의 생체 태양에 일격을 가해 촛불로 만들어 버리는 거지. 이건 깨끗하고 빠르고 고통 없고…… 실수가 없소. 하지만 단도는 어떻소……? 흥! 지금 나처럼 강철 사슬로 된 작은 목 가리개 하나만 착용하면, 누구든 겁낼 필요가 없소. 특히 당신의 키 작은 친구 같은 작자는 말이오. 왜냐하면 그는 언제나 목만 노리니까. 어리석은 작자 같으니라고! 자, 그자가 좋아하는 장난감을 보시오……. 이 부서진 조각들을!」

세르닌은 남작에게 손을 내밀었다.

「자, 일어나시오, 남작. 내가 당신을 저녁 식사에 초대하리다. 그리고 왜 내가 당신보다 나은지 그 비밀을 잘 생각해 보시오. 난 공불락의 육체 속에 대담한 정신이 깃드는 법이오」

클럽의 거실로 돌아온 세르닌은 두 사람을 위해 준비된 탁자 앞의 안락의자에 앉아 저녁 식사 시간을 기다리며 생각에 잠겼다.

「이 게임은 재미있지만 점점 위험해지는군. 이제 끝내야 해……. 그렇지 않으면 저 짐승 같은 놈들은 나를 내 소망보다 더 빨리 낙원에 보내 버리겠지……. 골칫거리는 슈타인벡 노인을 되찾기 전엔 나로서는 그들에게 아무것도 할 수 없다는 거야……. 왜냐하면 요컨대 슈타인벡 노인이야말로 유일한 관심사이기 때문이지. 내가 남작에게 매달리는 것은 혹시 어떤 단서를 얻을 수 있지 않을까 해서인데……. 놈들은 도대체 그를 어떻게 했을까? 알텐하임이 그와 매일 연락을 취하고 있는 건 분명해. 케셀바흐의 계획에 관한 정보를 그에게서 얻어내기 위해 알텐하임은 극단적인 방법을 시도하고 있어. 그런데 알텐하임은 어디서 그 노인을 만나는 걸까? 어디다 그를 숨겨두었을까? 친구들의 집? 뒤퐁 빌라 29번지에 있는 자신의 집?」

세르닌은 오랫동안 생각에 잠겼다가 이윽고 담배 한 대에 불을 붙여 세 모금을 빤 다음 내던졌다. 그것이 신호인 모양이었다. 청년 둘이 다가와 그의 옆 좌석에 앉았다. 그는 전혀 모르는 사이처럼 그들을 대하면서 은밀한 이야기를 나누었다.

두 청년은 사교계 신사들처럼 차려입은 두드빌 형제들이었다.

「무슨 일입니까, 두목?」

「우리 애들 여섯 명을 데리고 뒤퐁 빌라 29번지로 가서 집 안으로 들어가게」

「맙소사! 어떻게요?」

「법의 이름으로. 자네들은 치안국 소속 형사들이 아닌가? 집을 수색하게」

「하지만 우리에겐 그럴 권리가……」

「권리는 가지면 되네」

「하인들은요? 그들이 저항하면?」

「넷밖에 안 되네」

「소리를 지르면요?」

「그들은 소리 지르지 않을걸세」
「알텐하임이 돌아오면요?」
「그는 10시 이전에는 돌아가지 않을걸세. 내가 그를 붙잡고 있겠네. 그 일에는 두 시간 반 정도가 걸릴걸세. 자네들이 위에서 아래까지 샅샅이 집 안을 수색하려면 그 이상이 필요할걸세. 만약 슈타인벡 노인을 발견하면 내게로 와서 알려 주게」
알텐하임 남작이 다가오고 있었다. 세르닌이 그에게로 다가갔다.
「저녁 식사를 하는 게 어떻겠소? 정원에서 있었던 그 작은 사건 때문인지 배가 몹시 고프군. 그건 그렇고 친애하는 남작, 당신에게 몇 마디 충고를 하고 싶은데……」
그들은 탁자에 앉았다.
식사 후 세르닌은 당구 한 게임을 제안했고 그 제안은 받아들여졌다. 당구 게임이 끝나자 그들은 카드 게임 방으로 갔다. 진행자가 마침 이렇게 외치고 있었다.
「판돈이 50루이입니다. 원하시는 분 없습니까……?」
「100루이」
알텐하임이 말했다.
세르닌은 시계를 보았다. 10시였다. 두드빌 형제들에게서는 아직 소식이 없었다. 그것은 수색이 성과가 없다는 뜻이었다.
「나도 걸겠소」
세르닌이 말했다.
알텐하임이 자리에 앉아 카드를 나누었다.
「난 통과요」
「난 아니오」
「일곱」

「여섯」
「내가 졌소. 이번엔 두 배로?」
세르닌이 말했다.
「좋소」
남작이 대답했다.
그가 카드를 돌렸다.
「여덟」
세르닌이 말했다.
「아홉」
남작이 자기 패를 보여 주었다.
세르닌이 발길을 돌리며 중얼거렸다.
「이 건으로 300루이를 잃는군. 하지만 아까워하지 말아야지. 저자를 여기에 붙잡아 두는 대가니까」
 잠시 후 그는 뒤퐁 빌라 29번지 앞에서 자동차를 세웠다. 두드빌 형제들과 그들의 부하들이 현관에 모여 있었다.
「노인을 찾았나?」
「아닙니다」
「제기랄! 하지만 어디엔가 있을 텐데! 하인들은 어디 있나?」
「저기 사무실에 묶여 있습니다」
「잘했네. 내 모습이 남의 눈에 띄지 않았으면 좋겠네. 모두 가 보게. 장, 아래 남아서 망을 보게. 자크, 내가 이 집을 둘러보게 해 주게」
 그는 재빨리 지하실과 다락방을 살펴보았다. 그는 걸음을 멈추지 않았다. 자신의 부하들이 세 시간에 걸쳐 찾아내지 못한 것을 자신이 몇 분 만에 발견할 수 없으리라는 것을 잘 알고 있었던 것이다. 하지만 그는 방들의 연결 상태와 형태를 꼼꼼하게 기록했다.
 그 일이 끝나자 그는 두드빌이 알텐하임의 방이라고 가르킨 방으로 돌아와서 주의 깊게 살펴보았다.
 「여기에 내가 할 일이 있군. 여기선 방 전체를 볼 수 있어」
 그는 옷이 가득 찬 검은 캐비닛을 가리고 있는 커튼을 들어올리며 말했다.
 「하지만 남작이 자기 집을 수색하면 어떻게 하죠?」
 「그가 왜 그런 일을 한단 말인가?」
 「우리가 왔다는 사실을 하인들을 통해서 들을 테니까요」
 「그렇지. 하지만 그는 우리 중 누군가 자기 집에 남아 있을 거라고는 생각지 않을걸세. 그는 이 시도가 실패로 끝났고 그게 다라고 여길걸세. 그러니까 나는 남아 있겠네」
 「그렇다면 어떻게 빠져나오실 겁니까?」
 「이런! 자네, 질문이 너무 많군. 중요한 것은 들어가는 거네. 가 보게, 두드빌. 문들을 잘 닫게. 자네 형과 함께 가 보게……. 내일 보세……. 아니면……」
 「아니면……」
 「내 걱정은 하지 말게. 필요하면 내가 연락하겠네」
 그는 벽장 구석에 있는 작은 상자 위에 앉았다. 네 줄로 걸려 있는 옷들이 그를 보호해 주었다. 방을 조사할 때 이외에는 당연히 안전한 그곳에서 나오지 않을 터였다.
 10분이 흘렀다. 빌라 쪽에서 둔탁한 말발굽 소리와 방울 소리가 들려왔다. 마차가 멈추었다. 아래에서 문이 삐걱 하고 열리는 소리가 나더니 거의 즉각 말소리와 함성, 점점 더 커져 가는 소음을 들을 수 있었다. 묶여 있던 하인 중 하나가 재갈에서 풀려난 모양이었다.

「짐작이 가고도 남지……. 화가 난 남작은 극도의 흥분 상태에 이를 거야……. 오늘 밤 내가 클럽에서 그렇게 행동한 이유, 내가 자신을 멋지게 속여 넘겼다는 사실을 즉각 깨달았겠지……. 속여 넘겼다는 것도 생각하기 나름이야……. 난 계속 슈타인벡을 찾지 못하니 말이야……. 그자는 그 문제에 최우선으로 관심을 가질 거야. 우리가 과연 슈타인벡을 탈취하는 데 성공했을까 하는 것 말이야. 그걸 확인하기 위해 그는 노인의 은신처로 달려가겠지. 그가 올라간다면 은신처는 위에 있는 것이고, 내려간다면 은신처는 지하실에 있는 거야」

그는 귀를 기울였다. 1층 방들에서는 목소리들이 줄곧 이어지고 있었지만, 움직임은 없는 것 같았다. 알텐하임이 부하들에게 질문을 하고 있는 것 같았다. 계단을 올라오는 발소리가 들린 것은 30분이 지나서였다.

「그렇다면 은신처가 위에 있나 보군. 그런데 어째서 이렇게 꾸물거린 걸까?」

그는 생각했다.

「모두 잠자리에 들도록」

알텐하임의 목소리가 들려왔다.

남작은 하인 하나와 방 안으로 들어와서는 문을 닫았다.

「도미니크, 나 역시 잠자리에 들겠네. 밤새도록 이야기를 나눠 봤자 진전이 없을 테니까」

「제 생각에는 그들이 슈타인벡을 찾으러 온 것 같습니다」

상대가 말했다.

「내 생각 역시 그렇다네. 그리고 내가 그들을 비웃는 건 바로 그 때문이네. 왜냐하면 슈타인벡은 여기 없으니까」
「그렇다면 어디 있습니까? 그를 어떻게 하셨습니까?」
「그건 나의 비밀일세. 알다시피 나 자신을 위한 비밀이란 말일세. 내가 자네에게 말할 수 있는 건 다만 그 감옥은 굉장한 곳이라는 것, 그 늙은이는 입을 열지 않고는 그곳을 나올 수 없으리라는 것뿐일세」
「그렇다면 공작은 실패한 건가요?」
「그랬을 거네. 게다가 그자는 이런 하찮은 성과를 얻기 위해 호된 대가를 치러야 했네. 그래, 맞아. 비웃음이 나오는군……! 딱한 공작 같으니라고……!」
「어쨌든 그를 제거해야겠습니다」
상대가 다시 말했다.
「진정하게, 이 친구야. 이제 얼마 남지 않았네. 일주일 내로 나는 자네에게 뤼팽의 살가죽으로 만들어진 멋진 지갑을 선사하겠네. 이제 나를 자게 해 주게. 자야겠네」
문이 닫히는 소리가 들려왔다. 남작은 문의 빗장을 지른 다음 주머니 속의 모든 것을 꺼내 놓고 시계를 쳐다봤다. 남작의 옷 벗는 소리가 들렸다.
남작은 즐거운 듯 휘파람을 불고는 소리 내어 중얼거리기까지 했다.
「그렇지, 뤼팽의 살가죽으로…… 그것도 일주일 내로…… 일주일 내로 말이야! 그렇지 않으면 그 건달 놈이 우리를 집어삼킬 테니까……! 아무 성과도 없었을걸. 그자는 오늘 완전히 잘못 짚었어……. 하지만 계산은 정확했어……. 슈타인벡이 이곳이 아니면 어디에 있겠어……. 다만 어디 있을까……」

그는 침대로 올라가는 즉시 전등을 껐다. 세르닌은 앞으로 나아가 커튼을 살짝 들어올렸다. 유리창을 통해 들어오는 달빛이 깊은 어둠 속에서 침대를 비추고 있었다.

「정말이지 내가 바보였어. 완전히 속았군. 녀석이 코를 골기 시작하면 즉시 빠져나가야겠어……」

그가 중얼거렸다.

하지만 어떤 짓눌린 듯한 소리가 들려와 그는 놀라지 않을 수 없었다. 어떤 소리인지 정확히 말할 수는 없지만 침대에서 들려오는 것이 분명했다. 뭔가를 긁는 소리 같은, 겨우 감지할 만한 소리였다.

「이 보게 슈타인벡, 좀 어떤가?」

남작이 이야기를 하고 있는 것이 아닌가! 그가 이야기를 하고 있는 것은 분명했다. 하지만 어떻게 그 방에 있지도 않은 슈타인벡에게 말을 할 수 있단 말인가? 알텐하임의 말은 계속되었다.

「여전히 타협하지 않을 텐가……? 그래……? 얼간이 같으니라고! 그렇지만 알고 있는 것을 말하지 않을 수 없을걸……. 아니라고……? 그렇다면 잘 자게. 내일 보세나……」

「이건 꿈이야, 이건 꿈이라고. 아니면 저렇게 큰 소리로 말하고 있는 저자가 꿈을 꾸고 있는 거야. 보라고. 슈타인벡은 그의 옆에 없어. 옆방에 있는 것도 아냐……. 이 집 안에도 없어. 알텐하임이 그렇게 말했잖아……. 그런데 이 얼토당토않은 이야기는 뭐란 말인가?」

세르닌이 혼잣말로 중얼거렸다.

세르닌은 망설였다. 남작에게 뛰어들어 그의 멱살을 잡고 힘으로 그를 제압해 꾀로써 얻어 낼 수 없는 것을 협박으로써 얻어 낼 것인가? 될 성 싶지 않은 일이었다! 알텐하임은 결코 물러서지 않을 터였다.

「자, 이제 가야지. 오늘 밤엔 아무 성과도 없군」

그가 중얼거렸다.

하지만 그는 떠나지 않았다. 그는 떠날 수 없다는 것을, 무엇인가 기다려야 한다는 것을, 우연이 그에게 줄 것이 남아 있다는 것을 느꼈다.

그는 극도로 주의를 기울여 네다섯 개의 옷과 외투를 벗겨 내 바닥에 깔았다. 그리고 그 위에 앉아 등을 벽에 대고 이 세상에서 가장 편안하게 잠이 들었다.

남작은 아침에 일찍 일어나는 그런 종류의 사람이 아니었다. 어디선가 벽시계가 아홉 점을 치는 소리가 들려오자 그는 침대에서 나와 하인을 불렀다.

하인이 가져온 우편물을 읽고 난 남작은 한마디 말도 없이 옷을 입고 편지를 쓰기 시작했다. 그동안 하인은 벽장 속에 남작이 전날 밤 입었던 옷들을 조심스럽게 걸었다. 벽장 속에서 세르닌은 주먹을 불끈 쥐었다.

「이런, 저자의 태양 신경총에 일격을 가해야 하나?」

10시가 되자 남작이 지시했다.

「물러가게!」

「하지만 아직 조끼를 걸지……」

「물러가라고 하지 않았나. 부르면 다시 오게……. 그전에는 오지 말게」

하인이 나가자 남작은 직접 문을 닫고는 다른 사람은 불신하는 사람답게 잠시 기다렸다가 전화기가 놓여 있는 탁자로 다가가서 수화기를 들었다.

「여보세요……! 교환원, 가르슈를 대 주시오……. 그렇소, 아가씨. 이리로 전화를 걸어 주시오……」

그는 전화기 옆에 서 있었다.

세르닌은 조바심으로 몸을 떨었다. 남작이 베일에 싸인 공범과 통화하려는 것일까?

전화벨이 울렸다.

「여보세요…… 아! 가르슈입니까……. 좋소…… 아가씨……. 38번을 대 주시오……. 그렇소, 38. 88 할 때 8말이오……」

잠시 후 그는 더욱 낮아진, 최대한 낮은 동시에 명료한 목소리로 말했다.

「38번……? 나야…… 불필요한 말은 하지 말자고……. 어제……? 그래. 정원에서 너는 그를 죽이는 데 실패했어……. 다음 번에 하겠다고, 물론이지……. 하지만 시간이 없어……. 어제 저녁 그자는 사람을 시켜 이 집 안을 뒤졌어……. 말해 줄게……. 물론 아무것도 발견하지 못했지……. 뭐라고……? 여보세요……! 아니, 슈타인벡 늙은이는 말하기를 거부하고 있어……. 협박, 약속, 그 무엇도 소용 없어……. 여보세요……. 아, 그렇지, 물론이지. 그는 우리가 아무것도 할 수 없다는 걸 알고 있어……. 우리가 케셀바흐 계획에 대해 아무것도 모르고 피에르 르뒤크에 대해서도 부분적으로밖에는 모른다는 걸 말이야……. 수수께끼의 열쇠를 쥔 건 그자뿐이야……. 이런! 그자는 입을 열 거야. 내가 보증해……. 오늘 밤이라도 말이야……. 그렇지 않다면……. 이런! 그자가 도망치도록 내버려 두는 것보다는 차라리 어떻게 하자고? 공작이 그자를 우리에게서 가로채 갈 거라고? 이런! 사흘

내로 공작을 끝장내야 해……. 너에게 생각이 있다고……? 과연…… 좋은 생각이야. 오! 이런! 탁월하군……. 내가 알아서 하겠어……. 언제 보면 좋겠니? 화요일이 어때? 좋아. 화요일에 가지……. 2시에……」

남작은 수화기를 제자리에 내려놓고 방을 나갔다. 그가 지시를 내리는 소리가 들려왔다.

「이번에는 주의하게, 알겠나? 어제처럼 어리석게 당하지 말란 말이야. 오늘 밤은 늦게 들어올걸세」

육중한 현관 문이 닫히고 뜰의 철책이 삐걱 하고 열리는 소리가 나더니 말방울 소리가 멀어져 갔다.

20분 후 두 사람의 하인이 들어와 창문을 열고 방 안을 청소했다. 그들이 나간 다음 다시 세르닌은 넉넉하게 오랫동안 기다렸다. 이윽고 그들이 식사할 시간이 된 것 같았다. 하인들이 식탁 앞에 앉아 있을 거라고 생각한 세르닌은 벽장 밖으로 나와 침대와 침대가 놓여 있는 벽을 조사했다.

「이상해, 정말 이상하군……. 특별한 점이 전혀 없는걸. 이 침대는 바닥이 이중으로 되어 있지도 않아……. 밑에도 뚜껑 문 같은 건 없어. 옆방을 살펴볼까」

그가 중얼거렸다.

그는 살그머니 옆방으로 갔다. 그 방은 빈 방이었고 아무 가구도 없었다.

「여기도 그 노인은 없어……. 벽이 두꺼워 그 사이에 있단 말인가? 그럴 수는 없어. 이 벽은 아주 얇은 칸막이인걸. 빌어먹을! 나로서는 도저히 이해할 수 없군」

그는 아주 면밀하게 바닥과 벽과 침대를 조사했지만 아무 성과

없이 시간만 낭비했을 뿐이었다. 거기에는 결정적인 속임수가, 아마도 아주 단순한 속임수가 있을 테지만, 그로서는 그것을 알아낼 수가 없었다.

「적어도 알텐하임이 미치지 않은 건 분명해……. 유일하게 받아들일 수 있는 가정은 그것뿐이야. 그리고 내가 그것을 증명할 수 있는 방법은 단 하나, 여기 남아 있는 것뿐이야. 그러므로 난 여기 남아 있을 거야. 어떤 일이 일어나든 말이야」

자신의 존재가 발각될까 두려워 그는 은신처로 돌아갔다. 그는 거기서 더 이상 움직이지 않고 생각에 잠겼다가, 극도의 배고픔에 고통스러워하면서 잠 속으로 빠져 들어갔다.

날이 기울었다. 어둠이 찾아왔다.

알텐하임은 자정이 넘어서야 돌아왔다. 이번에는 혼자 자기 방으로 올라와서 옷을 벗고 침대에 누운 다음 즉각 전날처럼 전등을 껐다. 똑같이 불안한 기다림이 시작되었다. 똑같이 설명할 수 없는 자그마한 삐걱대는 소리 같은 게 들려왔다. 그러더니 똑같이 빈정거리는 목소리로 알텐하임이 말을 시작했다.

「그런데 어떤가, 친구……? 욕을 해……? 천만에, 천만에. 이 늙은이야. 우리가 당신한테 원하는 건 그런 게 아냐! 당신은 길을 잘못 들었어. 내가 필요로 하는 건 케셀바흐에게 당신이 말한 사항을 빠짐없이 자세하게 말해 주는 거야……. 피에르 르뒤크 이야기 등을 말이야. 알겠나……?」

어안이 벙벙한 채 세르닌은 그 얘기를 듣고 있었다. 이번에는 절대로 착각이 아니었다. 남작은 실제로 슈타인벡 노인에게 이야기를 하고 있었던 것이다. 정말 인상적인 대화였다! 생사가 베일에 싸인 사람, 저 세상에서 사는 이름 붙일 수 없는 어떤 존재, 볼 수도 만질 수도 없고 존재감도 없는 어떤 존재와 하는 대화를 목격한 느낌이었다.
 남작은 빈정거리는 듯한 잔인한 어조로 다시 말했다.
「배가 고픈가? 그럼, 먹으라고, 이 늙은이야. 다만 내가 준 그 빵으로 당신이 죽을 때까지 살아야 한다는 걸 명심하라고. 그걸 하루에 조금씩만 갉아먹는다 해도 기껏해야 일주일 정도밖에 버틸 수 없을걸……. 열흘을 버틸 수 있을지도 모르지! 열흘이 지나고 나면 꽥 하고 가는 거지. 슈타인벡 아범은 더 이상 이 세상에 없는 거라고. 적어도 그때까지는 입을 열어야 할 거야. 싫다고? 내일 보자고……. 그럼 잘 자게, 늙은이」

 이튿날 1시, 하룻밤과 아침나절을 아무런 사고 없이 보낸 세르닌 공은 조용히 뒤퐁 빌라를 빠져나왔다. 어른거리는 머리, 휘청거리는 다리로 그는 가장 가까운 식당으로 향하면서 상황을 정리해 보았다.
「그러니까 다음 주 화요일, 팔라스 호텔의 살인자와 알텐하임은 가르슈 지역의 38번이라는 전화번호를 가진 집에서 만나기로 했지. 그러므로 화요일에 두 죄인을 경찰에 넘기고 르노르망 국장을 구하면 되겠군. 그날 저녁에는 슈타인벡 노인을 구해야지. 나는 마침내 피에르 르뒤크가 돼지고기 장수의 아들인지 아닌지, 그가 주느비에브의 남편감인지 아닌지를 알게 되겠군. 그가 합당한 자격을 갖춘 인물이면 좋을 텐데!」

 화요일 아침 11시, 발랑그래 총리는 경찰청장과 치안국의 베베르 부국장을 오게 해서 그들에게 자신이 막 받은 속달 우편을 보여 주었다. 세르닌 공의 서명이 있는 편지였다.

국무총리 각하,
총리 각하께서 르노르망 국장에게 가지고 계신 관심이 어떠한 것인지 잘 알고 있는 바 제가 우연히 알게 된 사실을 알려 드립니다.
르노르망 국장은 휴양소 근처 가르슈의 글리신 빌라 지하실에 감금되어 있습니다.
팔라스 호텔의 살인범들은 오늘 2시에 그를 살해하기로 결정했습니다.
경찰에서 저를 필요로 하실 경우에 대비해, 저는 1시 반경 휴양소 뜰이나 영광스럽게도 친구로 지내는 케셀바흐 부인 댁에 가 있겠습니다.
존경하옵는 총리 각하께.
—— 세르닌 공

「정말 진지한 편지 아닌가, 친애하는 베베르 부국장. 덧붙여 말하자면 폴 세르닌 공의 말을 전적으로 신뢰해도 좋을 것 같네. 난 공과 몇 차례 저녁 식사를 한 적이 있네. 진지하고 똑똑한 사람이지……」
발랑그래가 말했다.
「총리 각하, 역시 오늘 아침에 받은 또 다른 편지를 보여 드려도 되겠습니까?」
부국장이 물었다.
「이 사건에 관한 건가?」
「그렇습니다」

「보세나」
그는 편지를 받아서 읽기 시작했다.

부국장님께,
케셀바흐 부인의 친구라고 자칭하는 폴 세르닌 공이 사실은 아르센 뤼팽이라는 사실을 알려 드립니다.
이 말이 사실임을 증명하는 데에는 하나의 증거로 충분할 것입니다. 폴 세르닌(Paul Sernine)의 철자를 바꾸면 아르센 뤼팽(Arsene Lupin)이 됩니다. 두 이름은 똑같은 글자로 이루어져 있습니다. 한 글자도 많지도 모자라지도 않지요.
——L. M

발랑그래가 어리둥절해 있는 동안 베베르 부국장이 덧붙였다.
「이 친구 뤼팽이 이번에는 자신에게 걸맞은 상대를 만난 것 같습니다. 뤼팽이 상대의 범죄를 고발하는 동안, 상대는 그자를 우리에게 넘겨줍니다. 그러니까 늑대가 함정에 빠진 거지요」
「그래서?」
발랑그래가 물었다.
「그래서 총리님, 우리는 둘 다 잡을 생각입니다……. 그러기 위해서 저는 200명의 인원을 동원할 겁니다」

올리브 색 프록코트

　12시 15분. 마들렌느 성당 근처의 어떤 식당. 공작은 점심 식사 중이었다. 옆 탁자에 청년 둘이 다가와 앉았다. 마치 우연히 친구들을 만난 것처럼 공작은 그들에게 목례를 보낸 다음 이야기를 하기 시작했다.
　「자네들 역시 파견 나온 거지?」
　「그렇습니다」
　「모두 몇 명인가?」
　「어섯 명인 것 같습니다. 각자 제 위치를 지킬 겁니다. 베베르 부국장과는 1시 45분에 휴양소 근처에서 만나기로 했습니다」
　「잘됐군. 나도 갈 거네」
　「뭐라고요?」
　「내가 그 파견을 지휘해야 하지 않겠나? 또한 내가 르노르망 국장을 찾아내야 하지 않겠나? 그런 사실을 공개적으로 밝힌 게

나니까 말일세」

「르노르망 국장이 살아 있다고 생각하십니까, 두목?」

「그렇다고 확신하네. 그렇고말고. 알텐하임과 그의 패거리가 르노르망 국장과 구렐을 부지발 다리 위로 데리고 가서 난간 너머로 그들을 던져 버렸다는 확신을 어제 갖게 되었다네. 구렐은 익사했지만 르노르망 국장은 탈출했네. 때가 오면 필요한 증거들을 모조리 제시할 걸세」

「그가 살아 있다면 어째서 모습을 나타내지 않는 걸까요?」

「자유의 몸이 아닐 테니까」

「그렇다면 두목 말이 사실인가요? 그는 지금 글리신 빌라의 지하실에 있나요?」

「나는 그렇게 확신하네」

「하지만 어떻게 그런 확신을……? 어떤 근거로……?」

「그건 비밀일세. 자네들에게 말해 줄 수 있는 건 극적인 반전이 있으리라는 것뿐일세……. 어떻게 말해야 할까…… 큰 파문이 일어날걸세. 얘기 끝났나?」

「그렇습니다」

「마들렌느 성당 뒤에서 자동차가 기다리고 있네. 그쪽으로 오게」

세르닌은 가르슈에서 내려 차를 돌려보냈다. 그들은 주느비에브의 학교로 통하는 오솔길까지 걸었다. 거기서 공작은 걸음을 멈추었다.

「자네들. 내 말 잘 듣게, 지금 하는 얘기가 가장 중요한 사항일세. 자네들은 휴양소로 가서 벨을 누르게. 형사 자격으로 들어갈 수 있잖나? 그런 다음 사람이 살고 있지 않은 오르탕스 빌라로 가게. 그곳 지하실로 내려가면 낡은 뚜껑 문이 있을걸세. 그것을 들어 올리면 내가 최근에 발견한 터널의 출구로 통한다네. 글리신 빌라와 곧바로 연결되는 터널 말일세. 바로 그 통로를 통해서 게르트뤼드와 알텐하임 남작은 서로 만날 수 있었던 걸세. 또 르노르망 국장이 적들의 수중에 떨어진 곳이 바로 그곳일세」

「그렇게 믿으십니까, 두목?」

「그렇다네. 나는 그렇게 생각하네. 이제 해야 할 일은 이런 걸세. 그곳 상황이 내가 어제 저녁 해 둔 그대로인지 확인하게. 통로를 막는 문 두 개가 열려 있는지, 두 번째에 문 근처에 있는 구덩이 속에 내가 검은 서지 천으로 싸서 갖다 놓은 꾸러미가 있는지 말일세」

「그 꾸러미를 열어 볼까요?」

「그럴 필요는 없네. 그건 갈아입을 옷이라네. 가 보게. 되도록 다른 사람의 눈에 띄지 않도록 하게. 기다리겠네」

그들은 10분 후 돌아왔다.

「통로에 있는 두 개의 문들은 열려 있습니다」

두드빌이 말했다.

「검은 서지 천으로 싼 꾸러미는?」

「제자리에 있습니다. 두 번째 문 근처에요」

「잘됐군! 지금 1시 25분일세. 곧 베베르가 자기 부하들과 함께 들이닥칠걸세. 경찰이 그 빌라를 감시하고 있네. 알텐하임이 그곳으로 들어가는 즉시 그 빌라를 포위할걸세. 한편 나는 베베르 부국장의 동의 하에 그 빌라로 가서 벨을 누를길세. 지금 내겐 한 가지 계획이 있네. 그래, 사람들을 즐겁게 할 아이디어가 있다네」

그들을 보낸 다음 세르닌은 학교의 오솔길로 접어들면서 혼잣말로 중얼거렸다.

「모든 게 잘됐어. 전쟁은 내가 선택한 장소에서 벌어질 거야. 나는 틀림없이 이 전쟁에서 이길 거야. 두 적들을 해치워 버리고 혼자 케셀바흐 사건을 해결하는 거지……. 피에르 르뒤크와 슈타인벡이라는 결정적인 패 두 개만으로 말이야……. 왕은…… 그러니까 이 몸이 되는 거지. 다만 한 가지 걸리는 일이라면…… 알텐하임이 어떻게 나올까? 물론 그 역시 나름대로 공격 계획을 갖고 있겠지. 그는 무엇을 통해 나를 공격할까? 또 그가 지금까지도 나를 공격하지 않았다는 사실을 어떻게 받아들여야 할까? 불안하군. 혹시 나를 경찰에 밀고한 건 아닐까?」

그는 지붕 덮인 자그마한 학교 운동장을 따라 걸었다. 학생들이 수업 중이었다. 출입문이 나왔다.

「이런, 도련님이 여기 웬일이세요! 그럼 주느비에브는 파리에 두고 온 건가요?」

에른몽 부인이 문을 열어 주며 말했다.

「그러려면 주느비에브가 파리에 가 있어야 하지 않겠어요」

그가 대답했다.

「그 애는 거기 가 있는걸. 도련님이 그 애를 오라고 하지 않았나요」

「무슨 말을 하시는 거예요?」

그가 늙은 여인의 팔을 붙잡으며 외쳤다.

「뭐라고요? 도련님이 나보다 더 잘 알 거 아니에요!」

「나는 무슨 소린지 모르겠어요……. 도통 모르겠다고요……. 말 좀 해 보세요……!」

「파리의 생라자르 역에서 만나자고 도련님이 주느비에브에게 편지를 보내지 않았어요?」

「그래서 그녀가 파리로 떠났나요?」

「물론이죠……. 리츠 호텔에서 함께 점심 식사를 할 거라고 했는데……」

「그 편지 좀…… 보여 주세요」

그녀는 이층으로 올라가 편지를 찾아와서 그에게 주었다.

「딱한 유모 같으니라고, 이 편지가 가짜라는 걸 몰랐단 말이에요? 필적을 애써 모방하긴 했지만…… 이건 가짜예요……. 뻔히 알겠는걸」

그는 화가 나서 움켜쥔 두 주먹을 관자놀이에 갖다 댔다.

「내가 걱정하던 일격이 바로 이거였군. 아! 빌어먹을 녀석! 그녀를 통해 나를 공격하다니……. 하지만 어떻게 알았을까? 이런! 아냐, 그가 내용을 알아서 이런 일을 저지른 게 아냐……. 그가 이런 모험을 한 게 처음이 아니잖아……. 이건 주느비에브 때문이야. 놈은 그녀에게 연정을 품고 있어……. 이런! 안 돼. 결코! 내 말 좀 들어 보세요, 빅투아르 유모……. 주느비에브가 그자를 사랑하지 않는 게 틀림없죠……? 아, 이런! 내가 정신이 나갔군! 보자…… 보자……. 생각을 해야 해……. 지금은 이럴 때가 아냐……」

그는 시계를 보았다.

「1시 35분…… 아직 시간이 있어……. 멍청하기는! 뭘 할 시간이 있다는 거야? 그녀가 어디 있는지 알고 있기나 해?」

그는 미친 사람처럼 왔다갔다 했다. 늙은 유모는 그렇게 흥분한, 그렇게 자신을 절제하지 못하는 그를 보고 어안이 벙벙한 모양이었다.

「혹시 주느비에브가 마지막 순간에 음모라는 걸 눈치 챘을지도 모르잖아요……」

「그녀가 어디로 갈까요?」

「모르겠어요……. 케셀바흐 부인의 집이 아닐까요……」

「그래요…… 맞아요……. 유모 말이 맞아요」

그는 갑작스럽게 희망에 차서 외쳤다.

그는 휴양소를 향해 달려갔다.

문 근처에서 그는 관리인 초소로 들어가는 두드빌 형제들과 부딪쳤다. 초소에서는 길이 보였으므로 글리신 빌라 근처를 감시할 수 있을 터였다. 걸음을 멈추지 않고 곧장 황후의 빌라로 들어간 그는 쉬잔을 불러 케셀바흐 부인의 방으로 안내를 부탁했다.

「주느비에브는요?」

「주느비에브요?」

「그렇습니다. 여기 오지 않았나요?」

「아뇨. 며칠 동안 오지 않았는데요」

「올 겁니다, 아닌가요?」

「그렇게 생각하세요?」

「확신합니다. 그녀가 지금 어디 있을까요? 혹시 짚이는 데라도……?」

「생각해 봐도 모르겠는데요. 단언하는데 주느비에브와 저는 만날 약속 같은 건 하지 않았어요」

그러더니 갑자기 겁에 질렸다.

「그런데 지금 불안해하시는 거 아닌가요? 주느비에브에게 무슨 일이 일어났나요?」

「아닙니다. 아무 일도 아닙니다」

그는 벌써 방을 나서고 있었다. 한 가지 생각이 그의 뇌리를 스쳤다. 만약 알텐하임 남작이 글리신 빌라에 오지 않았다면? 만약 약속 시간이 바뀌었다면?

「그자를 만나야겠어……. 어떻게 해서든 그자를 만나야 해」

그가 중얼거렸다.

그는 정신 나간 모습으로 모든 것을 무시하고 달렸다. 하지만 관리인 초소 앞에 이르자 순간적으로 냉정을 되찾았다. 치안국 부국장이 뜰에서 두드빌 형제들과 이야기하고 있는 것을 보았던 것이다. 그가 평소처럼 관찰력이 날카로웠다면 다가오는 자신을 보고 베베르 부국장이 순간적으로 몸을 떠는 것을 알아챘을 터였다. 하지만 그는 아무것도 눈치 채지 못했다.

「베베르 부국장님 아니십니까?」

「그렇습니다……. 제게 이렇게 말을 걸어 주신 분은……?」

「세르닌 공작입니다」

「아! 잘됐군요. 우리에게 커다란 협조를 해 주셨다는 말씀을 경찰총장님께 들었습니다, 공작님」

「제가 범인들을 넘겨 드려야 그 협조가 제 빛을 발하겠지요」

「그때가 멀지 않았습니다. 그 일당 중 하나가 방금 막 빌라로 들어간 것 같습니다……. 상당히 건장한 사내로 외눈박이 안경을 쓰고 있더군요」

「바로. 그자가 바로 알텐하임 남작입니다. 부하들을 거기 배치하셨겠죠, 부국장님?」

「그렇습니다. 200미터 거리를 두고 길에 숨어 있게 했습니다」

「그렇다면 부국장님, 그들을 모아 그 빌라 앞으로 오게 해 주십시오. 제가 함께 그 빌라까지 가서 벨을 누르겠습니다. 알텐하임 남작은 저와 안면이 있으므로 저에게 문을 열어 줄 겁니다. 그러면 들어가는 거죠……. 부국장님과 함께요」

「탁월한 계획이군요. 잠깐 실례하겠습니다」

베베르 부국장이 말했다.

부국장은 뜰에서 나가 길을 통해 글리신 빌라 반대편으로 사라졌다.

세르닌은 재빨리 두드빌 형제 중 하나의 팔을 붙잡았다.

「부국장을 쫓아가게, 자크……. 그를 붙잡아……. 내가 글리신 빌라로 들어갈 동안…… 습격을 늦춰 주게……. 가능한 한 시간을 끌어……. 구실을 꾸며 대라고……. 내게 필요한 시간은 10분일세……. 그 빌라를 포위하게……. 하지만 들어오지는 말게. 그리고 자네 장, 오르탕스 빌라의 지하 출구로 가게. 만약 남작이 그쪽으로 탈출하려 하면 그자의 머리를 부숴 버리게」

두드빌 형제들이 멀어져 갔다. 은밀히 밖으로 나온 공작은 철판이 둘러진 높은 철책까지 달렸다. 그곳이 바로 글리신 빌라의 입구였다.

그는 벨을 누를 것인가?

주위에는 아무도 없었다. 단숨에 철책 위로 몸을 던진 그는 자물쇠 테두리에 한 발을 딛고 창살에 매달려 두 무릎에 힘을 주고 손목의 힘으로 철책을 기어오르기 시작했다. 이윽고 그는 날카로운 철책 끝에 찔릴 위험을 무릅쓰고 철책을 넘어 안뜰로 뛰어내렸다.

포석이 깔린 작은 뜰이 나왔다. 빠른 걸음으로 그곳을 지나친 그는 기둥이 여러 개 있는 회랑의 계단을 올랐다. 그 위의 창문들은 채광창에 이르기까지 모두 덧문이 닫혀 있었다.

그가 어떻게 집 안으로 들어갈까 궁리하고 있을 때였다. 뒤퐁 빌라의 문 소리를 연상시키는 금속성 소리와 함께 문이 열리며 알텐하임이 모습을 나타냈다.
「이것 보시오, 공작, 사유지를 그런 식으로 침입해도 되는 거요? 경찰을 부르지 않을 수 없구려, 친구」
세르닌은 그의 멱살을 움켜쥐고 그의 몸을 긴 의자에 밀어붙였다.
「주느비에브…… 주느비에브는 어디 있어? 이 나쁜 놈, 그녀를 어떻게 했는지 말하지 않는다면……」
「당신이 지금 내 말을 막고 있다는 걸 좀 알아 주시오」
남작이 짓눌린 목소리로 더듬거렸다.
세르닌은 그를 놓아주었다.
「사실을 말해……! 얼른……! 대답해……. 주느비에브는……?」
「한 가지 문제가 있소. 그보다 훨씬 급한 문제요. 특히 우리 같은 사람들은 편안한 분위기에서 얘기를 해야 하지 않겠소……」
그는 조심스럽게 현관 문을 닫고 빗장을 질렀다. 그런 다음 세르닌을 옆방으로 안내했다. 가구 하나, 커튼 하나 없는 방이었다. 그가 말했다.
「이제 당신 말을 들을 수 있소. 원하는 게 뭐요, 공작?」
「주느비에브는?」
「그녀는 아주 잘 지내고 있소」
「이런! 그럼 네가 한 짓을 고백하는 건가……?」
「물론! 그 문제에 대한 당신의 부주의함에 놀랐다는 말도 해야겠소. 어떻게 몇 가지 조치도 취해 놓지 않았소? 그건 필수적인 건데……」
「닥쳐! 그녀는 어디 있나?」

「이거 예의를 모르는군」
「그녀는 어디 있나?」
「네 개의 벽 안에서 자유롭소……」
「자유롭다고……?」
「그렇소. 한쪽 벽에서 다른 쪽 벽까지 자유롭게 오갈 수 있지」
「뒤퐁 빌라에 있나? 자네가 슈타인벡을 위해 만들어 둔 감옥 속에?」
「아! 아시는군…… 아니오. 그녀는 거기 없소」
「그렇다면 어디 있나? 말해. 그렇지 않으면……」
「이것 보시오, 친애하는 공작. 당신에게 그 비밀을 말해 줄 만큼 내가 어리석어 보이오? 당신을 옴짝달싹 못하게 만들 그 비밀을 말이오. 당신은 그 어린 처녀를 사랑하고 있군……」
「닥쳐……! 그 따위로 말 하지 마! 그렇지 않으면……」
분노로 정신을 잃은 세르닌이 외쳤다.
「그 다음에는? 그러니까 명예 훼손이라는 건가? 난 그녀를 깊이 사랑하고 있소. 그래서 위험을 무릅쓰고……」
그는 말을 마치지 못했다. 세르닌의 과도한 분노에 위축되었던 것이다. 이목구비를 온통 일그러뜨린 채 말이 없는, 절제된 분노였다.
그들은 각자 상대의 약점을 탐색하며 오랫동안 서로를 노려보았다. 마침내 세르닌이 앞으로 나아가 협상을 제안한다기보다는 협박을 하는 사람처럼 또렷한 목소리로 말했다.
「내 말 잘 듣게. 자네가 내게 했던 제안 생각나나? 우리 둘이서 케셀바흐 사건을 맡자는 거 말일세……. 우리 둘이서 같이해 나가자는……. 그 이익을 함께 나누자는……. 그때 난 거절했네……. 이제 받아들이겠네……」
「너무 늦었소」
「잠깐만. 그 이상을 해 주겠네. 난 이 사건에서 손을 떼겠네……. 더 이상 아무것에도 개입하지 않겠네……. 자네가 모든 걸 갖게……. 필요하다면 내가 돕지」
「조건은?」
「주느비에브가 있는 곳을 알려 주겠나?」
상대는 어깨를 으쓱해 보였다.
「한심한 말이군, 뤼팽. 정말 들어줄 수가 없어……. 당신 나이에……」
두 사람 사이에는 또다시 무시무시한 침묵이 흘렀다.
남작이 냉소하듯 말했다.
「어쨌든 당신이 그렇게 징징 짜면서 자비를 구하는 걸 보니 정말 기분이 좋군. 이거야 원, 일개 병사가 장군을 두들겨 패고 있는 것 같군」
「어리석은 자식」
세르닌이 중얼거렸다.
「공작, 오늘 밤 당신에게 결투를 신청하겠소……. 당신이 그때까지도 살아 있다면 말이오」
「어리석은 자식!」
세르닌이 무한한 경멸을 담아 되풀이해서 말했다.
「지금 당장 끝장을 내는 편이 낫겠소? 공작, 당신의 마지막 순간이 왔소. 당신의 영혼을 신에게 바치시구려. 웃소? 잘못 생각하고 있군. 내 입장은 당신과는 비교할 수 없이 유리하오. 필요하다면…… 살인을 할 수도……」

올리브 색 프록코트 245

「어리석은 자식!」
 세르닌이 다시 한번 말했다.
 그는 손목시계를 꺼냈다.
「2시다, 남작. 자네에게 남은 시간은 이제 몇 분뿐이야. 2시 5분, 늦어도 2시 10분이 되면 베베르 부국장과 건장한 그의 부하 대여섯 명이 가차 없이 이곳의 문을 밀고 들어와 자네를 체포할 걸세……. 자네 역시 웃지 않는 게 좋을걸세. 자네가 염두에 두고 있는 탈출구는 이미 들켰네. 내가 그 출구 앞에 보초를 세워 두었지. 그러니까 자네는 완전히 독 안에 든 쥐일세. 교수대가 기다리고 있단 말일세, 친구」
 알텐하임의 얼굴이 납빛이 되었다. 그가 더듬거렸다.
「당신이 그런 짓을……? 그런 비열한 짓을……?」
「이 집은 포위되었네. 지금 당장이라도 경찰이 들이닥칠지도 몰라. 말하게. 그러면 자네를 구해 주겠네」
「어떻게?」
「이 빌라의 비밀 출구를 지키고 있는 자들은 내 부하들일세. 내가 그들에게 한마디만 하면 자네는 목숨을 구할 수 있네」
 알텐하임은 몇 분간 생각에 잠긴 채 머뭇거리는 듯했다. 하지만 갑자기 단호한 어조로 말했다.
「허풍을 떠는 거요. 당신은 늑대 아가리에 스스로를 던질 만큼 순진한 인간이 아니란 말이오」
「자네 주느비에브를 잊고 있군. 그녀가 아니라면 내가 여기 왔을 것 같나? 말하게」
「싫소」
「좋아. 기다리지. 담배 한 대 줄까?」

세르닌이 물었다.
「기꺼이」
「저 소리 들리나?」
잠시 후 세르닌이 물었다.
「그렇소……. 들리는군……」
알텐하임은 그렇게 말하며 자리에서 일어섰다.
문을 두드려 대는 소리가 철책을 울리고 있었다. 세르닌이 말했다.
「통상적인 경고조차 없어……. 곧바로 들어올 거야……. 자네 생각은 여전히 변함없나?」
「그 어느 때보다도 확고하오」
「경찰이 도구를 사용하면 이 집 문이 그리 오래 버티지 못할 거라는 건 알고 있나?」
「그들이 이 방에 들어온다 해도 나는 당신의 제안을 거절할 거요」
철문이 열렸다. 돌쩌귀가 삐걱 하고 돌아가는 소리가 들려왔다.
「체포될 위험을 무릅쓴다는 건 이해할 수 있네. 하지만 스스로 수갑에 손을 내밀다니 너무 어리석은 일 아닌가. 자, 고집 부리지 말고 말하게. 그리고 여기서 도망치게」
세르닌이 다시 말했다.
「그럼 당신은?」
「나는 남겠네. 내가 두려워할 게 뭐가 있겠나?」
「저걸 좀 보시지」
남작이 그에게 덧문의 열린 틈을 가리켰다. 거기에 눈을 갖다 댄 세르닌은 깜짝 놀라 뒤로 물러섰다.
「아, 이 나쁜 놈 같으니라고, 네놈 역시 나를 고발했군! 베베르가 데리고 온 경찰은 열 명이 아니라 50명, 100명, 200명이잖아……」

남작이 드러내 놓고 웃었다.

「그렇게 많은 인원은 뤼팽을 위한 것 아니겠소? 내게는 대여섯 명이면 충분하다오」

「네놈이 경찰에 알렸나?」

「그렇소」

「어떤 증거를 댔나?」

「당신 이름이지……. 폴 세르닌. 다시 말해서 아르센 뤼팽 말이오」

「자네 혼자 그걸 알아냈단 말인가……? 아직까지 아무도 눈치 채지 못했던 그걸? 이런! 그걸 알아낸 건 자네의 공범이군. 부인할 생각 마」

그는 덧문 틈으로 밖을 바라보았다. 구름 같은 경찰들이 빌라 주변에 흩어져서 이제는 현관 문을 두드려 대고 있었다.

생각해야 했다. 후퇴할 것인지, 아니면 계획대로 실행할 것인지를. 한순간 도망쳐야겠다는 생각이 들었다. 하지만 그건 알텐하임을 내버려 둔다는 것이고, 그가 멋대로 도망치는 것을 의미했다. 그 생각이 세르닌을 뒤흔들었다. 남작을 자유롭게 풀어 놓다니! 남작이 제멋대로 행동하게 방치하여 주느비에브 곁으로 가 그녀를 유린하게 하다니, 그녀를 가증스러운 사랑의 도구로 삼도록 두다니!

기존의 계획을 망친 상태에서 새로운 계획을 생각해 내지 않을 수 없게 된 세르닌, 주느비에브에게 닥칠 위험을 가장 우선시할 수밖에 없게 된 세르닌은 잔인한 갈등의 순간을 겪었다. 남작의 눈에 시선을 고정한 그는 남작으로부터 비밀을 알아내 그 자리를 떠나고 싶었지만 더 이상 그를 설득하려는 시도조차 할 수 없었다. 그 정도로 모든 말이 불필요해 보였던 것이다. 그는 생각을 이어 가면서 남작은 지금 무슨 생각을 하고 있을지, 그의 무기는 무엇인지, 그가 생각하고 있는 탈출 수단은 어떤 것일지 가늠해 보았다. 단단하게 빗장이 질렸고, 철판이 둘러져 있다 해도 이미 현관 문은 흔들리기 시작했다. 두 사내는 그 문 뒤에서 움직이지 않고 서 있었다. 문 저편의 목소리와 대화 내용이 그들에게까지 들려왔다.

「무척 자신 만만하군」

세르닌이 말했다.

「물론이지!」

그렇게 외치며 남작은 다리를 걸어 그를 넘어뜨리고 도망쳤다.

세르닌은 즉각 일어나 큰 층계 아래에 있는 쪽문으로 달려갔다. 알텐하임의 모습은 이미 사라지고 없었다. 그는 돌층계를 급히 달려 내려가 지하실로 내려갔다…….

복도가 나왔고 널찍하지만 천장이 나지막하고 어둑한 방이 나왔다. 남작은 거기 주저앉아서 뚜껑 문의 문짝을 들어올리고 있었다.

세르닌이 그를 덮치며 외쳤다.

「어리석은 자식. 이 터널 끝에서 내 부하들이 기다리고 있고, 그들은 자네를 개처럼 죽이라는 명령을 받고 있다고 하지 않았나……. 혹시…… 혹시 이리로 통하는 또 다른 출구가 있다면 모르지만…… 아! 그렇겠군, 그럴 줄 알았어……! 그러니까 자네 생각은……」

싸움은 필사적이었다. 말 그대로 거인처럼 우람한 근육을 지닌 알텐하임은 공작의 허리를 두 팔로 감싸쥔 채 그의 팔을 마비시키고 그를 질식시키려 하고 있었다.

「그렇지…… 그렇고말고……. 그래, 의도는 아주 좋았어……. 자네 몸의 어딘가를 부러뜨릴 수 없도록 내 두 손을 움직일 수 없게 하는 건 좋아……. 하지만 그렇다고…… 자넨들 뭘 할 수 있겠나……?」

다음 순간 그는 몸을 부르르 떨었다. 두 사람이 몸 전체로 누르고 있는 닫힌 뚜껑 문이 들어올려지는 느낌이 들었던 것이다. 누군가 그것을 밀어 올리려 하고 있었다. 남작 역시 그것을 느낀 것이 분명했다. 뚜껑 문이 열릴 수 있도록 남작은 필사적으로 몸을 옮기려 했던 것이다.

〈공범이군! 그놈이야……. 그가 이 문으로 올라오면 난 지는 거야〉

베일에 싸인 존재가 불러일으키는 설명할 수 없는 공포를 느끼며 세르닌은 생각했다…….

눈에 띄지 않는 일련의 동작으로 자기 몸을 옮기는 데 성공한 알텐하임은 이제 적의 몸을 끌어당기려 애쓰고 있었다. 하지만 공작은 남작의 다리에 두 다리를 걸고 시간을 들여 한 손을 빼냈다.

이제 위에서는 성문을 파성추로 쳐 대는 굉음이 들려오고 있었다…….

〈5분밖에 없어……. 1분 내로 이 녀석을 처리하지 않으면……〉
세르닌이 생각했다.

그는 큰 소리로 외쳤다.

「조심해, 친구. 잘 버텨 보라고」

그는 믿을 수 없을 만큼 강한 힘으로 두 무릎을 조였다. 허벅지 한쪽이 뒤틀린 남작이 비명을 질렀다.

상대가 아파하는 틈을 타 세르닌은 오른손을 빼내 그의 목을 움켜쥐었다.

「좋아! 이렇게 하니 한결 편하군……. 아니, 칼을 찾으려 애쓸 것 없네……. 그만두지 않으면 자네 목을 암탉 조르듯 졸라 버리겠네. 알다시피 나는 사려 깊게 행동하는 편이네……. 그렇게 강한 힘을 주고 있는 게 아니라고……. 그저 자네가 사지를 들썩이지 못할 만큼만 힘을 주고 있는 거지」

그렇게 말하면서 세르닌은 주머니에서 아주 가느다란 끈을 꺼내 한 손으로 능숙하게 남작의 두 손목을 묶었다. 숨이 턱에까지 찬 남작은 더 이상 아무런 저항도 하지 못했다. 몇 차례의 정확한 동작으로 세르닌은 그를 단단히 결박했다.

「얌전하기도 하지! 일찌감치 그럴 것이지! 이거 딴사람 같은걸. 자, 자네가 빠져나가려 할 경우에 대비해 여기 내 일을 마무리해 줄 철사 뭉치가 있지……. 우선 손목을 묶고…… 이제는 발목을 묶지……. 됐어……. 이런! 정말 얌전도 하군!」

남작은 점차 저항을 포기했다. 그가 더듬거리며 말했다.

「나를 경찰에 넘기면 주느비에브는 죽을 거요」

「과연……! 그런데 어째서지……? 설명해 보게……」

「그녀는 갇혀 있소. 그 은신처를 아는 사람은 아무도 없소. 나를 제거하면 그녀는 굶어 죽을 거요……. 슈타인벡처럼……」

세르닌은 부르르 몸을 떨었다. 그가 다시 말했다.

「그렇겠지. 하지만 자네는 입을 열게 될 거야」

「결코 입을 열지 않을 거요」
「열게 될걸세. 말하게 될 거라고. 지금은 아니지. 너무 늦었어. 하지만 오늘 밤엔 하게 될걸」
그는 몸을 기울인 다음 남작의 귀에 대고 나지막하게 말했다.
「잘 듣게, 알텐하임. 그리고 내 말뜻을 제대로 이해하게. 잠시 후 자네는 체포될걸세. 오늘 밤 자네는 유치장에서 자게 되겠지. 그 일은 불가피하고 돌이킬 수 없네. 나도 그 일을 바꿀 순 없네. 내일 자네는 상테 교도소로 옮겨질 것이고 그 다음에는 어디로 가게 될지 알고 있나……? 내가 자네에게 다시 살아날 기회를 주겠네. 내 말 잘 듣게. 오늘 밤 자네가 있는 유치장으로 가겠네. 그때 주느비에브가 어디 있는지 내게 말하게. 그로부터 두 시간 후 자네의 말이 사실이라는 것이 확인되면 자네는 자유의 몸이 될걸세. 그렇지 않다면…… 자네는 끝장이지」

상대는 대답하지 않았다. 몸을 일으킨 세르닌은 귀를 기울였다. 위에서는 대소동이 벌어지고 있었다. 드디어 현관 문을 연 모양이었다. 현관의 타일과 거실의 마루판 위를 분주히 오가는 발소리가 들려왔다. 베베르 부국장과 그의 부하들이 그들을 찾고 있었다.

「잘 있게, 남작. 밤까지 잘 생각해 보게. 유치장이 좋은 충고자가 되어 줄걸세」

그는 포로의 몸을 밀어 뚜껑 문이 드러나게 한 다음 그것을 들어올렸다. 예상대로 문 아래, 층계의 계단 위에는 아무도 없었다.

아래로 내려간 그는 다시 돌아오려는 듯 뚜껑 문을 열어 두었다.

계단은 스무 개였다. 그 아래로 통로가 시작되고 있었다. 르노르망 국장과 구렐이 반대 방향에서 걸어 왔던 바로 그 통로였다.

통로로 접어든 그는 비명을 내질렀다. 누군가 다른 사람이 있는 듯한 느낌이 들었던 것이다.

그는 손전등을 켰다. 통로에는 아무도 없었다.

그는 권총을 쥐고 큰 소리로 외쳤다.

「누군지 딱하게 됐군……. 내가 쏘아 버릴 테니까」

아무 대답도 들려오지 않았다. 아무 소리도 나지 않았다.

「헛것을 본 게 분명해. 그자의 존재가 뇌리에서 떠나지 않고 있으니 말야. 자, 계획을 성공으로 이끌려면, 그 문까지 서둘러 가야 해……. 내가 옷 꾸러미를 넣어 둔 구멍이 여기서 멀지 않아. 그 꾸러미만 손에 넣으면…… 게임은 끝나는 거야……. 얼마나 멋진 게임인지! 뤼팽의 최고 게임 중 하나가 될 거야……」

열려 있는 문에 부딪친 그는 즉각 걸음을 멈추었다. 르노르망 국장이 점점 더 차오르는 물로부터 벗어나기 위해 파 놓은 동굴이 오른쪽에 있었다.

세르닌은 몸을 기울여 입구에 손전등을 비추었다.

「이런……! 아니, 이럴 리가…… 두드빌이 그 꾸러미를 옮겨 놓은 걸까?」

몸을 부르르 떨며 그가 말했다.

하지만 어둠 속을 헤집으며 아무리 찾아도 소용없었다. 꾸러미는 그곳에 없었다. 미지의 공범이 탈취해 간 것이 분명했다.

「유감이군! 일이 계획대로 되어 가고 있었는데! 이 모험이 자연스럽게 흘러갔다면, 난 보다 확실하게 목표를 이룰 수 있었을 텐데……. 이젠 가능한 한 서둘러 도망쳐야겠군……. 두드빌이 빌라를 지키고 있을 거야……. 퇴로는 확실해……. 이제 큰소리는 그만 치자……. 서둘러야 하고 가능한 한 기운을 내야 해…….

그런 다음 놈을 손보는 거야……. 내 발톱을 피해 달아난 놈을 말이야」

하지만 다음 순간 어리둥절한 외마디 소리가 그에게서 터져 나왔다. 그는 또 다른 문 앞에 이르렀으나 빌라로 통하는 그 문은 잠겨 있었던 것이다. 그는 문에 몸을 부딪쳤다. 소용없었다. 이제 어떻게 할 것인가?

「이번엔 정말 끝장이군」

그가 중얼거렸다.

체념 같은 것에 사로잡혀 그는 자리에 앉았다. 그는 베일에 싸인 존재 앞에서 나약해진 자신을 느꼈다. 알텐하임은 대단한 인물이 아니었다. 하지만 그의 공범, 그 어둠과 침묵의 인물은 그를 지배하고, 그의 모든 수단을 뒤흔들고. 은밀하고 가차 없는 공격으로 그를 무력하게 만들고 있었다.

그가 진 것이다.

베베르 부국장은 그 터널 깊숙한 곳에서 궁지에 몰린 짐승 같은 그를 발견할 터였다.

「이런! 안 돼, 안 되고말고! 나 혼자만이라면 그럴 수도 있어……! 하지만 주느비에브, 주느비에브가 있는걸. 오늘 밤 그녀를 구해야 해……. 어쨌든 아직은 아무것도 잃지 않았잖아……. 만약 놈이 조금 전 이곳을 빠져나갔다면 이 근처에 또 다른 출구가 있는 거야. 자, 자, 베베르와 그의 부하들에게 아직 잡힌 건 아니잖아」

그가 갑자기 몸을 일으키며 중얼거렸다.

그는 즉각 터널을 조사하기 시작했다. 손전등을 들고 네 벽을 이루는 벽돌들을 점검하는 그의 귀에 외마디 비명소리가 들려왔다. 그를 공포로 부르르 떨게 하는 끔찍하고 처절한 비명소리였다.

그 소리는 뚜껑 문 쪽에서 들려오고 있었다. 문득 그는 자신이 글리신 빌라로 다시 올라갈 생각으로 뚜껑 문을 열어 두고 왔다는 사실을 상기했다. 그는 서둘러 길을 되짚어 첫 번째 문을 지났다. 도중에 손전등이 꺼졌다. 그는 뭔가, 아니 누군가 자신의 무릎을 스치는 것을 느꼈다. 누군가 벽을 따라 올라가고 있었다. 그리고 그는 즉각 그 존재가 사라져 버리는 것 같은, 스러져 버리는 것 같은 느낌이 들었다. 그는 자신이 있는 곳이 어딘지 알 수 없었다. 다음 순간 그는 층계에 부딪쳤다.

「여기가 바로 그 출구군. 놈이 빠져나간 두 번째 출구야」

그는 생각했다.

위쪽에서 또다시 비명소리가 울려 퍼졌다. 훨씬 약해진 헐떡임과 신음을 동반한 비명이었다……. 계단을 뛰어올라 천장이 낮은 방으로 들어온 그는 남작에게 달려갔다. 알텐하임은 목에 피를 흘리며 괴로워하고 있었다. 그를 결박한 끈은 잘려져 있었지만 손목과 발목에 묶인 철사는 그대로였다. 그를 구할 수 없게 되자 공범은 그의 목을 찌른 것이었다.

공포를 느끼며 세르닌은 알텐하임을 응시했다. 식은땀이 흘러내렸다. 아무에게도 도움을 청하지 못한 채 갇혀 있을 주느비에브가 떠올랐던 것이다. 그녀의 은신처를 알고 있는 사람은 남작

뿐이었다.
 경찰들이 현관에 숨겨진 쪽문을 찾아냈음을 알려 주는 소리가 뚜렷하게 들려왔다. 하인용 계단을 통해 사람들이 내려오는 소리를 분명히 들을 수 있었다.
 이제 경찰과 그 사이에는 문 하나뿐이었다. 그가 있는 곳은 지하실 방이었다. 문 저편에서 경찰이 손잡이를 움켜쥐는 순간 그는 방문에 빗장을 걸었다. 그의 옆에 있는 뚜껑 문은 열려진 채였다……. 두 번째 출구가 아직 남아 있을 터이므로 그 문으로 도망치는 것만이 그가 살 길이었다.

「아니, 주느비에브가 우선이야. 그 다음 여유가 생기면 내 문제를 생각해야지……」
 그는 생각했다.
 그는 바닥에 주저앉아 남작의 가슴에 한 손을 얹었다. 아직 심장이 뛰고 있었다. 그는 몸을 더욱 기울였다.
「내 말 들리나?」
 남작의 눈꺼풀이 희미하게 파들거렸다.
 죽음을 앞둔 이의 숨결이 느껴졌다. 이 죽어 가는 존재로부터 무슨 말을 이끌어 낼 수 있을까?
 마지막 보루인 문을 경찰이 공격하고 있었다. 세르닌이 중얼거렸다.
「자네를 구해 주겠네……. 내게는 백발백중의 치료책이 있어……. 다만 한마디만 해 주게……. 주느비에브는……?」
 이 희망의 말에 힘이 솟기라도 한 것 같았다. 알텐하임은 말을 하려고 애썼다.

「대답하게, 대답해. 그럼 자네를 구해 주겠네……. 오늘은 목숨을 구해 주고…… 내일은 자유를 주겠네……. 대답해!」

세르닌이 다그쳤다.

경찰의 주먹질 아래 문이 흔들리고 있었다.

남작은 알아들을 수 없는 몇 마디를 중얼거렸다. 겁에 질린 채 모든 에너지를 총동원해, 모든 의지를 기울여 남작에게로 몸을 기울인 세르닌은 고통으로 헐떡였다. 경찰, 피할 수 없는 자신의 체포, 감옥 같은 것은 그의 안중에 없었다……. 오직 주느비에브 생각뿐이었다……. 주느비에브가 굶주림으로 죽어 가고 있고, 이 비열한 자의 한마디만이 그녀를 구할 수 있는 것이다……!

「대답하게……. 대답해야만 해……」

그는 명령하고 있었다. 아니, 애원하고 있었다. 이 억누를 수 없는 권위에 굴복했는지 알텐하임은 최면에 걸린 사람처럼 더듬거리며 말했다.

「리…… 리볼리……」

「리볼리가 말인가? 그 거리에 있는 건물에 그녀를 감금해 놓았나……? 몇 번지인가?」

시끄러운 소음이 터졌다……. 승리의 환성이 일었다……. 문이 열린 것이다.

「저들을 덮쳐. 놈을 붙잡아……! 둘 다 붙잡으라고!」

베베르 부국장이 외쳤다.

「번지를…… 말해……. 그녀를 사랑한다면 대답해……. 어째서 말하지 않는 거야?」

「20…… 27번지……」

남작이 말했다.

몇 사람의 손이 세르닌을 붙잡았다. 권총 열 자루가 그를 위협하고 있었다.

그는 경찰들을 마주 보았다. 경찰들은 본능적인 두려움으로 뒤로 물러섰다.

「뤼팽, 움직이면 겨냥하고 있는 총이 발사될 것이다」

베베르 부국장이 외쳤다.

「쏘지 마시오. 그럴 필요가 없소. 항복하오」

세르닌이 진지하게 말했다.

「허튼 소리 하지 마라! 또 속임수를 쓰려고……」

「아니오. 이 싸움은 졌소. 당신은 권총을 쏠 권리가 없소. 나는 반항하지 않는단 말이오」

세르닌이 다시 말했다.

그는 권총 두 자루를 꺼내 바닥에 던졌다.

「허튼 소리! 놈의 심장을 정확히 겨냥하라, 제군들! 조금이라도 움직이면 쏴 버려! 한마디라도 하면 쏴 버리라고!」

베베르 부국장은 굴하지 않고 거듭 말했다.

방에 들어온 경찰은 모두 열 명이었다. 부국장은 거기에 다섯 명을 더 늘렸다. 열다섯 개의 팔들이 과녁을 향하고 있었다. 이윽고 분노와 기쁨과 불안에 차서 베베르 부국장은 이를 갈며 말했다.

「놈의 심장을 겨눠! 머리를 겨눠! 동정 따위는 금물이다! 놈이 움직이면, 입을 열면…… 그냥 쏴 버려!」

주머니에 두 손을 넣은 채 세르닌은 냉정하게 웃고 있었다. 관자놀이 바로 옆에서 죽음이 그를 엿보고 있었고 사람들의 손가락이 방아쇠 위에 올려져 있었는 데도.

「이런! 이런 장면을 보게 되다니 정말 기쁘군……. 이번에는 성공할 줄 알았지. 당신은 가망이 없어, 뤼팽······」
베베르 부국장이 비웃으며 말했다.
그는 나선형으로 된 커다란 덧문을 열어젖히게 했다. 그곳을 통해 갑자기 대낮의 햇빛이 쏟아져 들어왔다. 그가 알텐하임 쪽으로 몸을 돌렸다. 놀랍게도 죽은 줄 알았던 남작이 생기 없고 보기 흉한, 이미 공허로 가득 찬 눈을 뜨는 것이 아닌가. 남작은 베베르 부국장을 바라보았다. 뭔가를 찾던 그는 세르닌을 발견하자 분노로 전율했다. 그는 무기력 상태에서 깨어난 듯했다. 갑자기 되살아난 증오가 그에게 마지막 힘을 불러일으킨 것 같았다.
그는 두 손목에 몸을 의지한 채 일어나 뭔가 말하려 애썼다.
「자넨 저자를 알고 있을 텐데, 그렇잖나?」
베베르 부국장이 물었다.
「그렇소」
「저자가 뤼팽인가?」
「그렇소······. 뤼팽······」
세르닌은 줄곧 웃으면서 그들의 대화를 듣고 있었다.
「이런! 정말 재미있군!」
그가 말했다.
「할 말이 남았나?」
베베르 부국장이, 필사적으로 움직이고 있는 남작의 입술을 바라보며 물었다.
「그렇소」
「르노르망 국장님에 관한 것 같은데?」
「그렇소」
「당신들이 국장님을 감금했나? 어디에? 대답해······」

눈에 힘을 준 채 알텐하임은 온 힘을 기울여 방구석에 있는 벽장을 가리켰다.

「저기…… 저기……」

그가 말했다.

「아! 이런! 드디어 정답을 찾아내는군」

뤼팽이 빈정거렸다.

베베르 부국장이 벽장을 열었다. 받침대 중 하나에 검은 서지 천으로 싸인 꾸러미가 놓여 있었다. 그는 그것을 풀었다. 그 안에는 모자 하나와 자그마한 상자, 옷가지가 들어 있었다……. 그는 몸을 부르르 떨었다. 르노르망 국장의 올리브 색 프록코트였던 것이다.

「아! 나쁜 놈들! 놈들이 국장님을 죽였군」

그가 외쳤다.

「아니오」

알텐하임이 손짓을 했다.

「아니라니?」

「그…… 그 사람이오……」

「무슨 말인가, 그 사람이라니……? 국장님을 죽인 게 뤼팽이라는 건가?」

「아니오」

말하고 싶은, 고발하고 싶은 욕망에 사로잡힌 알텐하임은 무시무시한 집념으로 삶에 매달려 있었다……. 밝히고자 하는 비밀이 입술 위까지 올라와 있었지만 그는 말을 할 수 없었다. 그것을 말로 바꿀 수가 없었다.

「이봐, 국장님은 정말 죽은 건가?」

부국장이 채근했다.

「아니오」

「살아 있단 말인가?」

「아니오」

「무슨 말인지 모르겠군……. 이 보게, 이 옷가지들은? 이 프록코트는……?」

알텐하임은 세르닌 쪽으로 눈길을 돌렸다. 한 가지 생각이 부국장의 뇌리를 스쳤다.

「아! 알겠다! 뤼팽이 국장님의 옷가지를 훔친 거로군. 탈출하기 위해 사용하려고 말이야」

「그렇소…… 그렇소……」

「그럴 수 있지. 정말이지 그다운 수법이야. 이 방에서 우리는 쇠사슬에 묶인 국장님을 발견하는데, 사실은 변장한 뤼팽이라는 거지. 그럼 뤼팽은 탈출할 수 있지……. 다만 그럴 시간이 없었을 뿐. 그런 거 아닌가?」

부국장이 외쳤다.

「그렇소…… 그렇소……」

하지만 베베르 부국장은 죽어 가는 사람의 눈길에 뭔가 다른 것이 있다는 것, 비밀이 그게 다가 아니라는 것을 느꼈다. 그렇다면 뭐란 말인가? 이자는 죽기 전에 도대체 어떤 기묘하고 난해한 수수께끼를 밝히려는 것일까? 그가 물었다.

「국장님은 어디 있나?」

「저기……」

「저기라니?」

「그렇소」

「그렇지만 이 방에는 우리들뿐이잖나!」

「또…… 또……」

「말해 보게……」

「또…… 세르…… 세르닌이 있소……」

「세르닌! 아니! 뭐라고?」

「세르닌이…… 르노르망이오……」

 베베르 부국장은 펄쩍 뛰었다. 갑작스럽게 영감이 그의 뇌리를 스쳤다.

「아니, 아냐. 그럴 리가 없어. 이건 말도 안 되는 얘기야」

 그가 중얼거렸다. 그는 자신의 포로를 살펴보았다. 세르닌은 애호가답게 이 장면을 몹시 즐기고 있는 것 같았다. 이 장면은 그를 즐겁게 해 주었고 그는 그 결말이 몹시 궁금한 모양이었다.

 알텐하임은 기운을 잃고 축 늘어지고 말았다. 모호한 말로 수수께끼를 던져 놓고 그 열쇠를 주지 못한 채 죽고 말 것인가? 베베르 부국장은, 믿고 싶지 않지만 악착같이 자신을 물고 놓아주지 않는 이 불합리하고 성립이 불가능한 가설에 동요되어 다시 물었다.

「설명 좀 해 보게…… 그건 무슨 뜻인가? 무슨 비밀이 있나?」

 축 늘어진 채 눈을 허공에 고정시킨 상대는 더 이상 아무 소리로 듣지 못하는 것 같았다. 베베르 부국장은 그에게 몸을 기울이고는 이미 어둠 속에 빠져 버린 그 영혼 깊은 곳으로 파고들 수 있도록 또렷한 목소리로 또박또박 끊어 말했다.

「내 말 좀 들어 보게……. 내가 제대로 이해한 건가? 뤼팽과 르노르망 국장님이……」

 그가 그 말을 계속하기 위해서는 노력이 필요했다. 그 정도로 그에게는 그 사실이 끔찍하게 여겨졌던 것이다. 하지만 남작의 생기 없는 두 눈이 고통스럽게 그를 바라보고 있었다. 부국장은 감정이 치밀어 오르는 것을 느끼며 불경한 말이라도 되는 것처럼 이렇게 말했다.

「그런가? 분명한가? 두 사람이 사실은 동일인이라는 건가?」

남작의 두 눈은 움직임이 없었다. 입가로 한줄기 피가 흘러내리고 있었다……. 남작은 두세 차례 딸꾹질을 했다……. 마지막 경련이었다. 그뿐이었다. 지하실 방에 서 있는 사람들 사이에서는 긴 침묵이 흘렀다. 세르닌에게 총구를 겨눈 경찰들은 무슨 일이 일어났는지 이해하지 못한 채, 아니 이해하기를 거부한 채 어리둥절해서 몸을 돌렸다. 그들의 귀에는 아직도 그 비열한 인간이 채 마치지 못한 한마디가 맴돌고 있었다.

베베르 부국장은 검은 서지 천으로 싼 꾸러미 속에 들어 있던 상자를 집어 들고 그것을 열었다. 회색 가발, 은테 안경, 밤색 머플러가 나왔다. 이중 바닥 속에는 칸이 여러 개 달린 정리함이 있었고, 그 안에는 화장품 갑들과 가느다란 회색 모발이 들어 있었다. 르노르망 국장으로 변장하기 위한 도구들이었다.

베베르는 세르닌에게로 다가가 아무 말도 하지 않고 생각에 잠긴 채 사건의 각 단계를 머릿속에 떠올리며 한동안 그를 응시했다.

「사실인가?」

그가 물었다.

고요한 미소를 흩뜨리지 않은 채 세르닌이 대답했다.

「품위와 대담성을 갖춘 가설이오. 우선 당신 부하들에게 이 장난감들로 나를 겨누는 걸 그만두라고 해 주시오」

「알았네. 이제 대답하게」
베베르 부국장이 부하들에게 손짓을 하며 말했다.
「뭘 말이오?」
「당신이 르노르망인가?」
「그렇소」
경악의 함성이 터져 나왔다. 동생이 비밀 출구를 지키고 있는 동안 그곳에 있던, 세르닌 공작의 부하 장 두드빌은 어안이 벙벙한 얼굴로 공작을 바라보았다. 베베르 부국장은 하얗게 질린 채 어찌해야 할지 모르는 것 같았다.
「충격받았소? 고백하건대 정말 재미있군……. 맙소사, 당신과 내가 부국장과 국장으로서 함께 일할 때 당신은 이따금 날 웃기곤 했지……! 더 재미있는 건 당신이 용감한 르노르망 국장이 죽었다고 믿었다는 사실이오……. 가엾은 구렐처럼 말이오. 천만에, 그럴 리가. 부국장, 그 신사는 아직 살아 있다오……」
그는 죽은 알텐하임을 가리켰다.
「이런! 저 작자는 내 허리에 돌을 달아 자루에 넣고 물에 던졌소. 다만 저자는 내게서 칼을 빼앗는 걸 잊어버렸지……. 그 칼로 나는 자루를 찢고 밧줄을 끊었다오. 그렇게 된 거요. 가엾은 알텐하임……. 자네가 내 칼에 생각이 미쳤다면 지금 같은 상황이 되지는 않았을 텐데……. 하지만 그런 이야기는 이제 그만하자고……. 평안히 잠들게!」
베베르 부국장은 생각에 잠긴 채 뤼팽의 말을 듣고 있었다. 이윽고 그는 이성적인 추론을 포기한 듯 체념의 몸짓을 했다.
「수갑」
갑자기 경계심이 발동하는 듯 그가 말했다.

「기껏 생각해 낸 게 수갑이오……? 상상력이 부족하군……. 뭐 원한다면 기꺼이……」

세르닌이 말했다.

그는 첫 줄에 서 있는 경찰들 중 두드빌에게 두 손을 내밀었다.

「자, 친구. 자네에게 수갑을 채울 수 있는 영광을 주지. 두려워할 필요 없네……. 지금 내게 저의 같은 건 없네……. 왜냐하면 달리 방법이 없으니까……」

그렇게 말함으로써 그는 두드빌에게 지금으로서는 이 싸움이 끝났다는 것, 상황에 복종하는 것 말고 달리 할 일이 없다는 것을 납득시켰다. 두드빌이 그에게 수갑을 채웠다. 세르닌은 입술도 움직이지 않고 얼굴 표정 하나 바꾸지 않은 채 속삭였다.

「리볼리가 27번지에…… 주느비에브가 있네」

베베르 부국장은 그런 장면을 보고 만족감을 억누를 수 없었다.

「가자! 치안국으로!」

그가 말했다.

「좋소, 치안국으로. 르노르망 국장이 아르센 뤼팽을 잡아들이고, 아르센 뤼팽이 세르닌 공작을 잡아들인 셈이지」

세르닌이 외쳤다.

「당신은 정말 머리가 좋군, 뤼팽」

「그렇소, 부국장. 당신과는 상대가 안 된다오」

경찰차 세 대의 호위를 받으며 자동차로 호송되는 동안 뤼팽은 한마디도 하지 않았다. 그는 치안국으로 이송되었다. 뤼팽이 저지른 탈출 사건들을 떠올린 베베르 부국장은 즉각 그를 용의자 인체 측정대에 오르게 했다. 그런 다음 그는 유치장으로 옮겨졌고, 그곳에서 다시 상태 교도소로 이송되었다. 전화로 연락을 받은 교도소장이 기다리고 있었다. 수감 절차와 수색실 통과가 재빨리 이루어졌다.

저녁 7시, 폴 세르닌 공작은 상테 교도소 2동 14호실 문턱을 넘었다.

「나쁘지 않군, 소장, 당신이 제공하는 숙소는……. 그리 나쁘지 않아……. 전기도 있고 중앙난방도 있고 수세식 화장실도 있군……. 요컨대 모든 현대적인 편의 시설을 갖춘 셈이군……. 완벽한 곳이라는 데 동의하오……. 소장, 여기 묵게 되어서 정말 영광이오」

그가 말했다.

그는 옷을 모두 입은 채 침대에 몸을 던졌다.

「아! 소장, 부탁이 하나 있소」

「무슨 부탁이오?」

「내 코코아를 내일 아침 10시 이후에 가져다 주시오……. 이젠 자야겠소」

그는 벽 쪽으로 몸을 돌렸다.

5분 후 그는 깊이 잠들어 있었다.

옮긴이 | 김남주

1960년 서울에서 태어나 이화여대 불문과를 졸업하고 주로 프랑스 현대 문학과 인문학 책들을 번역해 왔다. 로맹 가리의 『새들은 페루에 가서 죽다』, 엑토르 비앙시오티의 『낮이 밤에게 하는 이야기』, 『아주 느린 사랑의 발걸음』, 아멜리 노통의 『오후 네시』, 『사랑의 파괴』, 안 그로스피롱의 『이제 사랑할 시간만 남았다』, 장-루이 푸르니에의 『나의 아빠 닥터 푸르니에』, 도미니크 보나의 『세 예술가의 연인』, 레몽 장의 『세잔, 졸라를 만나다』, 로버트 래드포드의 『달리』 등을 우리말로 옮겼다.

아르센 뤼팽 전집 4
813 上

1판 1쇄 펴냄 2002년 3월 30일
1판 10쇄 펴냄 2014년 9월 22일

지은이 | 모리스 르블랑
옮긴이 | 김남주
발행인 | 김세희
펴낸곳 | 황금가지

출판등록 | 2009. 10. 8 (제2009-000273호)
주소 | 135-887 서울 강남구 신사동 506 강남출판문화센터 5층
전화 | 영업부 515-2000 편집부 3446-8774 팩시밀리 515-2007
홈페이지 | www.goldenbough.co.kr

ⓒ 황금가지, 2002. Printed in Seoul, Korea

ISBN 978-89-8273-421-2 04860 (4권)
ISBN 978-89-8273-417-5 (set)

㈜민음인은 민음사 출판 그룹의 자회사입니다.
황금가지는 ㈜민음인의 픽션 전문 출간 브랜드입니다.